KB045920

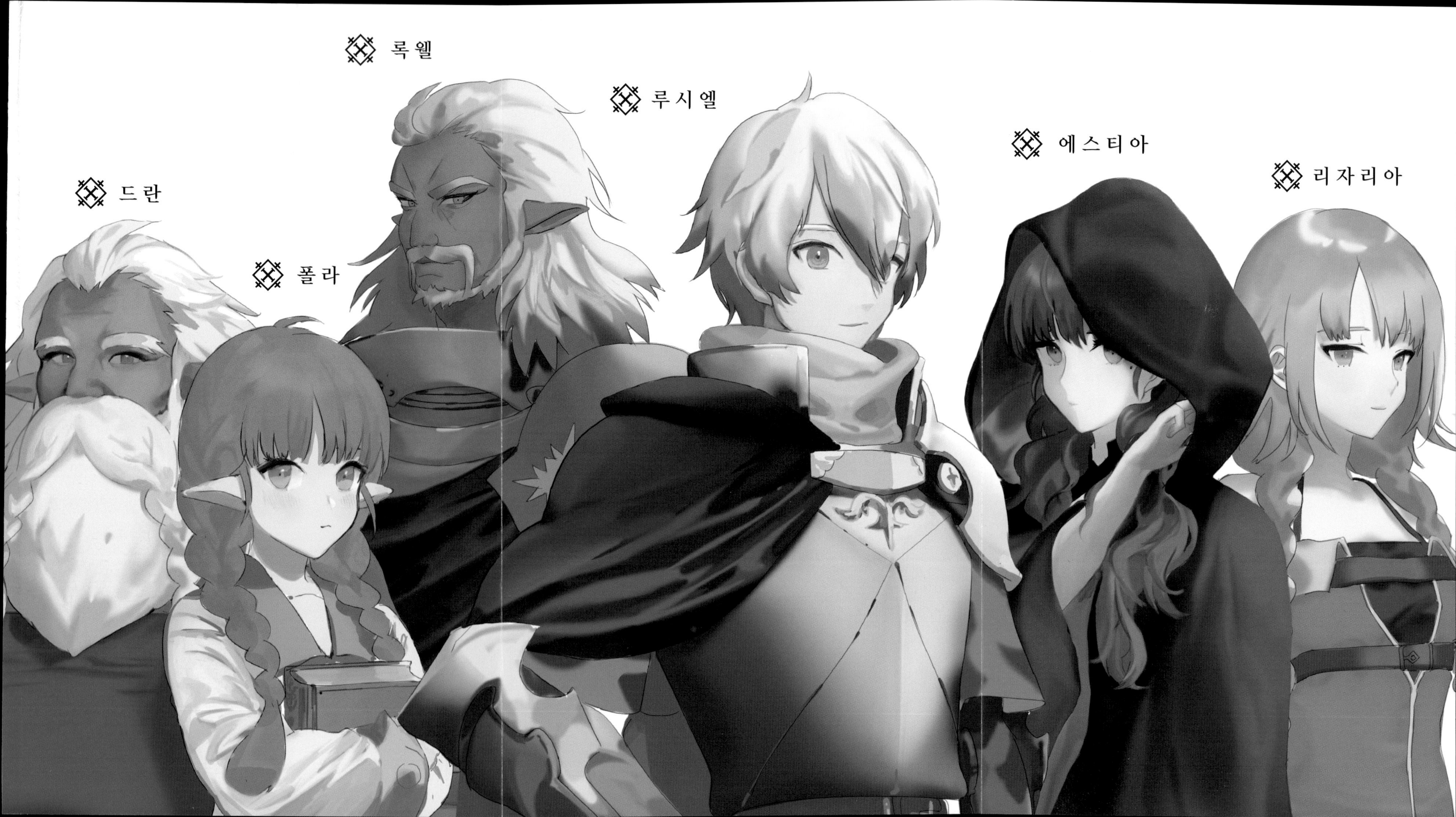
록웰
루시엘
에스티아
리자리아
드란
폴라

broccoli lion
브로콜리 라이온 지음
rime 일러스트
춘상 옮김

성자
聖者

Eccentric Priest and the Army of ants
샐러리맨이 이세계에서 살아남기 위해 걷는 길

무
無双

쌍

6

7장

기술자들의 동네

CONTENTS

7장

기술자들의 동네

01 마도구 아이디어는 갑자기

이에니스에서 출발한 지 이틀, 성 슈를 공화국의 국경인 성채가 보이기 시작했다.

성채가 점점 가까워지자 왠지 고향에 돌아온 듯한 기분이 들었다. 나는 어쩐지 우스워서 웃음을 흘렸다.

나는 전생한 뒤로 이에니스에 갈 때까지 줄곧 성 슈를 공화국 안에서 살았지만, 돌이켜보면 늘 모험가 길드나 교회 본부 안에서만 지냈기에 사실상 멜라토니의 지리도, 성도의 지리도 잘 모르고 있었다. 그런데도 나는 향수를 느끼고 있었다.

한편, 동시에 이에니스를 떠나왔다는 아쉬움도 느껴졌다.

그곳에 남겨둔 성치사단과 나리아 씨 일행도 걱정되고.

자금을 어느 정도 남겨두고 오기는 했지만, 치유사 길드와 학교 운영을 완전히 떠맡긴 셈이니 걱정을 안 할 수가 없었다.

아니 뭐, 그저 노파심이겠지. 성속성 마법이 유일한 특기인 나보다는 훨씬 잘 꾸려나갈 거다.

그저 사람들로 북적거렸던 이에니스를 떠나는 것이 아쉬워서 적적할 뿐이다.

"곧 이에니스하고도 작별이네. 참 여러 일이 있었지……."

"분명 눈이 핑핑 돌아갈 만큼 바쁜 나날이었지요."

혼잣말이었는데 불쑥 대답이 날아왔다.

고개를 돌리니 나란히 달리던 라이오넬이 웃고 있었다. 아무래도 그의 귀까지 들린 모양이다.

드란이 새롭게 제작한 무구(武具)를 온몸에 두르고서 이에니스 모험가 길드의 용인(龍人) 형제가 준 거구의 배틀 포스를 능숙하게 다루는 라이오넬의 모습은 아주 근사했다. 지금이라면 전직 제국 장군이었다는 말을 실감한다.

참고로 나 역시 딱 한 번 배틀 포스를 타본 적이 있었다. 뭐, 등에 오르자마자 순식간에 떨어진 불쾌한 기억이지만…….

분명 나는 앞으로도 포레 누와르 말고는 다른 말을 타지 못하겠지……. 배틀 포스의 등에서 떨어진 뒤에야 그 사실을 깨달았었다.

어쨌든 이에니스에서 거둔 가장 큰 수확은 라이오넬 일행과 만난 것이다.

그들은 온갖 역경을 이겨내며 놀랍게도 거점을 만들어냈다. 그리고 고용을 창출하여 이에니스 주민들과 신뢰 관계를 돈독히 쌓아주었다. 그 덕분에 이에니스 주민들이 우리 치유사 길드를 받아들인 거겠지.

"그래도 참 즐거웠어. 물론 이에니스를 향해 출발했을 때의 구성원과 떠났을 때의 구성원이 전혀 달라질 줄은 상상도 못 했지만 말이야."

"그야 그렇지요. 저 역시 다시 싸울 수 있게 될 줄은 전혀 몰랐으니까요. 운명이란 참으로 재밌군요."

"정말 그럴지도 모르겠어."

원래는 치유사 길드를 재건한 후, 교회 본부에서 새로운 치유사들을 이에니스로 파견할 예정이었다.

그러나 이에니스 측은 새로운 치유사가 아닌, 그동안 시간을 함께 보내왔던 조르드 씨 일행이 남아주기를 바랐다. 그리고 아무도 입을 열지는 않았지만, 성치사단 단원들도 내심 남기를 바라고 있었다. 그래서 나는 성치사단 일원 모두에게 이에니스 치유사 길드 운영을 맡겼다.

내 곁에 라이오넬 일행이 있었기에 가능한 결단이었다.

앞으로 각지를 돌아다니려면 라이오넬 일행의 힘이 꼭 필요할 테니까.

조르드 씨와 성치사단 일원들은 그런 내 판단을 존중해주었고, 그리하여 동행자 역할을 성치사단이 아닌 라이오넬 일행이 맡게 되었다.

다만, 떠나기 전에 조르드 씨가 이런 말을 남겼다.

"루시엘 님. 각지를 돌아다니는 여행은 위험에 따릅니다. 이쪽에서도 루시엘 님을 지원할 수 있도록 만반의 태세를 갖춰놓을 테니 곤경에 처하게 되면 언제든지 연락하십시오."

그때 나는 조르드 씨 일행도 실은 나와 함께 하고 싶었다는 걸 깨달았다.

아니, 사실 그들이 지금껏 해 왔던 일을 생각하면 뻔히 알 수 있는 일이었다.

그들은 나와 함께 여행하며 걸림돌이 되지 않도록 치유사이면서도 전투 훈련 거듭했고, 상태 이상에 걸리지 않도록 나와 함께 물체X를 마셨다.

그들은 내가 계획을 실행할 수 있도록 늘 물심양면으로 도와주고 있었다.

제정신을 차리고 보니 나는 눈물을 흘리고 있었다.

"언젠가 함께 여행할 날이 반드시 올 거예요. 그때까지 몸을 단단히 단련해주세요."

"예, 반드시."

조르드 씨가 대답하자 성치사단 모두가 웃으면서 고개를 끄덕였다. 그 모습을 보고 나는 더 펑펑 울었다.

그 후, 뒤를 부탁하려고 가르바 씨에게 부탁하러 갔더니 가르바 씨가 조언을 하나 해주었다.

곧 때가 올 테니, 교황님에게 보고 올리기를 조금 기다리라고.

그게 대체 무슨 말인지 전혀 알 수 없었지만 나는 일단 조언대로 보고를 미루었다.

결과적으로 가르바 씨의 조언 덕분에 나는 누구의 반대도 없이 교황님에게 무사히 호위 변경을 희망한다는 요청을 전달할 수가 있었다.

교황님이 '곁에 교회 관계자가 한 명도 없다니, 이상하구나' 하고 질책하시긴 했지만, 교회 본부가 바쁜 모양인지 더는 아무 말도 하지 않으셨다.

대체 어떻게 나는 가르바 씨가 말한 때가 교회가 바빠지는 순간을 가리키는 거였다는 걸 깨달았다. 어떻게 가르바 씨가 이런 걸 알고 있는 건지는 여전히 알 수 없었지만.

나중에 가르바 씨가 교회 본부가 분주해진 이유를 알려주었다.

인족인 내가 이에니스의 대표를 맡게 되면서 교회 본부 안에서 인족지상주의파가 득세했고, 물밑에서 다른 종족을 성도 밖으로 내쫓으려는 움직임이 벌어지기 시작했다고 한다.

나중에 교황님에게 물어봤더니 사실이라고 하셨다. 만약 이대로 내가 이대로 임무를 마친 뒤 성도로 귀환하면 인족지상주의파가 나를 간판으로 내세워서 이용하려 들 수도 있다고도 하셨다.

물론 나는 그런 상황에 휘말리고 싶지 않았으므로 솔직하게 말씀드렸더니, 교황님께서 드워프 왕국으로 가라는 새로운 지시를 주셨다.

드란과 폴라가 언젠가 드워프 왕국으로 갈 일이 생기면 그곳에 놔두고 온 작업 도구를 챙기고 싶다 했었는데, 마침 잘 되었구나 싶었다.

이렇게 우리의 다음 목적지가 정해졌다.

드워프 왕국을 다녀오는 동안에 성도 내부에서 벌어지고 있는 사태가 진정되면 좋으련만…….

"그나저나 드워프 왕국으로 향하려면 치유사나 다른 인력이 더 있어야 하지 않겠습니까?"

"얼마나 파견될지는 잘 모르겠지만, 교황님께서 적은 숫자나마 보충 인원을 보내주신다고 했어."

다만 평범한 기사들은 발키리 성기사단이나 성치사단만큼 강하지 않다.

이거 조금 걱정되는데.

뭐, 기사단장으로 복귀한 카트린느 씨의 수완을 기대하도록 하자.

실력이 기대에 미치지 못한다면 라이오넬이 철저하게 단련시키겠지만, 뭐 순순히 단련 지시에 따라줄는지는 의심스러웠다.

"어떤 자들이 올지 기대가 되는군요."

"난 평범한 기사나 치유사정도면 상관없지만, 라이오넬이 기대할 만한 기사는 아마 없을 거야."

"그건 그것대로 좋지요. 지금까지 그래왔던 것처럼 즐겁게 훈련을 하면 될 테니까요."

교황님, 바라건대 딱 한 사람이라도 좋으니 강하고 솔직한 기사를 파견해주세요.

"뭐, 이번에는 드워프 왕국을 방문하여 드워프 왕과 알현한 뒤에 환자가 있다면 도와줄 작정이야. 거기서 내 능력을 인정받을 수 있다면 기쁘겠지만, 이에니스와는 달리 치유사 길드를 재건하라는 명을 받은 것도 아니니 느긋하게 지낼 수 있을 것 같아."

거짓인지 사실인지는 모르겠지만, 옛날에 레인스타 경이 발동한 결계 덕분에 아직도 성 슈를 공화국 안에서는 강력한 마물이 나타나지 않는다. 그리고 아마 성 슈를 공화국의 서쪽 산맥에 있는 드워프 왕국도 결계의 영향을 받고 있을 거다.

아마 라이오넬이 바라는 강한 마물과 싸울 기회는 없지 않을까.

"그렇군요. 조금 아쉽긴 합니다만, 한편으로는 기대가 됩니다."

라이오넬은 내뱉은 말과는 달리 무슨 영문인지 웃음을 머금었다.

틀림없이 라이오넬은 전투를 원하고 있다. 그래도 과거에 한 나라의 장군까지 올랐던 몸이니 폭주하지는 않겠지…… 아마도.

하지만 한가해지면 반드시 내게 대련을 청할 거다. 강해지기 위한 길이라 생각하고 각오해둬야겠다.

이럴 바에야 차라리 미궁 도시 그란돌에 먼저 가는 편이 나았을지도…….

잔뜩 벼르고 있는 라이오넬이 묘한 투기를 발산해서인지 요 이틀 동안에 마물이 습격하지 않았다. 나로서는 고마운 일이지만 역시나 폭주할지도…….

그때였다.

"왼쪽에 마물 떼가 있다냥."

"성채 쪽, 오른쪽 숲 안에 무언가가 숨어 있습니다. 아마도 도적인 것 같습니다."

케티와 케핀이 느닷없이 마차 짐칸에서 뛰어내렸다.

먼저 왼쪽을 바라보니 흙먼지를 일으키며 이쪽으로 서서히 접근해 오는 수십 마리의 마물이 보였다. 다만 오른쪽은 딱히 움직임이 보이질 않았다.

이걸 어쩐다?

"루시엘 님, 마물은 처리하면 그만입니다만, 저들은 어떻게 하시겠습니까?"

내가 고민하자 옆에 있던 라이오넬이 담담한 얼굴로 도적을 잡아 어쩔지를 물었다.

잡는 건 확정이구나.

그의 든든한 모습에 자연스레 힘이 들어갔던 어깨가 풀렸다.

"도적들은 되도록 생포했으면 좋겠어. 상대방의 역량이 더 뛰어나거나 상황이 여의치 않다면 어쩔 수 없지만."

"알겠습니다. 그럼 케티와 케핀은 숨어 있는 도적들을 끄집어내라. 나는 마물을 정리한 뒤에 가겠다."

"알겠다냥."

"알겠습니다."

"아, 잠깐만. '에어리어 배리어'. 절대로 무리하지 마."

"알고 있다냥."

"루시엘 님, 기다리고 계십시오."

두 사람은 그렇게 말하고서 동쪽 숲으로 달려갔다.

"그나저나 라이오넬. 제법 마물의 머릿수가 많은데, 혼자 괜찮겠어?"

"마침 좋은 기회군요. 실은 줄곧 루시엘 님이 주신 이 대검을 전력으로 휘둘러보고 싶었습니다."

"전력이라니……."

"미개척 숲이나 도시 안에서는 2차 피해를 조심하느라 한 번도 전력으로 휘두르지 못했거든요."

"……."

"루시엘 님은 결계 마법을 발동한 뒤 여기서 마차를 지켜주시면 감사하겠습니다만……."

"알겠어. 하지만 혹시 모르니, '에어리어 배리어'. 그럼 맡기도록 할게."

"명을 받들겠습니다. 마물을 신속하게 섬멸한 뒤에 케티와 케핀을 지원하러 가겠습니다."

"부탁해."

"옙."

라이오넬은 배틀 포스의 옆구리를 때려 마물 떼를 향해 달려갔다.

나는 마부석에 앉은 드란에게 다가가 주변에 에어리어 배리어를 사용했다. 그러고는 라이오넬의 지시대로 상황을 가만히 지켜보기로 했다.

"루시엘 님, 라이오넬 공을 혼자 보내도 되겠나?"

"글쎄. 전투에 목말라 있으니 날 말리지 마시오 하는 얼굴이기에 일단 혼자 보냈는데……."

"그럼 이번에는 마석(磨石)을 건지는 게 고작이겠구먼"

"어? 라이오넬이 아니라 마물 소재가 걱정이었어?"

"제국의 전귀(戰鬼)를 걱정해서 무얼 하나. 저길 보게나. 라이오넬 공이 높이 쳐들고 있는 대검이 시뻘겋게 타오르고 있구먼."

나는 드란의 말을 듣고서 라이오넬의 전투를 지켜보았다.

*

"이만한 거리면 충분하겠군."

마차와 좀 떨어진 곳에 배틀 포스를 세운 라이오넬은 마물들을 바라보며 루시엘에게서 받은 화염 대검에 마력을 주입하기 시작했다.

"날 주인으로 삼은 이상, 네 앞에는 수많은 전장이 기다리고 있을 거다. 그러니 나도 여기서 보여주마. 날 주인으로 택한 것이 틀리지 않았다는 걸."

라이오넬은 배틀 포스에게 그렇게 말한 뒤에 말 위에 탄 채로 윗몸을 비틀더니 마력이 깃들어 새빨갛게 불타오르는 대검을 마물 떼에게 힘껏 휘둘렀다.

그러자 화염 파도가 마물 떼를 향해 들이닥치더니 그대로 집어삼킨 후 폭발했다.

라이오넬의 공격을 본능적으로 감지하고 도망치려 한 마물도 있었으나, 화염 파도에서 벗어나지는 못했다.

"이제 날아다니는 놈들을…… 음? 벌써 달아난 건가? 어차피 불이 꺼지기 전까지는 마석을 회수할 수도 없을 테니 일단 성채로 가야겠군."

"히히~잉."

라이오넬의 말을 들은 배틀 포스가 곧장 도적이 있는 성채 쪽으로 달려갔다.

*

나는 단번에 마물을 처리하는 라이오넬의 모습을 멍하니 바라보고 있었다.

그러자 옆에 있던 드란이 호쾌하게 웃었다.

"그러니까 걱정할 거 하나 없다고 했잖나. 라이오넬 공은 전장에서 패배를 모르는 장군으로 유명하다네. 드워프 왕국에서는 암흑대륙에서 드물게 쳐들어오는 강대한 마물을 물리친 일로도 유명하지."

"저번에 적룡과 싸울 때는 고전하지 않았던가?"

"그야 루시엘 님이 부상을 치료해준 지 얼마 되지 않았을 때였으니까. 나도 대장장이의 감각을 되찾기까지 시간이 꽤 걸렸으니 라이오넬 공도 그랬겠지."

"그렇구나……."

아무리 그래도, 저렇게 강하다고?

라이오넬은 처음 만났을 때부터 이미 실력이 있는 강자였다. 그런데 그것도 아직 제 실력을 전부 발휘한 게 아니었다니.

그러나 한편으로는 드란의 말에도 공감하고 있었다. 최근에는 라이오넬과 전투 훈련을 하면 케티, 케핀과 함께 3대 1로 달려들어도 전혀 상대할 수가 없었다.

라이오넬이 우리의 움직임이 익숙해져서 대응하는 건 줄 알았는데, 아무래도 아니었던 모양이다.

"루시엘 님, 마석을 회수해도 괜찮나?"

"지금 저렇게 활활 타오르고 있는데 어떻게 회수하려고?"

"내 이런 일도 있을 줄 알고 미리 폴라와 리시안한테 주위를 얼리는 마도구를 만들라고 지시해뒀지."

"준비성이 좋네. 하지만 아직 도적들이——."

"보아하니 이미 끝난 것 같구먼."

"벌써?"

고개를 돌리니 숲으로 달려갔던 케티와 케핀이 성채 위에 서서 이쪽을 향해 손을 흔드는 모습이 보였다.

"으음, 일단 난 케티와 케핀과 합류할게. 드란과 폴라, 리시안은 일단 주위를 경계하면서 마석을 회수하도록 해."

"알겠네. 맡겨두게나."

드란은 그렇게 말하고서 불타고 있는 마물 떼를 향해 마차를 몰아갔다.

나는 성채로 향하다가 문득 의문을 느꼈다.

그러고 보니 왜 폴라와 리시안이 얌전하지?

성채에 가보니 몰골이 엉망이 되어 무릎을 꿇고 있는 도적(가칭)들이 기다리고 있었다.

"그래서 이 사람들은 누구야?"

"보고는 케핀한테 맡기겠다냥."

케티가 언짢아 보이는 얼굴로 그리 말했다. 아까까지만 해도 기분이 좋지 않았던가?

그러자 케핀이 '어쩔 수 없군' 하는 표정으로 설명하기 시작했다.

"저와 케티가 숨어 있던 이자들한테 접근했더니 독이 묻은 화살들이 날아왔습니다……."

*

케티와 케핀이 숲에 숨어 있는 자들을 알아차린 것은 기척 감지 스킬 덕분이었다.

"기척을 봐서는 스무 명쯤 되는 것 같네. 어떻게 할까?"

"일단은 좀 더 접근해서 확인해보자. 정말 도적이라면 곧장 섬멸하고."

루시엘에게 들리지 않는 곳까지 오자 바로 고양이 흉내를 버린 케티가 암살자처럼 싸늘한 눈빛으로 대답했다.

"섬멸이라니, 루시엘 님이 되도록 죽이지 말라고 했잖아?"

"목숨만 붙어 있으면 된다는 거잖아. 수단은 여럿 있으니 내 발목이나 잡지 마."

"알았어…… 웃, 화살이다!"

멀리서 날아온 화살이 두 사람 앞에 떨어졌다.

"도적이 확실하군. 그럼."

케티가 화살이 날아온 숲으로 달려가려고 했다.

"잠깐, 기다려! 화살에 독이 묻어 있어."

"안 맞으면 그만이잖아. 설령 맞더라도 도적들은 라이오넬 님이 섬멸해줄 테고, 부상이나 독은 루시엘 님이 치료해줄 거야."

케티가 숲속으로 더 깊이 들어가자 케핀도 어쩔 수 없이 그 뒤를 따라갔다.

두 사람이 숲속으로 들어서자 적의 화살 공격이 뜸해졌다. 나무 때문에 적의 시야가 가려졌다고 판단한 케티는 재빨리 나무를 타고 올라간 뒤에 나무와 나무 사이를 잇달아 뛰어넘으며 이동했다.

케핀은 숨을 죽인 채로 표적에 접근하여 타격술로 상대를 기절시켰다.

"하려고 마음만 먹으면 되긴 되는구나. 좋아 이런 식으로 처리해나가면……."

두 사람은 루시엘과 함께 미궁과 미개척 숲을 여러 번 경험하면서 레벨은 물론 스킬과 스테이터스도 강해졌다. 기적 감지 스킬도 그때 얻었는데, 숨어 있는 적을 찾을 수 있어 기습을 막아내기에 아주 유용했다.

케핀은 자신이 조금은 강해졌음을 실감했다.

케핀이 적과 교전하는 중에도 잇달아 도적들의 비명이 울려 퍼졌다. 케핀은 도적들을 쓰러트리는 일보다 쓰러진 도적들을 포박하는 게 더 시간이 더 걸릴 것 같다는 생각이 들었다.

그때 갑자기 커다란 폭발음이 들려왔다.

"케핀, 난 저 폭발음이 뭔지를 알아봐야겠어. 이 녀석이 도적의 두목인 거 같으니 네게 맡길게. 따끔하게 타일렀으니 괜찮을 거야."

"아니, 어딜 가려고? 그야, 루시엘 님은 아무 말 없이 넘어가실지도 모르지만, 라이오넬 공은 아닐 텐데?"

케핀이 지적하자 케티는 벌레를 씹은 듯한 표정을 짓고는 도적 두목에게 싸늘한 살기를 뿜어내며 나직이 말했다.

"……당장 모두를 모아서 성채까지 걸어가. 불복한다면 당장 이 자리에서 벤다."

도적들은 살려달라는 눈으로 케티가 아닌 케핀을 쳐다보며 고개를 연신 끄덕였다.

"라이오넬 공의 활약을 눈을 직접 보고 싶다는 마음을 잘 알겠지만, 맡은 임무를 우선하자고……."

그 뒤로 케핀은 도적들을 데리고서 성채로 이동하기 시작했다.

*

"그렇게 해서 총 22명을 붙잡아 무장을 해제했습니다만……."

막힘없이 보고하던 케핀이 이윽고 말끝을 흐리더니 어찌할지 고민하기 시작했다.

"일단 끝까지 보고해줘."

"그, 이 도적 두목이 말하기를 자신은 도적이 아니라 용병 길드의 용병이라고 합니다."

그런 거였나…….

케핀이 말끝을 흐린 이유와 케티의 반응이 애매했던 이유를 이제야 알았다.

이거, 용병 길드와 분쟁이 벌어질지도 모르겠는데. 뭐 이미 저질렀으니 어쩔 수 없다만.

"그랬군. 흠……."

"이봐, 네가 이 모험가 파티의 리더냐?"

라이오넬과 상담해야겠는데, 하고 생각하던 차에 용병 집단의 두목이 히죽거리며 말을 걸었다. 반응을 보아하니 내가 누구인지 잘 모르는 모양이었다. 나는 그의 오해를 이용해서 그들의 목적이 무엇인지 캐보기로 했다.

"그렇게 봐도 무방합니다."

"느닷없이 수인(獸人)을 시켜서 우릴 습격하다니. 이거 어떻게 책임질 셈이야?"

"책임이라뇨?"

"어이, 지금 농담하나? 모험가가 용병을 습격하면 어떻게 되는지 진짜로 몰라?"

붙잡혀 있는 상황에 호통을 치다니, 대단한 배짱이다. 자기가 지금 무슨 꼴인지 벌써 잊어버린 게 아닐까?

"전혀 모르겠군요. 애초에 저희를 향해 다짜고짜 독화살을 날린 건 당신들이 아닙니까? 시시비비를 따지자면 오히려 저희가 당신들에게 책임을 물어야 할 상황입니다만?"

"수인이 느닷없이 달려드니 어쩔 수 없잖아. 우린 마수가 습격한 줄 알았다고."

그 순간 케티와 케핀이 날카로운 눈빛으로 두목을 쳐다봤다.

"과연. 그럼 수인이라면 오인 사격을 해도 상관없다는 뜻입니까?"

"그런 말은 안 했어. 마수와 수인을 착각하여 오인 사격하는 건 흔한 사고라는 뜻이지."

아무래도 이 도적단, 아니, 용병 집단 두목의 말을 들어보니 용병들은 대개 그런 인식이 있는 듯했다.

그러나 그들은 가장 중요한 부분을 모르는 듯했다.

"뭐, 당신들이 그렇게 생각하는 건 알겠습니다. 그런데 아무래도 당신들은 여기가 이에니스의 영지라는 걸 잊은 것 같군요."

"하! 설마 모험가가 영토 이야기가 나올 줄이야. 하지만 너희가 우릴 공격한 사실은 변함없어."

"저희는 당신들이 공격했기에 방어했을 뿐입니다. 게다가 우리가 보기에 당신들은 도적이나 다름이 없군요."

"그렇게 말한다면 우리도 마찬가지 아닌가? 게다가 우리의 고용주는 성 슈를 공화국이야. 우리한테 위해를 가하면 성 슈를 공화국에서 모험가 일을 찾는 건 불가능해질걸?"

그 순간 잠자코 듣고 있던 라이오넬이 웃음을 터뜨렸다. 케티와 케핀도 웃음을 터뜨렸다.

용병들은 세 사람이 갑자기 웃어대자 다들 영문을 모르겠다는 표정을 지었다.

뭐, 실제로 본 적이 없으면 내가 누군지 모를 수도 있겠지.

S급 치유사가 마차에도 타지 않은 채 기사 갑옷에 검을 차고 있으리라 생각할 사람은 대개 없을 테니까.

"잠깐, 라이오넬. 갑자기 웃다니 실례잖아."

"죄송합니다. 너무 우스워서 그만."

"아니, 나도 그렇게 생각하긴 하지만 이 사람들 말이 사실일지도 모르잖아."

교회 본부는 굳건하게 단결되어 있지 않다. 이런 일이 아예 없으리라 단언할 수는 없는 상황이었다.

"그래도 너무……."

"어이, 대체 왜 웃지? 내가 대체 무슨 말을 했다고 이러는 거냐?"

뭐 됐다. 이제 용병들이 왜 이곳에 있었는지만 알아내면 된다.

"아, 이거 실례했습니다. 그저 성 슈를 공화국이 고작 이런 용병들을 고용할 줄은 생각도 못 했거든요. 굳이 숲속에 숨어서 도적 흉내를 내라고 시킨 것도 이상하고."

"우, 우린 용병 길드 내에서도 손에 꼽히는 대형 조직이다. 수, 수하들도 더 있어!"

"그렇습니까? 하지만 아무리 봐도 제 눈에는 당신들이 도적처럼 보이는군요. 당신의 말이 사실이라면 성 슈를 공화국은 무얼 위해 당신들을 고용한 겁니까?"

"……."

"지금 사실대로 털어놓는다면 당신들의 처결을 이에니스가 아닌 성 슈를 공화국에 맡길 것을 약속하죠."

"여기서 풀어줘."

"어째서입니까? 당신의 이야기가 진실이라면 무죄 방면될 터. 불리한 거래는 아닌 것 같은데요? 아니면 이 자리에서 도적으로서 처단해도 된다는 겁니까?"

"빌어먹을……. 알겠다. 그 대신에 우릴 살려주겠다는 보증과 식사를 준비해줘. 그리고 성 슈를 공화국에서 재판을 받은 뒤에 압수한 장비들을 되돌려주겠다고 약속해라."

"흠, 그 정도는 들어드리도록 하죠."

"약속은 무조건 지켜라."

"예. 그럼 당신들이 무슨 의뢰를 받은 건지 알려주십시오."

"……성 슈를 공화국에 수인국 이에니스에서 인족 치유사가 정권을 쥐었다는 소문이 퍼진 뒤의 일이다."

그 뒤에 두목은 의뢰자가 누구인지, 무슨 의뢰를 맡았는지를 실제로 벌어졌던 사건과 함께 담담하게 들려주기 시작했다. 아무래도 거짓말은 아닌 것 같았다.

우선 의뢰자는 검은 로브를 뒤집어쓴 자였다고 한다. 다만 의뢰 내용이 수상한지라 검은 로브의 뒤를 은밀히 밟아봤더니 교회 본부로 사라졌단다.

용병들은 상의한 끝에 보상을 보고 의뢰를 수락하기로 했다.

　의뢰 내용은 성 슈를 공화국 내에서 수인족과 분쟁을 일으키고, 이에니스에서 성 슈를 공화국으로 들어오려는 수인족을 견제하는 것. 그리고 상인들을 압박하여 이에니스에 모이지 못하도록 막는 것.

　"다만 상인 길드가 뒷배를 봐주고 있어서 상인들을 직접 공격할 수는 없었어. 수인족이 호위를 맡고 있다면 호위만 인정사정없이 공격했고."

　"그랬군요. 납득할 수는 없지만 무슨 이야기인지는 알겠어요. 성 슈를 공화국의 국경 근처에는 작은 마을밖에 없지만, 하루만 걸어가면 작은 도시가 나오죠. 약속대로 그곳에 넘기도록 하겠습니다."

　"그래, 알겠어. 모두 잘 들어라. 하루만 얌전하게 걸어가면 곧 해방될 거다. 그때까지만 참아라."

　두목의 말을 듣고 용병들이 고개를 끄덕였다.

　"순순히 협조해줘서 다행이야."

　"루시엘 님, 틀림없이 말도 있을 테니 함께 끌고 가죠. 놔두고 가면 마물의 먹잇감이 될 것 같습니다."

　라이오넬이 중요한 조언을 해주었다.

　"그럼 케티와 케핀이 용병 하나를 데리고서 말을 회수하러 다녀와."

　"옙."

"알겠다냥."

용병들과의 대화가 끝났기에 나는 마법 주머니로 무구를 회수해나갔다.

그때 드란의 얼굴이 떠올랐다.

"그러고 보니…… 뭐 문제는 없을 것 같지만."

드란이 있는 쪽으로 시선을 돌리니 골렘들이 마석을 모으고 있었다.

"동료의 작업이 끝난 뒤에 출발할 테니 휴식해도 좋아."

"저런 것도 동료냐……. 젠장, 고위 모험가를 건들다니, 나도 정신이 나갔나 보군."

한탄하는 남자를 아랑곳하지 않고 나는 드란이 아까 말했던 주위를 얼리는 마도구에 관해 생각했다.

"아무래도 불길은 가라앉은 것 같은데, 얼리는 데는 실패한 모양이군."

"제가 보기에는 저희가 기다리지 않도록 곧바로 마석을 회수하기로 한 게 아닐까 싶군요."

"그럴 가능성도 충분히 있지만……."

아마도 폴라와 리시안이 누가 마석을 더 많이 회수하나 시합을 벌인 바람에 드란이 마도구 성능을 시험하는 것을 단념한 게 아닐까?

10분쯤 뒤에 마석을 회수하던 골렘이 사라지더니 마차가 이쪽으로 움직이기 시작했다. 때마침 케티와 케핀도 용병들의 말을 회수하여 돌아왔기에 우리는 용병들을 일으켜 말에 태우기로 했다.

물론 그들이 말을 타고 도주 수도 있으므로 한 사람이라도 도주한다면 모두를 도적으로 간주하겠다고 경고했더니 내일 해방되는 걸 알면서도 달아나는 바보는 여기에 없다는 대답이 돌아왔다.

그리하여 인원수가 용병들을 포함하여 30명 남짓으로 불어났다. 우선은 오늘 묵기로 계획한 작은 마을을 향해 나아가기로 했다.

02 용병단 요리사

규모가 불어나면 여러모로 말썽이 벌어질 것 같아서 경계했지만, 예상과 달리 작은 마을까지는 아무런 문제도 벌어지지 않았다.

마을에 도착할 때까지는…….

해가 서쪽 산맥에 걸렸을 즈음에 목적지인 작은 마을이 시야에 들어왔다.

아무리 여관이 있다고는 해도 이렇게 많은 인원이 작은 마을에 머물기란 어려울 것 같아서 나는 호위로서 라이오넬만 데리고 촌장에게 마을 인근에서 노숙하고 싶다는 뜻을 전하러 갔다.

나머지 사람들에게는 식사를 준비하고, 용병들을 감시해달라고 부탁했다.

둘이서 마을로 향하자 무슨 영문인지 무기를 든 마을 사람들이 보였다.

마을 사람들은 우리를 보더니 일제히 무기를 거두고서 환호성을 질렀다.

나와 라이오넬은 그 광경에 고개를 갸웃거리면서 마을로 들어갔다.

그리고 현재, 촌장의 집에서 촌장이 나와 라이오넬 앞에서 고개를 숙이고 있었다.

"그러니까 요약하자면 수인 도적단이 이 마을과 인근 마을을 습격하고 있다는 겁니까?"

"예. 인근 마을에도 수인 도적단이 출몰하고 있답니다. 이 마을도 예전에 한 번 습격을 받았지만, 때마침 용병들이 머물고 있어서 도움을 받았습니다……."

설마 이 마을에서도 용병단이 수인 도적 행세를 하면서 일을 벌이고 있는 건 아니겠지? 지나친 생각인가? 아니면 뭔가 다른 꿍꿍이가 있는 건가? 이 사실을 교황님과 가르바 씨에게 바로 보고해야 할 것 같다.

"그래서 저더러 그 도적들을 퇴치해달라는 건가요?"

"예. 물론 평범한 치유사 님에게 이런 부탁을 드릴 수는 없지요. 허나 루시엘 님께서는 홀로 용을 격파했다는 무용담으로 유명한 분 아니십니까? 루시엘 님이 저희의 희망입니다."

촌장의 눈에 핏발이 서 있었다. 어지간히도 위협을 느끼고 있는 모양이었다.

그나저나 지금 뒤를 돌아보면 틀림없이 라이오넬이 희희낙락하며 당장 도적을 퇴치하자고 할 것 같은데…….

도적과의 전투를 피할 수 없는 상황이라면 모를까, 어디 있는지 찾아내기에는 인원이 모자랐다.

"안타깝습니다만 지금 당장 대응하는 건 어렵습니다."

"이, 이럴 수가……."

"도적들이 쳐들어왔다면 막아드릴 수는 있습니다만, 저희가 도적들을 찾아내기에는 인원이 너무 부족합니다. 더구나 저희는 내일까지 북부에 있는 작은 도시까지 가야 하는 상황이고요."

"그, 그럼 그 뒤라도 상관없습니다. 부디 이 마을을 구해주십시오."

촌장은 탁자에 머리를 찧을 듯한 기세로 고개를 숙였다. 나는 혹시 몰라 촌장에게 힐 마법을 발동하면서 승낙했다.

"예. 저 역시 도적들이 날뛰는 건 원치 않으니 용무를 마친 뒤에 돌아와서 전력을 다해 도적을 퇴치하겠습니다. 약속합니다."

"오오. 역시 귀하는 우리들의 구세주입니다."

"아뇨, 아뇨. 그나저나 마을 밖에서 노숙하고 싶습니다만."

"물론 상관없습니다. 루시엘 님이 원하신다면 마을 사람들한테 일러서 일행분이 묵으실 수 있도록 최대한 준비하겠습니다."

"아뇨, 그러실 것까지는 없습니다. 도적들한테 습격을 받았으니 낯선 사람들과 함께 지내는 건 거부감이 드실 테죠."

"루시엘 님……."

"그럼 촌장님, 실례하겠습니다."

촌장이 빨개진 얼굴로 울먹이면서 나를 쳐다봤다. 나는 민망해서 곧바로 그 자리를 물러났다.

촌장의 집을 나온 나는 한숨을 크게 내뱉었다.

라이오넬은 그 광경을 보고 웃음을 참으려다가 끝내 참지 못하고 웃음을 터뜨렸다.

"왜 웃는 거야?"

"아뇨, 루시엘 님을 숭배하는 자가 또 하나 늘어난 것 같아서."

"제발 그만 좀."

"핫핫핫."

"하아~."

나는 더는 성가신 일이 벌어지지 않기를 하늘을 올려다보며 빌었다.

마을에서 용무를 마치고서 일행들 곁으로 돌아가니 3m급 골렘들이 용병들을 에워싸고 있었다. 황당한 건 그 안에서 용병들이 자진하여 요리 중이라는 점이었다.

"이게 대체 무슨 일이야?"

나를 발견하고는 머리를 싸쥐고 있던 케핀이 달려왔다.

"으아, 루시엘 님!"

"설명을 부탁할게."

"드란 씨와 폴라, 리시안한테 감시 임무를 맡기고서 저와 케티가 요리를 시작했는데, 갑자기 용병들이 케티를 보고 식자재를 향한 감사의 마음이 부족하다면서……."

"식자재와 조리도구를 빼앗았다고?"

"아뇨, 빼앗겼다기보다는 케티가 그 말을 듣고 부아가 치밀었는지……."

"직접 해보라고 넘겨줬다고?"

"예."

드란과 폴라와 리시안은 아까 얻은 마석을 한창 처리하는 중이었다. 골렘을 꺼내서 내 지시를 지키려 한 것만 해도 전보다는 많이 나아진 편이다만……

그나저나 케티는 이제 그저 못한다는 수준을 넘어서 요리를 무슨 트라우마처럼 여기고 있는 듯했다.

나리아가 그토록 라이오넬을 잘 보살펴달라고 부탁했건만 무슨 영문인지 아주 맛이 없거나, 점토 같은 식감이 느껴지는 요리밖에 만들지 못했다. 한때는 나리아가 웃으면 케티가 겁을 집어먹었던 시기도 있었을 정도였다.

다만 적어도 오늘은 음식 걱정을 하지 않아도 될 것 같았다.

용병들이 내가 돌아온 것을 보고서 손을 멈췄다. 그러나 두목만은 요리에서 눈길을 떼지 않았다.

"요리하는 게 즐겁나?"

"딱히. 그저 신선한 식자재가 쓰레기가 되는 것을 두고 볼 수가 없었을 뿐이야."

"동감이야."

"앙?"

"동감이라고."

중요한 내용이라서 두 번 말해봤다.

"……."

그러자 무슨 영문인지 용병들이 뜨뜻미지근한 눈으로 쳐다봤다.

"식사를 끝마친 뒤에 내일 일정을 말해주지."

"우리가 요리에 독을 넣을 수도 있는데 걱정이 안 되나?"

"식자재를 향한 감사가 부족하다며? 그런 사람이 독을 넣을 리가 없지."

뭐, 만에 하나 독을 넣었더라도 내게는 전혀 통하지 않을 테지만.

"……."

그 뒤에 두목은 아무 말도 하지 않고 요리를 만들어나갔다.

그 틈에 나는 이쪽 세계의 유목민들이 쓴다는 게르와 비슷한 간이 텐트를 설치해나갔다. 물론 용병들의 몫도 포함하여.

그리고 때마침 간이 텐트를 모두 다 설치했을 즈음에 케핀이 식사가 다 차려졌다며 부르러 왔다. 그를 따라가 보니 드란이 만든 탁자 위에 먹음직스러운 요리가 차려져 있었다.

그런데 막상 앉으려고 보니 식기가 우리 것만 놓여 있었다. 용병들이 쓸 식기는 아직 그대로 쌓여 있었다.

이건 또 무슨 의미일까 하고 내가 의아해하자 케핀이 작은 목소리로 상황을 설명해주었다.

아무래도 용병들은 우리가 먹고 남긴 것을 먹을 생각인 듯했다.

그러나 나는 남들이 지켜보는 앞에서 식사하는 걸 별로 좋아하지 않았다.

"요리는 감사하다만, 우린 어지간한 일이 아니면 다 함께 식사하는 것이 원칙이야. 오늘은 우리 원칙을 따라줬으면 좋겠군."

"양은 충분하니 우린 남은 음식이라도 상관없어."

"남들이 보는 앞에서 먹는 건 불편해서 말이지. 다 함께 식사하는 데 의미가 있는 거 아니겠나. 그리고 아까 식사를 끝마치고서 할 얘기가 있다고 한 거 같은데."

"그런가……. 알겠다."

"자, 식기 전에 맛있게 먹도록."

조금 강압적이긴 했지만, 용병들은 당혹스러워하면서도 요리에 손을 대기 시작했다.

그리고 목구멍으로 음식이 하나둘씩 넘어가자 자연스레 대화가 이뤄지기 시작했다.

이렇게라도 조금이나마 앙금을 풀어 놓으면 차후에 말썽이 일어날 확률을 줄일 수 있을 거다.

나도 용병들이 만든 요리를 먹기 시작했다.

솔직히 엄청나게 맛있었다.

이세계에 와서 만난 요리사 중 최고라고 생각했던 그루가 씨의 실력에 필적하는 수준이었다.

이만한 실력이 있으면 요리사 일을 하는 게 좋지 않을까 싶은 생각이 들었지만, 그들이 무슨 사정이 있는지 모르는 이상, 쉽사리 말을 꺼낼 수는 없었다.

결국, 나는 두목에게 맛있다는 말 한마디만 건넸다.

그러자 두목이 얼굴을 붉힌 채 고개를 획 돌리고서 그래, 라고만 대꾸했다.

나는 그 모습이 어쩐지 우스웠다. 만약에 도적으로서가 아니라 다른 관계로 만났더라면 어땠을까.

모두가 식사를 끝마친 뒤에 촌장에게서 들었던 도적 이야기와 내일 일정을 들려주었다. 그러고는 두목에게 간이 텐트 배분을 맡긴 뒤에 해산했다.

그러자 용병들이 멀뚱멀뚱 서서 날 바라보았다.

"만약 도적들이 나타난다면 도와달라고 하고."

"잠깐, 대체 무슨 생각이지? 혹시 성 슈를 공화국이 우릴 고용했다고 해서 그러는 건가?"

"그런 게 아니야. 뭐, 이유가 있다면…… 상대가 누구든 간에 인도적으로 대응하자는 게 내 신념이라고 해두지."

물론 나나 내 주변의 사람들이 위험에 처하면 이야기는 다르지만.

"……우리가 달아나면 어쩌려고 그러지?"

오히려 달아날 수 있을지가 의문인데. 이미 포레 누와르가 말들을 장악했고, 불침번을 맡은 케티와 케핀에게서 달아나기란 여간 어려운 일이 아니다.

"뭐, 자신 있으면 해봐. 물론 그러다 잡히면 도적이라고 간주하고 처단할 거지만."

나는 손을 가볍게 흔들고서 간이 텐트 안으로 들어갔다. 그러나 두목은 한동안 제자리에 서 있었다.

잠시 뒤에 두목이 텐트에서 멀어지자 나는 마통옥으로 교황님과 이에니스 모험가 길드에 연락했다.

그리고 그날 심야, 천사의 베개에 머리를 뉘고서 푹 자고 있던 나는 낮에 들었던 폭발음과 비슷한 소리를 듣고서 깨어났다.

변신 거울 드레서로 황급히 갑옷을 두르고서 밖으로 나가보니 간이 텐트 몇 개가 불타고 있는 광경이 눈에 들어왔다.

사람들이 여기저기서 외치고 떠들어대는 소리가 들렸다.

"진정하자. 진정하는 거야."

스스로 그렇게 되뇌고서 우선은 폭발음이 들린 쪽으로 시선을 옮겼다. 멀리서 라이오넬, 케티, 케핀이 싸우고 있었다.

"저긴 걱정 없겠군. 도적들은 라이오넬 일행한테 맡겨두자. 드란 일행은 불을 끄고 있구나. 다들 무사한 것 같네."

일단 일행들의 생존 여부를 확인한 뒤에 나는 근처에 있던 용병에게 말을 걸었다.

"거기 당신."

"너, 우릴 함정에 빠뜨렸군."

"그런 이상한 논쟁 하고 있을 시간 없어. 지금 아는 걸 모조리 보고해."

"뭐라고?"

"구할 수 있는 목숨은 반드시 구한다! 그러니 알고 있는 걸 당장 보고하라고!"

"도, 도적의 습격이다. 우리가 자고 있던 텐트가 느닷없이 불타더니……."

불화살로 간이 텐트에 불을 붙였다면 미처 달아나지 못한 자가 있을지도 모른다.

"그럼 용병 중에도 부상자가 있겠군. 죽지만 않았다면 치료할 수 있으니 부상자들을 불러. 아니지, 부상자가 있는 곳으로 날 안내해!"

"아, 알겠어."

용병이 안내해준 곳에는 심한 화상을 입은 용병들이 있었다.

긴급한 상황인지라 나는 그들에게 다가가 에어리어 하이 힐을 발동했다.

용병들은 내가 치유사라는 걸 알고 놀란 눈치였지만, 나는 개의치 않고 이곳에 있는 용병들의 부상을 치료했다.

"몇 명이 없는 것 같은데?"

"아, 사지우스 씨가 몇 명인가 데리고서 도적을 쫓아갔어."

"사지우스?"

"네가 두목이라고 부른 사람 말이야."

"그렇군. 당신, 만약에 내 치료에 조금이라도 고마움을 느낀다면 소화 활동과 마을에 도적이 쳐들어오지 않았는지 확인해줘."

"너, 넌 어쩔 거지?"

"살릴 수 있는 목숨을 살리러 갈 뿐."

그때 포레 누와르가 이쪽으로 다가오는 것이 보였다.

"포레 누와르, 잘 와줬어. 지금부터…… 아니, 너도 다쳤잖아?"

나는 당장 포레 누와르에게 하이 힐과 퓨리피케이션을 발동했다.

"부르르르르."

"알겠어. 고마워."

왠지 사람을 구하러 갈 거면 어서 올라타라고 말하는 듯하여 고맙다고 말하면서 포레 누와르의 등에 올랐다. 그러자 포레 누와르가 단숨에 속도를 높여 달리기 시작했다.

그나저나 설마 이 타이밍에 도적이 나타날 줄이야. 운이 좋은 건지 나쁜 건지 모르겠군.

심각한 상황이지만 이 또한 좋은 경험이 될 거다. 나는 이번 일을 마음속에 잘 새겨두기로 했다.

그런 생각을 하고 있으니 어느새 라이오넬 일행의 근처까지 와 있었다. 나는 주변에 용병들이 쓰러져 있는 걸 발견하고 그쪽으로 다가가 즉시 힐을 썼다.

"'퓨리피케이션', '에어리어 하이 힐'. 눈에 보이는 상처는 다 나았으니 뒤탈은 없겠지. 포레 누와르, 가자."

내 말에 반응한 포레 누와르가 다시 라이오넬 일행을 향해 달리기 시작했다.

"루시엘 님, 기습해온 도적들은 모조리 붙잡았습니다."

나는 말 위에서 보고를 들으면서 피를 잔뜩 뒤집어쓴 라이오넬 일행을 퓨리피케이션으로 정화해주었다.

"아까 일어난 폭발음은 라이오넬이 낸 건가?"

"예. 도주로를 차단하고자 화염을 사용했습니다."

"그랬군. 부상자는?"

"그 용병 두목이 등을 베이고 팔이 절단되었습니다. 그리고 용병 3명이 도적들의 칼에 베였습니다."

"아까 치료한 용병이 그들인 모양이군. 그럼 두목은?"

"저쪽에 있습니다. 일단 도적의 포션을 빼앗아 지혈하려 했습니다만, 완전히 지혈할 수는 없었습니다."

"충분해. 어차피 이미 용병들을 치료하느라 회복 마법을 마구 쓰고 돌아다녀서 더 숨길 이유도 없어졌어."

라이오넬이 안내한 곳으로 가서 두목의 모습을 확인한 뒤에 나는 포레 누와르에서 내렸다.

두목은 잘린 자신의 팔을 멍하니 바라보고 있었다.

"살아 있어서 다행이군."

"……다행이라고? 팔이 잘린 걸 보고도 다행이라는 소리가 나오나?"

"당연하지."

이 세계에는 기적을 일으킬 수 있는 마법이 있다.

"이제 검을 쥘 수도, 부엌칼을 쥘 수도 없다고……."

"그대로라면 그렇겠지."

잘린 팔 정도는 얼마든지 고칠 수 있는 기적의 마법이 말이다.

"이젠 용병 일을 할 수도 없고, 원한을 가진 자들이 내 목숨을 노릴 거다. 그런데 다행이라니?"

"죽는 거에 비하면 다행이지. 적어도 나는 그렇게 생각해."

"닥쳐!! 팔이 잘린 적이 없는 녀석이 뭘 안다고 떠들어대."

그야 뭐, 엑스트라 힐을 익힌 덕분에 이만한 여유가 있는 거지만. 참고로 나도 팔정도는 잘려 보았다. 기분은 잘 알고 있다.

그런데, 용병 일로 돈을 벌고 있다면 언젠가 다치거나 죽을 각오 정도는 있어야 하는 거 아닌가?

그러자 라이오넬이 두목의 멱살을 잡고서 강제로 일으킨 뒤에 손을 뗐다.

"이봐, 팔을 잃고 절망에 빠지는 건 네 자유다만, 이분이 누군지도 모르면서 엉뚱한 사람에게 분풀이하지 마라. 또 이러면 내가 나머지 팔도 잘라버리겠다."

두목은 허리가 빠진 사람처럼 제자리에 흐느적흐느적 다시 주저앉았다.

라이오넬이 먼저 화를 내는 바람에 내가 따지기 어려워졌다. 너도 용병 일을 했으면 다른 사람의 팔을 잘라봤을 거 아냐? 하고 말해주고 싶었는데.

"시간이 없으니 간결하게 끝내지. 지금부터 사지, 사지…… 이름이 뭐였지?"

"……사지우스다."

"그랬지. 그럼 사지우스, 네게 선택할 기회를 주마."

"선택이라니?"

"하나는 한쪽 팔을 잃은 것을 후회하면서 용병이나 무언가로 계속 살아가는 길. 또 하나는 팔을 고치는 대신 용병 일에서 손 씻고 그동안 지은 죄를 사죄한 후 선하게 살아가는 길이다."

"자, 잠깐만! 이 팔이 나을 수 있나?"

"루시엘 님, 지나치게 관대한 처사입니다."

"이 나이에 외팔로 살아가기에는 인생이 너무 길잖아. 게다가 용병 일이라는 게 어쩔 수 없이 나쁜 짓을 저질러야 하는 순간이 있을 수도 있잖아? 뭐 팔을 고치는 대가로 영원히 악행을 저지르지 않는다면 나쁘지 않은 조건 같은데?"

"흠. 충성심은 터럭만큼도 없는 것 같고, 향상심 역시 눈곱만큼도 없이 타성에 젖어 살아가는 자인 듯하니 루시엘 님이 그를 시종으로 삼겠다는 말만 하지 않는다면 더는 말참견을 하지 않도록 하지요."

지독한 발언이긴 하지만, 그건 종자가 아니면 상관없다는 말이 아닌가? 실은 라이오넬도 요리사로 들이고 싶은 건가?

"이, 이봐. 설마 너희들, 무슨 고위 마족인 거냐?"

"루시엘 님, 역시 그냥 버리시는 게 어떻겠습니까? 어차피 살아 있어봤자 남들한테 해만 끼칠 겁니다."

"그럴지도……. 나는 인간이야. 그냥 성속성 마법을 조금 열심히 익혔을 뿐이지."

"성속성?! 서, 설마 당신이 그 S급 치유사인가?!"

"그런 건 또 아는구나. 그래서 어쩔——"

"치, 치료해주십시오. 그러면 기꺼이 용병 일에서도 손을 씻도록 하겠습니다!"

"어라? 혹시 예전부터 용병 일에서 손을 뗄 기회를 보고 있었나?"

"예. 용병이라고는 하지만 딱히 잘나거나 실력이 대단한 것도 아닙니다. 검을 들기보다 들풀이나 버섯을 수확하여 요리하는 걸 더 좋아할 정도입니다."

그러고 보면 케티나 케핀이 용병치고는 너무 약하다고 하긴 했었는데. 그런 거였나.

아니 그럼, 왜 도적들에게 먼저 달려든 거지? 혹시 성미가 급하면서도 의리를 아는 성격인가?

"그럼 진즉에 관뒀으면 좋았잖아."

"그건…… 보복이 두려워서……."

"그럼 서약부터 맺도록 하지. 지금부터 발동하는 회복 마법이 무엇인지 절대로 함구한다. 그리고 앞으로는 살아가면서 절대로 악행을 저지르지 않는다. 수인족한테도 정중하게 대한다. 다만 자신의 목숨이 위험해졌을 때 내게 도움을 요청하는 것은 허가한다. 이 세 가지 사항을 지키겠다고 맹세하겠나?"

"매, 맹세합니다."

"서약 완료. '퓨리피케이션', '엑스트라 힐'. 자, 나는 서약을 지켰다."

"어, 으음……. 팔이 원래대로 돌아온 건 참 기쁘긴 한데, 뭔가 거창한 의식 같은 건 없습니까?"

"그런 게 왜 필요하지? 이미 원래대로 돌아왔잖아?"

"그야 그렇긴 한데……."

"뭐, 무슨 말이 하고 싶은지는 알겠는데, 그냥 잊고 팔을 고친

걸 기뻐하라고."

"그……래야겠죠?"

"아, 그리고 말이 나온 김에 하는 소린데, 나도 팔다리 정도는 이미 여러 번 잘려봤어. 상실감이나 얼마나 아픈지는 잘 알지. 라이오넬도 얼마 전까지는 아킬레스건이 끊어져서 걷지도 못했고."

"……제가 대단히 실례했습니다."

"알았으면 됐어. 일단 가서 용병 동료들한테 무사하다고 알려줘. 다만 도망── 아니 어차피 이젠 불가능한가."

"으음, 저기……."

"우린 도적들을 처리하러 갈 거야. 같이 가려고?"

"아뇨, 맡기도록 하겠습니다."

"아, 이 주변에 치료받은 용병들이 나뒹굴고 있으니 깨우든지, 아니면 다른 동료들을 불러서 데리고 가."

"예."

사지우스는 대답하고서 동료들 곁으로 달려갔다.

그 모습을 보고 있던 라이오넬이 불쑥 중얼거렸다.

"그토록 요리를 잘하니 루시엘 님의 전속 요리사로 고용하는 것도 괜찮겠다 싶었는데, 생각이 얕고 성미가 급한 듯하니 조금 어려울 것 같군요."

"라이오넬은 앞으로 요리를 배워볼 생각 없어?"

"전 부엌칼보다는 이 대검을 휘두르는 편이 적성에 더 맞습니다."

"그렇겠지. 자, 그럼 도적들한테서 얘기를 들어보도록 할까."

"예."

그리하여 나와 라이오넬은 케티와 케핀이 감시하고 있는 도적들이 붙잡힌 곳으로 향했다.

포박된 도적들을 감시하고자 케티와 케핀을 붙여놨는데, 아니나 다를까 포박된 도적들의 얼굴이 엉망진창으로 망가져 있었다.

"어, 음. 왜 이렇게까지 때려 놓은 거야?"

"죄송하다……냥. 하지만 후회는 전혀 없다냥."

"죄송합니다. 다만, 저 역시 전혀 후회하지 않습니다."

"아니, 사과하기 전에 이유부터 좀 말 해줘."

"케핀, 설명을 부탁한다……냥."

"하아~, 어쩔 수 없지. 루시엘 님, 우선 이걸."

"이게 뭐지? 수인족 가면인가?"

"이 도적들은 이 가면으로 수인족인 척 연기하고 있었습니다."

그런 거였나. 케티가 말꼬리에 냥을 붙이는 것을 깜빡할 만큼 분노할 만도 하군.

우리는 다른 종족들과 손을 맞잡고 싶어서 전력을 다하고 있는데, 저 녀석들은 대립하기를 바라는 모양이다.

그리고 최근에 들은 이야기 중에 그런 사람들이 있었지…….

"그럼 이 도적들이 실은 인족지상주의파가 보낸 용병이란 얘기인가."

"예. 다만 어제 만난 녀석들과는 달리 양심이 눈곱만큼도 없는 진짜배기 쓰레기입니다."

설마 케핀이 그렇게까지 신랄하게 말할 줄이야. 아마도 저 용병들은 이제는 살았다는 생각에 신바람에 난 나머지 여러 이야기를 술술 내뱉었겠지.

"저 녀석들은 절대로 치료해주지 말았으면 좋겠다……냥."

"으음, 다들 목숨에 별 지장은 없는 듯하니 그렇게 하자. 이번에는 똑바로 감시해줘."

"알겠다냥."

"아, 그리고 이 녀석들도 용병이라면 사지우스가 알고 있을지도 몰라. 데리고 와서 한 번 확인해봐. 난 마을 사람들과 촌장님한테 무슨 일이 있었는지를 전하고 올 테니까."

"함께 하겠습니다."

나는 고개를 끄덕였다.

"적당히 하도록 해."

"알겠다냥."

"알겠습니다."

말은 그렇게 했지만, 도적들이 의식을 찾으면 또 쓸데없는 소리를 내뱉다가 얻어맞지 않을까 하는 생각이 들었다.

마을에 다가가니 화톳불을 밝힌 마을 사람들이 무기를 든 채로 바리케이드를 치고서 경계하고 있었다.

"아~, 일단 도적들을 쓰러뜨린 뒤 포박했습니다. 그런데 예전에 도적들을 물리쳤다는 용병의 얼굴을 기억하는 분, 혹시 계십니까?"

내 말을 듣고 주민들이 환호성을 질렀다. 곧장 바리케이드를 해제하고서 촌장과 마을 사람 몇 명이 밖으로 나왔다.

"걸으면서 설명하겠습니다. 도적들을 붙잡았는데, 다들 수인족의 모습을 하고 있더군요."

"그럼 역시나 수인족이 도적이었던 겁니까?!"

"아뇨, 수인족으로 변장한 인족이었습니다. 심지어 도적이 아니라 용병이더군요."

"뭐라고요!"

"아무래도 이번에 소동의 배후에는 흑막이 있는 것 같습니다. 아직 정확하진 않습니다만, 아마 배후에 인족지상주의자나 혹은 거대한 조직이 있는 게 아닐까 싶습니다."

"……그렇습니까. 그럼 도적들이 훔쳐 간 건 돌려받기 어렵겠군요."

촌장은 체념했는지 어깨를 축 늘어뜨렸다.

"어떤 물건을 도난당했습니까?"

"실은 예전에 도적들이 습격했을 때 말 몇 필이 없어졌습니다."

"말이라…… 촌장님. 그저 작은 위안 정도겠지만, 이 사건을 제가 교황님께 보고하도록 하겠습니다."

"그건……."

"제가 습격을 당했으니 이에니스와 성 슈를 공화국에서 도적들을 잡고자 움직일 겁니다. 그와는 별도로 모험가 길드에도 연락하겠습니다."

"그렇군요, 감사합니다. 그런데, 그렇게 되면 도적을 토벌해도 도난품은 토벌한 자가 가져가게 되지 않겠습니까……?"

"그때는 제가 교섭에 나서도록 하죠."

"그, 마음은 감사합니다만, 그렇게 도와주셔도 저희 마을에는 그 은혜에 사례할 만한 물건이 없습니다……."

"그러시다면…… 언젠가 제가 어려운 상황에 빠졌을 때 도와주시는 건 어떻겠습니까?"

딱히 보답을 바랄 생각은 없었지만, 물의 정령이 했던 말이 괜스레 마음에 걸렸는지 무심코 입 밖으로 그런 말이 튀어나왔다. 나도 스스로 놀라고 있었다.

"예. 그 정도라면 얼마든지 들어드리겠습니다. 만에 하나 루시엘 님이 세계의 적이 되더라도 도와드릴 것을 약속합니다."

촌장이 진지한 표정으로 굳게 약속했다. 나는 그 약속이 대단히 기뻤다.

"그럼 만에 하나 상황이 어려워지면 도움을 구하도록 하겠습니다."

"예."

그 뒤에 도적 노릇을 하던 용병들을 촌장을 비롯한 마을 사람들 앞으로 끌고 갔다. 다만 너무 엉망진창으로 얻어맞은 탓에 얼굴을 알아볼 수 없다기에 할 수 없이 퓨리피케이션으로 용병들의 얼굴에 난 상처와 얼룩을 말끔하게 씻어냈다.

그러자 마을 사람들이 그들 중 몇 명이 저번에 마을에 왔었던 용병들이라는 증언을 내놓았다.

심지어 사지우스와 동료들도 그들이 용병 업계 상층부라는 증언을 했다.

그리고 자초지종을 조사하는 과정에서, 마을에서 도난당한 말이 사지우스와 동료들이 타던 말이었다는 사실이 밝혀져 무사히 마을 사람들에게 돌려주었다.

포박한 용병들이 너무 많아져서, 나는 이번 습격 사건과 함께 사태가 변했음을 보고하고 교황님께 용병들을 호송할 인원을 요청했다.

그리고 그로부터 이틀.

나는 도적인 양 행세했던 용병들을 마력을 빨아들여 무기력하게 만드는 지하 감옥에서 넣어두고 호송 인력이 올 때까지 여느 때처럼 라이오넬과 전투 훈련에 매진하고 있었다.

"점심이 슬슬 다 되어갑니다."

그때 나의 임시 전속 요리사가 된 사지우스가 말을 걸어왔다.

"라이오넬, 오늘은 이쯤에서 마무리하도록 하자."

"그래야겠군요. 아직 부족한 부분은 오후에 이어서 하시지요."

"엑, 오후에도 전투 훈련을 할 예정이야?"

"루시엘 님, 강해지기 위해서는 오로지 노력뿐입니다."

"으윽, 알겠어. 어차피 할 일도 없으니 노력할게."

바로 그때 케티와 케핀이 황급히 이쪽으로 달려왔다.

"무슨 일이라도 있어?"

"이쪽으로 다가오는 무리가 있다냥. 하얀 갑옷을 보아하니 성 슈를 공화국의 기사대인 것 같다냥."

"기마병 10명 남짓과 마차 2대가 오고 있습니다."

요청했던 호송대가 왔나.

"알겠어. 사지우스, 지금 요리를 추가로 더 만들 수 있겠어?"

"바로 시작하겠습니다."

사지우스가 대단히 즐거운 얼굴로 용병들에게 지시를 내리면서 요리를 추가로 만들기 시작했다.

잠시 뒤에 성 슈를 교회 본부에서 파견한 응원 부대가 도착했다. 그러나 나는 그 기사대를 보고서 놀라 나머지 목소리를 높였다.

"어?! 왜 발키리 성기사단이 온 겁니까?"

"그야 호송 임무로 왔지. 여전히 건강해 보여서 참 다행이야."

"아, 예. 루미나 씨……를 비롯한 다른 분들도 잘 지내는 것 같네요."

무심코 넋을 잃고서 루미나 씨를 쳐다볼 뻔했다. 뒤에서 발키리 성기사단 일원들이 힘차게 손을 흔들어준 덕분에 겨우겨우 얼버무렸다.

"발키리 성기사단은 교회 본부의 최고 전력이니까, 일단은 약식으로나마 착임 신고를 하고 싶은데.”

“예, 부탁합니다.”

“보충 요원과 도적을 호송하기 위한 인원을 추가로 보내 달라는 S급 치유사 루시엘 님의 요청에 응한 교황님께서 명을 내리시어 발키리 성기사단 11명과 치유사 4명을 파견하셨습니다. 짧은 기간이지만 호송하는 동안에 우리 발키리 성기사단은 루시엘 님의 휘하에 편입되었고, 치유사 4명은 루시엘 님의 여행에 동행하게 되었습니다.”

“알겠습니다. 짧은 시간이긴 하지만 앞으로 잘 부탁드립니다.”

“예.”

루미나 씨가 가슴에 손을 대고서 경례를 하자 뒤에 대기하고 있던 단원들도 마찬가지로 경례를 했다.

다만 그녀들 이외에 치유사의 모습은 달리 보이지 않았다.

“저기, 치유사들의 모습이 보이지 않습니다만?”

“강행군에 지쳐 짐칸에 널브러져 있다고 해야 할까……?”

턱에 손을 대고서 고개를 갸웃거리는 루미나 씨의 그 몸짓이 너무나도 어설펐다. 귀엽다고 여기면서도 그만 웃음이 나와버렸다.

“그럼 인사는 이따가 하도록 하죠. 마침 다 함께 식사하려던 참이었는데 같이 하시겠어요?”

“방금 도착한 참인데 우리가 먹을 양이 있나?”

“예. 이미 척후에게 보고를 받아서 미리 준비하고 있었습니다.”

나를 쳐다보던 루미나 씨가 라이오넬을 비롯한 우리 일행 쪽으로 시선을 돌리더니 고개를 끄덕였다.

"우리가 기척조차 느끼지 못한 척후라…… 과연."

"응? 왜 그러시죠?"

"이에니스에 호위를 맡은 성치사단을 몽땅 남겨두고 돌아왔다는 보고에 한동안 루시엘 군이 용살자가 되어 거만해진 게 아니냐는 소문이 나돌았거든."

"하하, 교회 본부에서 그런 소문이……. 전 모두가 알다시피 평범한 겁쟁이예요. 호위도 없이 이에니스 밖으로 나가는 건 꿈도 못 꿀 일이라고요."

"용살자가 되었는데도 여전히…… 아니, 여전하구나."

음? 뭔가 말을 하다 만 것 같은데?

"뭐, 자초지종을 들으면 이해가 될 겁니다. 수행원이라고 해야할까…… 길동무도 소개할 테니 함께 식사하도록 하죠. 발키리 성기사단의 얼굴을 보니 명령이 언제 떨어지나 이제나저제나 기다리고 있는 것 같고요."

"……별수 없는 녀석들이로구나. 그럼 루시엘 군의 권유대로하도록 하지."

"예. 어서 가시죠."

내가 말하자 발키리 성기사단 대원들이 환호성을 질렀다. 그 뒤에 나는 드란이 제작한 간이식당으로 그들을 안내했다.

참고로 그 탓에 본의 아니게 강행군으로 지쳐 쓰러져 있던 치유사들도 억지로 데리고 가게 됐다. 뭔가 살짝 미안한 마음이 들었다.

　점심이 시작되자마자 사지우스를 비롯한 용병들이 차린 요리를 칭찬하는 소리가 여기저기에서 터져 나왔다. 분위기가 흥겨워지자 나는 이에니스에서 어떤 활동을 했는지 들려주기로 했다.

　우선 나는 치유사 길드를 재건하기 위해서 어떻게 행동했는지 간략하고도 담담하게 들려주었다. 그리고 내가 용살자가 된 전말과 이에니스의 대표가 된 경위, 이에니스를 성치사단에게 맡기고서 다른 지역으로 떠나기로 정했다는 걸 알려주었다.

　"그래서 도적 노릇을 하던 용병들을 붙잡았는데 머릿수가 너무 많아서 인원을 요청한 겁니다."

　도중에 용살자 이야기를 시작했을 때 마르르카 씨와 마일라 씨가 '기다렸습니다', '오, 용살자. 당신의 무용담을 들려줘요' 하고 띄우는 바람에 살짝 겸연쩍어졌다. 그렇게 나는 이에니스에서 어떤 활동을 했는지 보고를 끝마쳤다.

　"……루시엘 군. 상상했던 것보다 훨씬 농후한 인생을 보냈구나."

　어쩐지 루미나 씨가 나를 동정했다.

　교황님에게서 현재 발키리 성기사단이 꽤 고생하고 있다고 들었기에 힘든 건 피차 마찬가지라고 생각했는데…….

　"루시에른 님, 말씀을 들어보니 용살자라고 자랑하고 다니더라도 아무런 문제가 없다는 생각이 드…… 생각합니다."

　"맞다. 거만을 떤다니 당치도 않제. 자신감을 가지는 것도 억수로 중요혀.”

여전히 마르르카 씨는 존댓말이 서툴구나. 나를 부르는 호칭도 여전히 이상하고. 가네트 씨처럼 편하게 말해도 되는데.

“맞습니다. 용과 맞닥뜨리기만 해도 전의를 상실하는 사람이 많은데 마지막까지 포기하지 않고 전투를 벌인 끝에 용살자가 된 거 아닙니까. 물체X 덕분이라는 말은 당치도 않죠.”

“응, 훌륭해.”

“어음, 마르르카 씨, 가네트 씨, 리프네아 씨, 쿠이나 씨, 모두 감사합니다.”

“고작 포레스트 보어를 쓰러뜨리고도 눈물을 흘렸던 시절을 돌이켜보면 성장이 아니라 진화에 가깝네.”

“끊임없는 지적이 성장으로 이어진 희귀한 경우지.”

“베아리체 씨, 그 기억은 이제 봉인해주세요. 그리고 캐시 씨를 비롯해 여러분께서 지적하실 때마다 무슨 영문인지 성치사단 대원들이 질투하는 바람에 서투른 부분을 개선하려고 노력했을 따름이에요.”

안 그래도 한 줌밖에 되지 않는 아군이 줄어들어 또다시 외톨이 신세로 추락할 뻔했으니까.

그나저나 설마 발키리 성기사단 대원들이 내 무용을 칭찬하는 날이 올 줄은 생각도 못 했는데…….

“역시 루시엘 님은 보통 치유사와는 사고방식이 아주 달라.”

“새삼스러운 일도 아니지. 아무리 이에니스 주민들한테 환영받지 못할 줄 예상했다고 하더라도 치유사를 싫어하는 사람들이 모여 있는 모험가 길드로 곧장 쳐들어갈 줄이야. 참 특이한 사고방식의 소유자야."

루시 씨와 엘리자베스 씨의 말이 칭찬하는 투가 아닌 어이없어하는 투로 들려서 나는 쓴웃음만 흘렸다.

"아니, 그러고 보니⋯⋯."

"보통 사람과 다르다는 얘기가 나와서 말인데, 이에니스에 들어간 뒤에 느닷없이 노예를 마구 사들이기 시작했다는 얘기가 들려오더니 루시엘 군이 스트레스를 풀고자 주지육림에 빠진 게 아니냐는 소문이 나돌았어. 그 소문이 참 굉장했는데."

"아니, 저기⋯⋯."

화제를 돌리려던 차에 사란 씨가 얼굴을 새빨갛게 물들이며 갑자기 음담패설을 꺼내며 끼어들었다.

사란 씨는 여전히 부끄럼쟁이인 모양이었다. 아마도 말을 꺼내기 전에 망상부터 한 것 같은데⋯⋯. 어쩐지 입을 열기 전부터 얼굴을 자꾸만 실룩거리더라.

모두가 나에게서 시선을 돌리는 걸 보니 그 소문이 사실임을 짐작할 수 있었다.

"루시엘⋯⋯ 님, 여기 있는 사람들은 그 소문이 질투심에서 비롯되었다는 걸 알고 있어. 애당초 보통 사람과는 다른 사고방식을 소유했기에 단기간에 이런 큰 성과를 거둔 거니 자랑할 만한 일이야."

분위기가 이상하게 흐르려고 하자 마일라 씨가 뚝 끊어냈다. 우리는 아무 일도 없었던 것처럼 또다시 요리에 손을 대기 시작했다.

내가 교회 본부에 있었을 때는 발키리 성기사단과 함께 훈련하면서 질투 어린 시선을 받기는 했어도, 악의가 담긴 소문이 나돈 적은 없었다.

어쩌면 치유사 중에도 나를 미워하는 사람이 있을지도 모르겠다.

뭐, 이미 끝난 일을 두고 후회하지는 않는다.

"루시엘 군이 쌓은 실적은 루시엘 군이 노력해서 얻은 결과라는 걸 우린 알고 있어."

"감사합니다. 뭐, 질투심에서 비롯된 악의적인 소문은 마음에 담아봤자 소용없으니 무시할 수밖에 없죠."

"맞아."

"아, 그런데 실적에 관한 부분은 조금 정정해야 할 것 같아요. 저도 물론 노력은 했지만, 제 능력은 보잘것없습니다. 절 지탱해준 성치사단 대원들과 이렇듯 수행원으로서 도와준 동료들, 그리고 협력해준 이에니스 주민들 덕분이니까요."

"훗, 자신의 공을 남한테 돌릴 줄 아는 그 겸손함도 여전히 루시엘 군답구나."

"그저 사실일 뿐입니다. 그리고 노예 이야기가 나와서 말인데, 슬슬 제 수행원들을 소개하도록 하죠."

"실은 아까 전부터 줄곧 궁금하던 차였어. 루시엘 군의 옆에 있는 사람은 일마시아 제국의 전귀라던 라이오넬 그라스트 엘펜스 장군 아니야?"

라이오넬의 진짜 이름을 알고 있다니 굉장한데?

"지금은 S급 치유사의 수석 수행원을 맡은 라이오넬일세. 그 이상도 그 이하도 아니지."

"실례했군요. 그런데 전쟁터에 있어야 할 사람이 어째서 여기에 있는 겁니까?"

루미나 씨가 당혹스러워하는 모습은 참 오랜만이군.

그러나 그 이야기는 이곳에서 할 만한 내용이 아니므로 적당히 대꾸하기로 했다.

"루미나 씨가 의문을 품어도 이상하지 않습니다만, 라이오넬은 1년 넘게 수행원으로서 절 도와왔습니다. 지금은 그냥 넘어가주세요."

"……알겠어."

"그럼 뒤이어서 소개하도록 하죠. 여기 있는 사람은 척후를 담당하고 있는 고양이 수인족 케티입니다."

"너, 넌 순영(瞬影) 아냐?"

"현재는 루시엘 님의 일개 수행원이고, 그 이상도, 그 이하도 아니다냥."

루시 씨가 겁을 먹고서 목소리를 높이자 케티가 라이오넬 씨를 흉내 내어 새침하게 대꾸했다.

"어음, 그다음은 이 식당을 만들어준 생산책임자 드란입니다."

"귀, 귀하는 드워프족 최고 무구장인인 그란드 공의 사제인 명공 드란 공 아닙니까?"

쿠이나 씨가 놀라워하며 벌떡 일어섰다.

"그란드 형님이 사형이라는 건 사실이네만, 지금은 루시엘 공의 무구와 마도구를 생산하고 관리하고 있을 뿐일세. 그 이상도 그 이하도 아니지."

"드란 옆에 있는 아이는 드란의 손녀이자 마도구 제작을 맡은 폴라!"

"지금은 아직 마도구밖에 제작하지 못하는 천재일 뿐. 언젠가 이 이름이 세상에 널리 알려지기 전까지는 그 이상도, 그 이하도 아니야."

"그 옆에 있는 엘프족 소녀 역시 마도구 제작을 담당하고 있는 리시안입니다."

"내가 누군지 알고 싶으면 마석을 가지고 와요. 그럼 이야기를 들려줄게요."

"리시안은 바~보."

"바보 눈에는 바보밖에 안 보여."

"……."

"무시하다니 잔인하네요."

하아, 저 두 사람은 함께 있으면 꼭 사고를 친다니까.

내가 일부러 헛기침하자 두 사람은 곧장 입을 다물었다. 뭐 탁자 아래에서 서로 발길질하는 건 결국 멈추지 않았지만, 귀찮으니 모른 척하기로 했다.

"어음, 마지막으로 인족과 수인족의 하이브리드이자 예전에 불한당들의 리더였던 케핀. 케핀은 슬럼가에서 지낸 과거가 있긴 하지만, 의리와 이치를 아는 남자라서 제 목적을 달성하는 데 요긴할 것 같아 동행을 허락했습니다."

케핀을 소개하자 발키리 성기사단 대원 중에서 몇 명이 순간 이맛살을 찡그렸다.

"케핀이라고 합니다. 루시엘 님의 수행원으로서 어울리지 않는 몸이나, 루시엘 님이 베풀어주신 은혜에 보답하기 위해서 언제든지 목숨을 걸 각오가 되어 있습니다."

케핀이 그렇게 말하자 라이오넬과 루미나 씨가 동시에 노기를 내뿜었다.

"……케핀이라고 했나? 분명 그대만은 루시엘 군의 수행원으로서는 과거가 너무 더럽군."

"예……."

"게다가 루시엘 군을 위해서 목숨을 거는 건 수행원으로서 당연한 일."

"예."

"데리고 있어봤자 해만 되는 그대를 왜 동행시켰는지 솔직히 루시엘 군의 생각을 잘 모르겠구나. 하지만 루시엘 군이 선택했으니 루시엘 군의 도움이 되기 위해서 루시엘 군보다 더 노력하고 힘을 길러서 주변 사람들의 인정을 받고야 말겠다는 기개를 가지도록."

"예."

"그리고 루시엘 군의 수행원이라면 알아 둬야 할 게 있어. 아무리 죽고 싶다고 해도 루시엘 군은 쉽사리 죽게 두지 않는다는 걸 말이야."

"명심하겠습니다."

"그리고 또 하나. 수행원이 자신을 깎는 건 수행원으로 택한 루시엘 군을 깎는 것이나 마찬가지야. 자신을 낮추는 태도는 좋지만, 그런 마음가짐을 남들한테 드러내서는 안 돼. 루시엘 군한테 선택받았으니 자긍심을 가져."

"말씀 감사합니다."

케핀이 대답했을 때 라이오넬의 노기는 이미 사그라진 뒤였다.

아무래도 라이오넬이 하고 싶었던 말을 루미나 씨가 해준 모양이다.

"루미나 씨, 고맙습니다."

"난 사실만을 말하니까."

"그런가요? 그럼 달콤한 디저트를 더 내오도록 할게요."

"달콤한 디저트?"

"예."

나는 일단 자리에서 일어서 마법 주머니에서 나리아 씨가 하치족의 벌꿀을 잔뜩 넣어서 만든 쿠키와 벌꿀 시럽을 끼얹은 요구르트 케이크를 꺼내 각 접시에 덜었다. 그러고는 이에니스에서 만든 고급 찻잎으로 홍차를 끓이기 시작했다.

*

루시엘이 자리에서 일어나 사라지자 라이오넬과 루미나가 서로를 쳐다봤다.

"루시엘 님이 귀하들을 얼마나 신뢰하는지 알겠군. 물어보고 싶은 게 있다면 루시엘 님이 돌아오시기 전에 묻도록."

라이오넬이 그렇게 말하자 루미나는 놀라워했다. 그와 동시에 그녀는 특수한 스킬인 마력시(魔力視)로 라이오넬이 경건한 마음으로 루시엘을 대하고 있다는 걸 깨달았다.

"감사합니다……만, 설령 당신이 누구든 간에 루시엘 군을 배신할 리가 없다고 판단했으니 괜찮습니다."

"과연. 수년 전에……, 부패한 성 슈를 공화국 교회 본부에서 교황이 최후의 희망을 품고 한 인재를 찾아내어 그자를 대장으로 삼아 성기사단을 신설했다는 소문을 들었는데 바로 귀하였군."

"역시 제국의 첩보 능력은 뛰어나군요."

"뭐. 그대를 전장에서 딱 한 번 본 기억이 있어서."

루미나에게는 잊고 싶은 과거인 첫 출진 때일 것이다.

"그렇……습니까."

"그리 경계할 거 없네. 루시엘 님이 소중히 여기는 사람을 언짢

게 하고 싶지는 않으니."

마력시를 쓰지 않고도 라이오넬의 말이 거짓이 아님을 짐작한 루미나는 문득 그가 어째서 루시엘을 경건하게 대하는지 물어보고 싶어졌다.

"……."

"루시엘 님을 따르는 이유는 그분이 내게 살아갈 희망을 주셨기 때문이지만, 앞으로도 수행원으로서 살아가겠다고 결의한 이유는 루시엘 님의 곁에 있으면 세계가 숨 가쁘게 돌아가 지루할 틈이 없기 때문이지."

"어떻게 아신 거죠?"

"물어보고 싶다고 얼굴에 쓰여 있지 않나. 음, 그만 대화를 마쳐야겠군."

라이오넬이 중얼거리자 때마침 루시엘이 먹음직스러운 케이크를 들고 돌아왔다.

루미나는 돌아온 루시엘을 쳐다보면서 아까 전 라이오넬이 즐겁게 웃던 모습을 떠올렸다. 전쟁터에서 전귀라고 불리던 사내가 그렇게까지…….

그리고 만약에 자신도 루시엘의 옆에서 함께 시간을 보낸다면 진심으로 웃을 수 있는 시간이 늘어나지 않을까, 하고 상상했다.

*

디저트로 쿠키와 요구르트, 케이크를 나눠주기 시작하자 발키리 성기사단뿐만 아니라 케티, 폴라, 리시안도 접시를 받으러 후다닥 달려갔다.

가르바 씨가 손수 발효시킨 홍차를 모두에게 다 나눠주고 보니 무슨 영문인지 내 디저트가 어디론가 사라져버렸다. 그러나 누가 슬쩍했는지 추궁하기도 전에, 나는 성기사들에게 둘러싸이고 말았다.

"어? 음, 무슨 일이죠?"

"루시에른 님, 이런 쿠키와 케이크를 어디서 구했어? 알려주라~."

"설령 S급 치유사일지라도 달콤한 음식과 기호품을 독점하는 건 용서하지 않아요."

"루시엘…… 님, 음식으로 생긴 원한은 무섭다고요."

"너희들 그 정도만 해. 루시엘 군이 당혹스러워하잖아. 생각해 봐. 루시엘 군이 우리한테 뭔가를 숨길 리가 없잖아."

루미나 씨의 말에 성기사들이 아쉬운 얼굴을 하고 제자리로 돌아갔다.

"루미나 씨, 덕분에 살았습니다."

"나야말로 미안하다. 그나저나 아까 그 쿠키랑 케이크는 어디서 산 거지?"

"어디서 파는 게 아니라 이에니스에서 구한 겁니다."

"그럴 리가 없어요."

그러자 엘리자베스 씨가 추궁했다.

"진짜입니다. 제가 거짓말을 할 이유가 없잖습니까?"

"큭……. 하지만 이 디저트에는 환상의 벌꿀이 들어가 있었어요. 옛날에는 이에니스에서도 벌꿀을 팔았다고 하지만, 지금은 구할 수 없다고 들었어요."

아, 그러고 보니 엘리자베스 씨는 상인 집안 출신이었지.

"흠, 혹시 엘리자베스 씨가 말하는 그 환상의 벌꿀이란 게 하치족이 만든 걸 말하는 겁니까?"

"그래요. 지금 벌꿀을 생산하는 건 루브르크 왕국뿐이에요. 한 해에 몇 병도 나오지 않을 만큼 귀하다고요."

"그 환상의 벌꿀이 이거 아닙니까?"

나는 마법 주머니에서 작은 통과 술통을 꺼낸 뒤 마개를 열어 내용물을 내보였다.

"이, 이, 이, 이……."

엘리자베스 씨가 말을 잇지 못하는 와중에 뒤에 있는 베아리체 씨와 사란 씨가 망가진 것처럼 벌꿀주라고 자꾸 되뇌기 시작했다. 그래서 나는 간략하게 설명하기로 했다.

"실은 하치족을 도울 기회가 있어서 그 보답으로 이렇듯 벌꿀을 구할 수 있게 되었습니다."

"루시엘 군, 그 벌꿀과 벌꿀주 말인데, 조금이라도 좋으니 나눠 줄 수 있겠나?"

루미나 씨가 내 양쪽 어깨에 손을 올리고서 얼굴을 가까이 댄 바람에 무심코 심장이 두근거렸네.

"아~ 음, 그렇네요……. 이번에 루미나 씨를 비롯한 성기사단이 강행군으로 달려와 주셨으니 그 보답으로 벌꿀과 벌꿀주를 드릴게요."

"오……."

"오늘뿐만이 아니라 루미나 씨를 비롯한 발키리 성기사단 여러분께는 줄곧 신세만 졌으니까요."

"고맙다. 루시엘 군."

"앗."

루미나 씨가 그대로 끌어안으려고 다가오자 나는 장승처럼 멀뚱히 서 있을 수밖에 없었다. 갑옷과 갑옷이 깡, 하고 맞부딪치자 나는 우스워져서 웃음이 나와버렸다.

루미나 씨도 얼굴을 살짝 붉힌 채로 겸연쩍게 웃었다. 그 뒤에는 발키리 성기사단 대원들이 몸통 박치기를 하듯 나에게 몸을 날렸다.

라이오넬을 비롯한 수행원들에게 도움을 청했지만, 끝내 도와주지 않았다.

갑옷을 입은 여성들에게 안기면 꽤 아프다는 교훈을 깨달았을 때, 문득 까먹고 있었던 것이 떠올랐다.

"그러고 보니 치유사분들을 아직 소개받지 못했는데요."

"그러고 보니 그랬었지. 그전에 루시엘 군, 잠깐 괜찮겠나?"

"아, 예."

나와 루미나 씨는 식당에서 조금 떨어진 곳으로 자리를 옮겼다.

"무슨 일이죠?"

"보충 인원으로 온 치유사들 말인데, 네 사람 중에 세 사람은 지방에서 치유원을 운영했던 치유사들이야. 가이드라인이 나온 뒤에 치유원의 문을 닫은 자들이지."

"어째서 그런 사람들이 보충 인원으로……. 교회 본부 내 인족 지상주의자들이 지시한 겁니까?"

"맞아. 그리고 나머지 한 치유사는 여성인데, 교황님께서 직접 추천하셨지. 다만……."

왜 다만이 나오는 거죠? 교황님이 추천하셨다면 문제가 없을 것 같은데……?

"말씀하세요."

"루시엘 군한테 그다지 좋지 않은 감정을 품고 있는 것 같아."

"그렇군요……. 뭐, 괜찮습니다. 여차하면 아무 치유사 길드에 맡겨버리면 되니까요."

"그래. 조심해."

"말씀 고맙습니다."

그 뒤에 나는 모두가 있는 곳으로 돌아갔다. 새로 온 치유사 4명의 자기소개를 들은 뒤에 용병들이 갇혀 있는 지하 감옥으로 루미나 씨를 비롯한 발키리 성기사단을 안내했다.

무기력하게 있는 용병들을 보고 발키리 성기사단 대원들이 놀라워했지만, 드란이 만든 특수 감옥이라고 설명하자 다들 고개를 끄덕였다.

내일 아침에 용병들을 호송하기로 발키리 성기사단과 의논을
마친 뒤에 우리는 드워프 왕국으로 이동할 계획을 세웠다.

그 뒤에는 작은 마을의 촌장에게 내일 출발하겠다고 전했다.
그러자 마을 사람들이 모두 나와서는 잔치를 열고 싶다고 고개를
숙이며 부탁하는 바람에 어쩔 수 없이 수락했다. 그날은 밤늦게
까지 잔치를 벌였다.

참고로 벌꿀주는 발키리 성기사단이 엄중히 보관하였다. 임무
를 마친 뒤에 성도에서 마시기로 했는지 잔치 때는 구경조차 하
질 못했다.

그날 심야, 나는 포레 누와르에게 정화 마법을 걸어주는 걸 깜
빡했다는 걸 떠올리고는 자리에서 일어났다.

간이 텐트에서 나오니 불침번을 서고 있는 케티와 케핀의 모습
이 보였다. 가볍게 손을 올려 아무 일도 없다고 신호를 보낸 뒤에
드란이 만든 마구간으로 향했다.

그런데 마구간 안에서 대화 소리가 들려왔다.

이런 시간에 대체 누구지? 궁금하여 마구간을 들여다보니 그
곳에는 오늘 보충 인원으로 온 여성 치유사가 있었다.

아무래도 포레 누와르에게 말을 걸고 있었던 모양이다.

"아~, 포레 누와르한테 무슨 볼일이라도?"

"앗?! ……했……는데……."

대화에 푹 빠져서 내가 온 걸 전혀 눈치채지 못한 모양이었다.

"포레 누와르한테 정화 마법을 걸어주러 왔는데."

"아, 그, 죄송합니다."

"아니, 포레 누와르가 싫어하지 않는다면 딱히 상관은 없어."

나는 그렇게 말하면서 그녀와 포레 누와르에게 다가가 퓨리피케이션을 발동했다.

"깜빡하고 늦게 왔어. 미안해."

"부르르르."

"알겠어. 앞으로 깜빡하지 않도록 조심할게."

그렇게 말했을 때 어쩐지 오싹한 감각이 느껴졌다.

뒤를 돌아보니 놀란 표정을 지은 치유사의 얼굴이 보였다.

"……."

뭐지? 느닷없이 풍기는 느낌이 바뀌었다. 마법이라고 부렸나? 확실히 뭔가 이상한 기분이 들었는데?

"방금 뭔가……. 아니, 혹시 혹시 에스티아 씨?"

"앗? 아, 예. 에스티아인데요……."

아까 자기소개를 들었으니 이름을 아는 게 당연하지만, 그게 아니고…….

"사람을 잘 못 봤다면 미리 사과하겠는데, 혹시 멜라토니 치유사 길드 접수처에서 일하지 않았어?"

"예? 어떻게 기억하는 건가요?"

"어떻게……? 아니, 어쩐지 낯이 익다 싶어서? 아까는 눈치채지 못했지만."

"그랬……나요……."

에스티아 씨가 중얼거리듯이 뭔가 말한 듯했다.

그러고 보니 그녀가 나에게 좋지 못한 감정을 품고 있다고 루미나 씨가 말했었지.

뭔가 갑자기 불길한 느낌이 들었지만, 포레 누와르가 경계하지 않으니 내 착각이겠거니 하고 넘겼다.

"그럼 난 이만 가볼게. 내일은 드워프 왕국으로 출발할 예정이니 너무 늦게 자지 않도록 해."

"예……. 감사합니다."

"잘 자."

나는 그렇게 말하고서 텐트로 돌아갔다. 그리고 천사의 베개의 가호를 받아 곧장 꿈나라로 여행을 떠났다.

＊

루시엘이 나간 뒤, 에스티아는 포레 누와르 앞에서 자신을 끌어안고 떨었다.

"어떻게 날 기억하고 있지? 지금껏 만난 사람들은 예외 없이 잊게 했는데."

바로 그때 그녀의 몸에서 검은 마력이 피어오르더니 그녀를 감쌌다.

"저기, 난 어떡하면 좋아?"

에스티아가 자신의 몸을 감싼 마력에게 답을 구했다.

그러자 에스티아의 머릿속에서 목소리가 울렸다.

'진정해. 에스티아.'

"어떻게 진정을 하라는 거야. 쓸 수 있는 마법을 모조리 썼는데도 전혀 통하질 않았어."

'아마 그 남자가 상식을 벗어난 상태 이상 내성을 가진 모양이야.'

"그럼 어떡해? 회복 마법은커녕 성속성 마법도 쓸 수가 없잖아…….'"

'그건 내가 어떻게든 해볼게. 다만 마력을 상당히 소비하게 될 테니 앞으로는 되도록 마력을 아껴두도록 해.'

"이제 옛날처럼 도망만 치는 생활로 돌아가기 싫어."

'진정하래도. 만약의 사태가 벌어지면 다시금 후루루한테 도움을 요청하면 돼.'

"교황님, 도와줄까?"

'괜찮아.'

"응."

에스티아가 진정되자 검은 마력이 사라졌다.

'……언니…… 반드시 구해드릴게요…….'

마지막 말은 에스티아에게 하는 것이 아니었다.

포레 누와르는 그 광경을 줄곧 쓸쓸한 눈으로 바라보고 있었다.

03 치유사의 자세

이튿날 아침, 발키리 성기사단이 도적 용병들을 호송해갔다.

그 안에는 이에니스 쪽에서 붙잡았던 22명도 포함되어 있었다.

사지우스를 비롯해 다들 자발적으로 가겠다고 나서서 수락하긴 했지만, 그들이 용병 일에서 손을 씻겠다고 했으니 죄를 묻지 않고 은혜를 베풀어달라는 편지를 함께 딸려서 보냈다.

루미나 씨에게도 같은 부탁을 했으니 어쩌면 언젠가 어떤 음식점에서 일하는 그들과 만날 수 있을지도 모른다.

그런 날이 왔으면 좋겠다고 생각하면서 나는 이에니스의 국경 근처로 돌아간 뒤에 서쪽 가도를 따라 나아갔다.

도중에 작은 마을에 들려 말 두 필을 산 뒤에 드란을 시켜 치유사들이 타고 왔던 마차와 똑같은 마차를 만들었다. 마부는 케핀이 맡기로 했다.

출발한 뒤 얼마 지나지 않아 최근에 폴라와 리시안이 얌전하게 뭘 만들고 있었는지를 알게 되었다.

"마차가 없으면 이렇게 빨리 달릴 수도 있구나."

"마차의 무게를 가볍게 할 수 있다니, 저도 이런 마차는 본 적이 없습니다."

두 사람은 세계에서 가장 쾌적한 마차를 만들기 위해서 다양한 실험을 거듭하고 있었다.

"이 속도면 드워프 왕국이나 록포드까지 금방 갈 수 있겠는데."

"예. 이대로 평탄한 가도가 이어진다면 길을 헤맬 일도 없을 테고, 마차 바퀴가 빠질 우려도 없겠지요."

"드란, 길잡이를 부탁할게."

"맡겨두게나. 뭐, 곧은 길뿐이라 별 의미는 없네만."

드란은 평소보다 약간 들뜬 것처럼 보였다.

역시 고향으로 돌아가는 길이라 즐거운 건지도 모르겠군.

그러나 이상하게도 폴라는 침울한 얼굴을 하고 있었다. 아무래도 고향에 썩 좋은 기억만 있는 건 아닌 모양이었다. 어쩌면 그녀가 드워프와 인간의 하프인 게 문제를 빚은 적이 있는지도 모른다.

"뭐, 도적만 나오지 않는다면 괜찮겠지."

"가는 길목에 마을이나 여관이 있으면 좋겠는데 말이죠."

그건 동감이다. 사지우스를 비롯해 용병단이 떠나버렸으니까. 기회가 있으면 음식을 최대한 많이 비축해두고 싶었다.

길을 가다 보니 눈앞에서 큰도마뱀과 큰뱀 등, 마물 여러 마리가 앞길을 막고서 서로를 위협하는 모습이 눈에 들어왔다.

"뭐, 평화로운 게 제일이긴 하지만…… 가도인데도 마물이 있네."

"이 왼쪽에 펼쳐져 있는 계곡 때문인지도 모르겠군요."

냉정하게 분석하고 있는 라이오넬의 옆에서 나는 마법 주머니에서 성룡(聖龍)의 창을 꺼냈다.

말 위에서 환상검을 쥐고서 싸우기에는 아직 실력이 부족하기에 일단 말 위에서도 다루기 쉬운 창으로 전투 경험을 쌓기로 했다.

우리가 다가가자 마물들도 인기척을 느꼈는지 한편이 되어 우리를 위협하기 시작했다.

"라이오넬이 가르쳐준 마상창을 처음 선보일 기회가 왔군. 다소 부담이 되긴 하겠지만 잘 부탁해. 포레 누와르."

"루시엘 님, 가지 않으시겠다면 이번에도 제가 먼저 치고 들어가겠습니다."

"아니, 지금 갈 거야."

라이오넬과 대화를 주고받고 있자니 옆에서 고양이 수인이 먼저 뛰쳐나갔다.

"지루하니 참전하겠다냥."

나와 라이오넬은 서로 마주 본 뒤에 케티를 쫓아 전투에 돌입했다.

왼손으로 고삐를 쥐고서 오른손으로 들고 있던 창을 허리에 붙였다. 그러다가 큰도마뱀과 스쳐 지나가는 순간에 창을 두 손으로 고쳐 쥐었다. 말 위에서 자세가 무너지지 않도록 허벅지를 바짝 조였다.

포레 누와르는 우수한 말이라서 상대의 공격을 읽을 수 있다. 나는 공격에 집중하며 휘두를지 찌를지 선택만 하면 된다.

결과, 절묘한 순간에 큰도마뱀 한 마리를 찔렀으나, 내 자세가 불안정했던 탓인지, 완전히 숨통을 끊지 못하고 옆을 지나쳐버렸다.

나는 곧장 포레 누와르를 몰아 거리를 벌려 다시 뒤돌았지만, 이미 라이오넬과 케티가 마물의 숨통을 몽땅 끊어버린 뒤였다.

"부르르르."

조금 낙담한 듯한 포레 누와르를 사죄의 마음을 담아 쓰다듬어 준 뒤에 나는 두 사람 곁으로 돌아갔다.

"케티는 스스로 자랑할 정도로 준족이니 이해가 되는데, 라이오넬은 어떻게 그렇게……."

"오랫동안 전장을 뛰어다녔으니까요. 게다가 이 녀석이 제 움직임에 즉각 반응해줘서 편하게 처치할 수 있었습니다. 전 마상창을 10살 때부터 시작하여 어언 30년 동안 휘둘러 왔습니다. 루시엘 님도 지금부터 노력하면 명수가 될 수 있을 겁니다."

라이오넬이 약간 의기양양한 얼굴로 웃으며 대답했다.

"전장에서 라이오넬 님은 말을 탄 상태로 낭패를 본 적이 한 번도 없었다냥."

케티는 특유의 날렵한 몸놀림을 살려서 큰도마뱀의 뇌를 집중적으로 찔러서 처치했다.

솔직히 케티의 기량도 보통이라고 할 수는 없지. 순영이라는 별칭이 붙었을 정도이니.

"뭐, 두 사람이 강한 건 알겠는데, 이러면 내 훈련이 되질 않잖아?"

"그건 그거, 이건 이거지요."

"…………케티는 왜 마차에서 뛰어내렸어?"

"한가하다냥. 안 그래도 마차 안에서는 폴라와 리시안이 이상한 주문을 읊고 있고, 다른 마차에는 타고 싶지 않고…… 그래서 드란 씨한테 허락을 받고 나왔다냥."

아니, 네가 나가고 싶다고 무언의 압박을 던진 거겠지.

평소에 그녀의 행동을 제어하던 케핀이 곁에 없어서 그런지 케티가 자유롭게 움직이는 것 같았다. 사고 치기 전에 라이오넬에게 고삐를 잡으라고 해야 할까…….

그러고 보면 왠지 요즘에 자꾸 쓸데없는 걱정을 사서 하는 것 같군. 동료들을 향한 믿음이 부족한가?

"대체 폴라와 리시안의 대화가 어떻길래 그래? 그렇게 듣는 게 고역이었어?"

"아니……라고는 말 못하겠다냥. 계속 이상한 주문을 읊어 대는데, 머리가 이상해질 것 같다냥. 거기 있으면 정신이 돌아버릴 거다냥."

"그럼 케핀과 함께 마부석에 앉는 건 어때?"

"루시엘 님은 케핀을 너무 좋게 보고 있다냥. 지금 케핀은 마차를 끌고 있지만, 마음은 콩밭에 가 있다냥. 아무것도 없는 먼발치를 그저 멀뚱히 쳐다보고만 있다냥."

듣고 보니 정말 케핀이 먼발치를 바라보는 듯한 눈을 하고 있었다.

다른 치유사들의 수행도 없이 다니는 건 교회의 체면 문제도 있으니 요원 보충을 요청하긴 했지만, 개인적으로는 솔직히 필요 없는 인원이었다. 설상가상 새로 온 4명도 딱히 의욕은 없어 보였다.

"그럼 드란 옆은 어때?"

"드란도 손녀한테 친구이자 라이벌이 생겨서 기뻐 어쩔 줄 모르고 있다냥. 마차를 끌면서 뒤에서 들리는 대화를 듣고는 웃는 모습이 그야말로 마음씨 좋은 할아버지다냥."

그건 뭐…… 나도 폴라와 리시안은 좋은 관계라고 생각한다. 마도구에 관해 허심탄회하게 대화를 나눌 수 있는 친구는 정말 한 줌일 테니까.

전생자(추측)까지 포함한다면 성도에도 한 명 있긴 하지만…….

"그럼 어쩔 수 없네. 일단 이대로 가자. 굳이 두 사람 이야기에 억지로 낄 필요는 없잖아?"

"알겠다냥. 피곤해지면 돌아와서 마부 노릇을 하거나, 주문의 마경(魔境) 속에서 잠이나 자겠다냥."

"만약 정 못 참겠으면 케핀을 데리고서 색적 활동을 나가던가 해."

"그렇게 하겠다냥."

케핀을 자유롭게 데려가도 좋다고 허가를 내리자 케티가 활기를 되찾았다.

케핀이 어떻게 생각할지는 모르겠지만, 한눈팔지 말고 케티를 확실히 감시해줬으면 한다.

그로부터 한 시간이 흘렀을 즈음, 가도가 계곡에서 멀어지는가 싶더니 두 시간 뒤에는 숲속을 지나고 있었다.

이 숲을 쭉 가로지르면 지도에서 봤던 공백지대가 나온다.

뭔가 마음속에 가보고 싶다는 호기심이 솟았지만, 한번 발을 들이면 영원히 돌아오지 못할 것 같다는 생각이 들자 호기심이 단숨에 사그라들었다.

나 같은 겁쟁이는 미지의 영역을 상상만 하는 게 고작이다.

"미개척 숲에 있을 때도 생각했는데, 이 숲에서만 나오는 마물도 있을까?"

"성 슈를 공화국이 어떤 환경인지는 잘 모르겠습니다만, 마물 중에는 돌연변이나 진화하는 개체가 있다고 합니다."

"어? 그럼 이런 인적이 없는 숲은 특히 위험하지 않아?"

"이 숲은 성 슈를 공화국 내에 있으니 결계의 영향을 받고 있겠죠. 상식을 벗어날 만큼 강력한 마물은 아마 없을 겁니다."

레인스타 경 덕분에 성 슈를 공화국 내에서는 강력한 마물이 나오지 않는다고들 하지만, 미궁이란 게 존재하니까 말이지. 만약에 미궁이 다른 공간과 이어져 있다면 마냥 안심할 수는 없다.

"사람들은 그게 상식인 것처럼 말하고 다니는데, 의심해본 적은 없어? 갑자기 강한 마물이 나타나면 매우 곤란한데……."

"하하, 강한 적과 맞닥뜨린다면 제게는 환영할 일이로군요. 자신이 살아 있다는 걸 느끼게 해주거든요. 적을 쓰러뜨린다면 자신이 더욱 강해졌다는 걸 실감할 수도 있고요."

라이오넬에게 물어본 내가 나빴다.

이 세계에는 다양한 마물이 서식하고 있다. 개중에는 비행하는 마물이나 땅을 파고 다니는 마물도 있고, 어쩌면 덫을 놓는 교활한 마물도 있을지 모른다.

그런 마물의 습격을 당할 수도 있다는 생각이 드는 순간 불안감이 솟구쳤다.

하늘을 나는 마물이 날아다니다가 불쑥 결계 안으로 들어올 수도 있지 않은가.

만약, 그런 마물을 막아낼 수 있는 결계 마법이 존재한다면 나도 레인스타 경처럼 결계를 펼쳤을 텐데.

하지만 그런 마법이 있다는 소리는 들어본 적이 없다.

아마 레인스타 경만이 사용할 수 있는 독창적인 마법이거나, 혹은 신격화된 레인스타 경의 일화가 전설처럼 전승되다가 부풀려졌을 가능성이 크다.

아니, 잠깐?

마법으로 불가능하다면 그런 마도구를 만들면 되는 거 아닌가?

"결계형 마도구도 만들 수 있으려나."

마물의 위치를 찾아내는 마물 탐지기와 조합하여 도시나 마을에 배치한다면 마물 방어가 한결 수월해질 것이다. 휴대할 수 있을 만큼 소형화한다면 야영할 때 아주 좋은 마도구가 되리라.

그렇게 생각하니 있으면 편리할 것 같은 여러 도구가 머릿속에서 떠올랐다.

　제작 가능 여부는 일단 제쳐두고서 나는 편리한 도구들을 고안해보기로 했다.

　아, 물론 내가 전생자임을 알아차리지 못하도록 제한을 거는 것을 까먹어서는 안 되지.

　한동안 가도를 나아가니 통나무 바리케이드가 에워싸고 있는 마을이 보이기 시작했다.

　나는 그때서야 도착 소식을 알릴 선발대가 없다는 사실을 떠올렸다.

　성치사단과 함께 있었을 때는 내가 말을 꺼내기 전에 항상 조르드 씨가 알아서 파라라기스 씨를 선발대로 보냈었는데, 지금은 그 일을 맡길 사람이 없었다.

　나는 하는 수 없이 라이오넬에게 부탁하기로 했다.

　"라이오넬, 미안하지만 저 마을에 내가 방문하고 싶다는 뜻을 전해주지 않겠어?"

　"하하, 루시엘 님. 너무 개의치 마십시오. 달리 적임자도 없는 상황이 아닙니까. 저도 처음 해보는 일이라 신선합니다."

　"그, 그렇구나. 그럼 잘 부탁해."

　"예, 맡겨두십시오."

　교회 본부는 왜 치유사를 보내준 걸까. 차라리 신관기사나 성기사를 보내줬으면 좋았을 텐데.

홀로 마을로 향하는 라이오넬을 바라보며 나는 그렇게 생각했다.

내가 마을에 도착하자 마을 사람들이 나와 환영해주었다.

라이오넬이 촌장을 소개해주어 나는 곧장 치료가 필요한 부상자나 병자가 없는지를 물어봤다. 촌장은 쭈뼛거리면서 치료가 필요한 사람의 인원수를 말해주었다.

나는 그 모습을 보고 깨달았다.

치료 가이드라인과 법이 정비된 지 1년 넘게 지났건만 아직도 성 슈를 공화국 내에서도 반신반의하고 있다는 것을.

여전히 치료비가 두려워 치료를 망설이거나 단념하는 사람들이 많은 것이다.

이런 폐단과 고정관념을 없애기 위해서는 S급 치유사인 내가 부지런히 움직여야 한다.

나는 레인스타 경 같은 초월적인 인물이 아니니 한계가 있을 테지만, 뭐, 내 손이 닿는 범위 안에서 최대한 노력하면 된다.

나는 촌장에게 치료를 베푸는 대신 점심 식사를 제공해달라고 요청했다. 그리고 손가락이 삐거나 살짝 베이는 등 가벼운 상처도 치료해줄 테니 사양하지 말라고도 덧붙였다.

이로써 교회에서 보내준 치유사들의 실력이 어떤지 알아볼 수 있으리라.

루미나 씨가 준 정보에 따르면 에스티아 씨를 제외한 나머지 셋은 치유원을 경영한 적이 있다고 한다. 인품이 어떤지는 모르겠으나 실력은 있을 터다.

　그러나 그들에게 치료를 맡기자마자 나는 미간을 찌푸리고 말았다.

　치유원을 운영했던 치유사답게 하이 힐을 쓸 수 있었지만, 상처를 치료한다는 인식이 나와는 전혀 달랐다. 상처를 치료했을 뿐, 상흔이 그대로 남아 있었다.

　에스티아 씨는 평범한 힐을 쓸 때조차 이마에 땀이 맺힐 만큼 마력 조작을 버거워했다.

　다만 그녀는 환자의 부상을 말끔히 치료해주고 싶다는 마음가짐이 있는지 어렵게 힐을 쓰는 중에도 흉터까지 남김없이 치료하고 있었다.

　그 모습을 보고 있자니 문득, 교황님은 에스티아 씨를 내게 보내 실력을 키우게 하고 싶었던 건가 하는 생각이 들었다.

　치유사들이 치료를 끝마친 후 나는 마을 사람들에게 상흔을 지우고 싶은지, 혹은 치료를 받은 뒤에 위화감이 조금이라도 느껴지지 않는지 확인한 뒤에 재치료를 원하는 희망자 모두에게 힐 마법으로 추가 치료를 해주었다.

　그리고는 촌장에게 약속대로 점심 준비를 해달라고 부탁한 후, 잠시 자리를 비켜달라고 부탁했다.

　방 안에는 나와 치유사들만이 남았다.

　나는 먼저 성치사단이 활동하는 목적을 말해준 뒤에 이번 치료가 어땠는지 평가를 들려주었다.

"성치사단의 보충 요원으로 파견된 사람들답게 다들 성속성 마법의 스킬 레벨이 높은 것 같네요."

세 치유사는 애써 태연한 표정을 지었지만, 안타깝게도 우쭐한 표정을 완전히 감추지는 못했다. 한편 힐조차 고생한 에스티아 씨는 고개를 푹 숙이고 있었다.

"다만 부상을 치료한다는 의미만 놓고 평가했을 때는 회복 마법이 가장 서투른 에스티아 씨가 가장 우수했다고 생각합니다."

"네?"

그러자 에스티아 씨가 놀라 고개를 들었다. 우쭐해 있던 세 치유사가 곧장 이맛살을 찡그리며 이유를 설명해달라는 얼굴로 날 쳐다봤다.

"우선 마법도 스킬이라는 사실을 알고는 있죠?"

세 치유사는 내가 무슨 말을 하는지 한번 들어보자는 태도였고, 에스티아 씨는 갸웃하고 있었다.

"마법은 사용한 만큼 레벨이 올라가고, 레벨이 올라가면 사용할 수 있는 마법이 늘어납니다. 그러니 이 중에서 가장 젊은 에스티아가 고위 회복 마법을 못 쓰는 건 어찌 보면 당연한 일이지요."

"저기, 그렇다면 제가 가장 우수하다는 그 말씀은 틀린 것 같은데요."

"그런데도 제가 에스티아가 우수하다 한 건 네 사람 중에서 환자의 상처를 치료하고 싶다고 가장 간절히 바랐기 때문입니다. 치료를 마친 뒤에 상흔이 전혀 남지 않은 게 그 증거죠. 나머지

분들은 상처를 치료했을 뿐, 상흔이 남았습니다. 이는 환자를 똑바로 보지 않고 의무적으로 마법을 썼기 때문이지요."

"루시엘 님이 무슨 말씀을 하고 싶은지는 알겠습니다. 하지만 힐밖에 쓰지 못하는 사람이 우리보다 더 우수하다는 말씀은 내키지 않는군요."

저들의 화를 부추길 생각은 딱히 없었지만, 이번 기회에 속내를 털어내서 마음에 쌓인 응어리를 풀어줬으면 좋겠는데.

저 치유사들은 도무지 먼저 말을 꺼내질 않아서 대체 무슨 생각을 하고 있고, 무얼 느끼고 있는지 알 수가 없는 탓에 대응하기가 아주 어려웠다.

"이번 치료만 놓고 본다면 그렇다고는 이야기입니다."

"……그렇습니까? 아무래도 루시엘 님과 저희는 사고방식이 다른 모양이군요."

"예. 아까 말했다시피 성치사단은 여러 목적을 달성하고자 활동하고 있습니다. 그중 하나가 치유사라는 직업에 드리워져 있는 나쁜 이미지를 불식하는 것이지요. 목표는 사람들이 치유사를 존경했던 시대로 되돌아가는 겁니다."

"하하하. 루시엘 님은 농담이 능숙하시군요."

"동감입니다. 설마 우릴 고무시키기 위해서 그런 허언까지 내뱉을 줄이야."

"아니면 방금 그 발언은 치유원을 닫은 우리더러 들으라고 하는 얘기입니까?"

루미나 씨의 말대로 치유원을 닫은 건 사실인 모양이었다.

"치유원이 망한 건 안타깝습니다만, 성치사단의 일원으로서 파견되었으니 이제부터는 제 방침을 따라주셨으면 합니다."

"과연⋯⋯. 아무래도 루시엘 님은 고결한 사고방식의 소유자인 듯하군요."

"타국을 방문하여 현지에 사는 다른 종족을 노예로 삼은 사람의 입에서 나왔다고는 믿기 어려운 발언입니다."

"저희는 도리어 그 방법을 알고 싶은데요."

하아⋯⋯ 악의가 있는 사람들의 눈에는 그렇게 비치는 건가? 그렇다면 발키리 성기사단이 들었던 소문도 비슷한 맥락에서 퍼진 건지도 모르겠군. 그렇게 생각하니 어쩐지 무서운데.

이게 그들의 도발인 건 알지만, 이대로 참고 넘어가면 재미없겠지.

"아, 그건 생각보다 간단합니다. 성속성 마법의 극치를 깨달아 용살자가 되고, 여러 종족 사이에 만연했던 차별을 철폐하여 안전하게 일할 수 있는 장소를 제공하고, 아이들을 위해서 사비로 학교를 설립하면 됩니다."

"""⋯⋯."""

"그렇게 신뢰를 쌓으니 나중에 가서는 노예에서 해방해주겠다고 아무리 고개를 숙이며 간청해도 거절하더군요. 내 말대로 한번 해봐요. 진짜 그렇게 될 테니까. 자, 궁금한 게 더 있습니까?"

"""⋯⋯."""

"없는 것 같군요. 마을 사람들이 슬슬 식사 준비를 마쳤을 것 같으니 해산하도록 하겠습니다."

나는 그렇게 말하고서 방을 나갔다.

*

루시엘이 방을 나가자 에스티아도 곧바로 방을 나갔다.

에스티아는 이 세계에서 가장 증오하는 존재인 치유사들 곁에 있고 싶지 않았다.

방에서 나온 에스티아는 앞을 걷고 있는 루시엘을 발견하고는 부르려다가 발걸음을 멈췄다. 물어보고 싶은 것이 참 많건만 더는 다가갈 수가 없었다.

"S급 치유사를 향한 소문들은 대체……. 어느 게 당신의 진짜 모습인 거죠?"

에스티아는 그렇게 나직이 중얼거렸다. 시야에서 루시엘의 모습이 사라지자 긴장이 풀렸는지 비로소 발이 땅바닥에서 떨어졌다. 그녀는 루시엘의 뒤를 쫓았다.

*

나는 촌장과 마을 사람들이 차려준 점심 앞에서 입맛을 다시면서 인근에 다른 도시나 마을이 없는지 물었다. 여기서 마차를 타고 얼마쯤 가면 애플이라는 번성한 도시가 있단다.

촌장이 마을에서 하룻밤을 묵고 가라고 권했지만, 왠지 길을 서두르는 편이 좋을 것 같아서 점심을 먹고 쉰 뒤에 출발하겠다고 했다.

그 뒤에 나는 쉬고 있는 생산기술자인 드란, 폴라, 리시안에게 아까 착안했던 결계 마도구를 제작할 수 있는지 물어봤다. 그러자 세 사람이 놀라워하며 굳어버렸다.

그러고는 곧바로 눈빛을 반짝였다.

"그런 수가 있었구나!"

"번뜩임의 천재!"

"그 마도구를 완성할 수 있다면 사람들이 마물을 두려워하지 않고 살아갈 수 있게 한다는 꿈을 이룰 수 있을지도 몰라."

세 사람은 그렇게 말하고는 전문용어를 쉴 새 없이 쏟아내기 시작했다. 문외한인 나는 완전히 저들의 관심 밖으로 떠밀렸다.

내 모습을 보고 있던 라이오넬이 복잡한 표정을 지으며 자기 생각을 들려줬다.

"그런 마도구를 만들 수만 있다면 마물의 위협은 줄어들겠지만, 언젠가 군사적으로 이용하는 나라가 생길지도 모릅니다."

"그건 누가 사용하느냐에 달린 일이다냥."

라이오넬의 생각을 케티가 부정하는 건 드문 일이었다. 무심코 그쪽으로 시선을 돌리니 그녀는 이쪽이 아니라 어딘가 먼발치를 쳐다보고 있었다.

"루시엘 님. 인류의 평화에 이바지할 수 있는 걸 만들도록 하죠. 우리가 그걸 실제로 사용하면서 증명하면 됩니다."

케핀이 주먹을 불끈 쥐면서 그렇게 말해주었다.

나는 고개를 끄덕이고는 라이오넬의 말을 되새겼다. 마도구를 군사적으로 이용할 수도 있겠다는 생각은 미처 하지 못했다. 다양한 시선에서 의견이 내는 게 이토록 중요하다.

어디, 편리한 도구를 상상하는 건 간단하니 라이오넬을 비롯한 수행원들에게도 아이디어를 내보라고 할까? 그걸 계기로 서로 소통도 할 수 있고, 드란을 비롯한 생산기술자에게도 동기부여가 되겠지. 아, 막상 제조에 들어가면 내가 재료를 구해줘야 하는 건가.

"뭐, 드란이라면 어떻게든 해주겠지. 요리를 포함하여 생산 쪽은 만능이니까……."

내가 중얼거리자 마도구에 관해 의논하고 있던 드란이 어느새 옆으로 와서 내 혼잣말에 대답했다.

"폴라를 똑바로 키우기 위해서 여러모로 고생이 많았지."

"그랬구나……. 어쩌면 드란이 온갖 고생을 하면서 요리를 하고, 즐겁게 무언가를 만드는 모습을 보고서 폴라가 마도구 기사가 될 생각을 했는지도."

"그럴듯한 이야기구먼……. 뭐, 반성은 하고 있지만, 후회는 조금밖에 안 하네."

조금은 하는 건가. 뭐, 마도구를 제작하는 재능을 살린다면 폴라도 금방 요리를 배울 수 있지 않을까?

"재료를 넣으면 조리법대로 조리해주는 마도구 같은 게 있으면 좋았을 텐데."

"헉?! 역시 번뜩임의 천재!"

"무조건 만들어내야만 해!"

아무래도 두 사람은 마도구에 관해 의논하면서도 내 말을 듣고 있었던 모양이다.

리시안도 요리가 서툴기는 마찬가지라 그런지 두 사람은 왕성한 의욕으로 내 아이디어에 달려들었다.

"뭔가 구체적인 방향성이라도 있어?"

"사소한 거라도 상관없어요."

"어? 음~, 글쎄……. 식자재를 넣으면 미리 등록된 조리법대로 조리한다던가?"

"그렇게까지 복잡한 마도구는 어려워."

분명 컴퓨터 같은 게 제어하지 않으면 안 되겠지.

"그럼 요리를 급속도로 냉동한 뒤에 압력으로 수분을 날려버릴 수는 있어? 그렇게 하면 뜨거운 물로 데우기만 하면 금세 먹을 수 있는 비상식량을 만들 수 있을 것 같은데."

"""……."""

드란도 내 말을 듣고 굳어버렸다. 일단은 장점도 설명해두도록 하자.

"지금도 부패를 막기 위해 소금이나 향신료를 뿌려서 말린 고기를 수프 같은 요리를 만들 때 넣잖아? 그거랑 비슷한 거지. 그

런 기술이 확립된다면 뜨거운 물에 넣기만 해도 금세 맛있는 요리를 먹을 수 있게 되지 않을까?"

전생 때 텔레비전에서 봤던 냉동 건조식품을 설명해봤다. 이 세계에서 재현할 수 있을지는 모르겠지만, 해볼 만한 가치는 있을 것 같았다.

"마물 탐지기와 보존식……. 역시 천재……. 아니면 역시 신?"

"폴라, 그 마도구를 제작하기 위해서 지금은 우리 둘의 기술을 결합해야만 해."

"알겠어. 요리할 줄 모르는 사람일지라도 뜨거운 물만 있으면 요리를 만들 수가 있다니. 이건 인류의 꿈이야."

"응, 세상이 바뀔 거예요."

"아니, 요리가 아니라 보존에 더 무게를 둬야 할 것 같은데……."

그러나 이미 두 사람의 귀에 내 목소리는 닿지 않았다. 두 사람은 서로의 손을 굳게 맞잡은 채 마도구에 관해 의논하기 시작했다.

슬슬 출발할 준비를 하고자 뒤를 돌아보니 라이오넬과 케티, 케핀도 놀란 표정을 짓고 있었다.

"왜?"

"나이가 한창 젊은데도 기적의 빛으로 사람들이 마물한테 습격당하지 않도록 하자는 발상을 떠올린 것도 모자라서 음식을 오랫동안 보존할 수 있게 해주는 마도구까지……."

라이오넬이 평소답지 않게 끝으로 갈수록 목소리가 작아졌다.

"언젠가 완성된다면 나도 갖고 싶다냥."

케티가 상상한 대로 반응해서 무심코 웃음이 나왔다.

"루시엘 님, 무기나 방어구 아이디어가 있다면 들려주게나."

드란은 대장장이이지만 재미난 발상이나 아이디어를 원했다.

군사적으로 이용될 수 있어서 그동안은 피해왔지만, 리나나 핫토리처럼 이 세계에는 나 이외에도 전생자가 있으니 방어책을 마련해야 할지도 모른다는 생각이 들었다.

"…………."

마지막으로 케핀이 아까 전부터 뜨거운 눈빛으로 나를 쳐다보고 있는데…….

케핀과 그 부하들이 치유사 길드를 습격하려다가 실패했을 때 드란과 폴라가 그들이 장착한 무구를 벗겨냈었다. 아마 매직 브래지어를 장비하고 있었더랬지?

더욱이 세트로 장비하면 효과가 올라가는 매직 팬티도…….

"미안하지만 난 그럴 생각이 없어."

"예?"

혹시 몰라서 선언했다. 그런데 케핀이 진지한 얼굴로 되묻자 어쩐지 죄책감이 무지 들었다. 뭐, 알고는 있었지만, 케핀도 그런 생각이 없었던 모양이다. 그에게 여장하는 취미가 있느냐는 별개로 치더라도.

"그런데 뭔가 하고 싶은 말이라도 있어?"

"어……, 아뇨, 방금 제게도 목표가 하나 생겼다는 걸 실감했습니다.”

……목표라.

여러 의미로 등골이 오싹해졌다. 내 착각이라서 다행이다.

“목표를 갖는 건 좋은 일이니 그 목표를 향해서 정진하도록 해.”

“예.”

케핀이 기뻐하며 고개를 끄덕였다.

우리는 잠시 잡담을 더 나누다가 휴식을 끝마치고 바리케이드가 처진 마을에서 애플이라는 도시를 향해 출발하기로 했다.

그런데 출발하기 전에 에스티아가 마차를 옮기거나, 말을 타고 이동하고 싶다고 부탁했다. 그래서 그녀에게 선발대 역할을 맡기면 좋을 듯싶어서 말을 한 필 빌려주기로 했다.

참고로 에스티아가 손쉽게 올라탄 말은 옛날에 나를 떨어뜨렸던 말이었다. 역시나 나에게는 말을 타는 재주가 전혀 없다는 서글픈 현실을 받아들일 수밖에 없었다.

마을을 나서서 가도를 나아가고 있자니 갑자기 땅 울림이 느껴졌다.

다소 드문 일이긴 하지만 대지를 뒤흔드는 마법도 있기에 다들 놀라지는 않았다.

“지진인가……? 지금 가고 있는 애플이라는 도시에 별 피해가 없으면 좋겠는데.”

“조금 서두를까요?”

"그래야겠지. 경계하면서 속도를 조금 높이자."

"옙."

이동 속도를 조금 높여 나아가고 있으니 또다시 지진이 일어났다.

"이 지역은 지진이 빈번하게 일어나나?"

"아뇨, 그런 지역이 있다는 이야기는 들어본 적이 없습니다."

"그럼 역시 서두르는 편이 좋을 것 같아. 다들 지진에 익숙하질 않아서 실수를 저지를 우려도 있으니."

그 뒤에도 서 있더라도 감지할 수 있을 정도로 커다란 지진이 여러 차례 일어났다. 하늘이 어둑해졌을 무렵에 겨우 애플에 도착했다.

선발대로 에스티아만 보내기에는 불안해서 라이오넬도 함께 보냈다.

라이오넬에게는 도시에 지진 피해가 있었는지 확인해보라고 지시했다.

나는 도시 입구에서 라이오넬의 보고를 기다렸다.

"다녀왔습니다."

"지진 피해는?"

"건물이 파괴되었다는 보고는 없다고 합니다."

"다행이군."

"다만 지진 때문에 다친 사람도 있는 듯한데, 그 사람들은 이 도시의 치유원에서 벌써 치료를 받았다고 합니다."

"그것도 다행이야."

도시의 규모를 보니 치유사 길드도 있을 법하다.

"일단 부상자가 없는지 도시 안을 가볍게 둘러보기로 할까."

그때 치유사 3인조가 마차에서 내렸다.

"루시엘 님, 도시 안에 치유원이 있는데 굳이 부상자를 찾다니요? 치유원이 돈을 벌지 못해 망하든 말든 상관없다는 겁니까?"

"아무리 S급 치유사라고 해도 너무 제멋대로인 게 아닌지요?"

"본인의 행동이 세상에 어떤 영향을 미치는지 생각 좀 하시죠."

설마 대로에서 주민들의 귀에 다 들리도록 큰소리로 나를 비판할 줄이야.

"난 내 생각대로 움직여. 물론 이 도시의 치유사가 부상자를 치료할 수 있다면 내가 할 일은 없어. 하지만 만에 하나라도 오직 나만이 구할 수 있는 환자가 있다면 어떻게 할 거지? 구할 수 있는 생명을 구하지 않는 치유사한테 대체 무슨 가치가 있다는 거지?"

"또 입바른 소리를."

"내 생각에 도저히 찬동할 수 없다면 성치사단의 대원으로서 걸맞지 않아. 성도로 돌아가는 것을 허가하겠어. 하지만 그런 마음가짐으로는 치유원을 운영한들 또 망할 거야."

"이 자식……. 기억해둬라. 언젠가 후회할 날이 올 거다."

세 치유사는 그렇게 내뱉고서 인파 속으로 사라졌다.

"꼴사나운 모습을 보여드려서 죄송합니다. 그나저나 중상을 입은 사람이 어디 없습니까?"

그 뒤에 우리는 먼저 숙소를 잡고서 다시 한번 도시 안을 돌아다니며 부상자를 치료했다.

지진 때문에 넘어지면서 허리가 부러져 거동할 수가 없게 된 노인.

회복 마법을 무분별하게 걸어서 팔이 저리는 후유증이 남은 목수.

예전에 퍽치기를 당하면서 얼굴을 베인 여성 등.

참고로 세 치유사는 소동을 일으킨 뒤에 치유사 길드로 들어갔다고 미행했던 케티가 알려주었다.

그들이 하룻밤을 보내며 부디 냉정하게 판단해보기를 바라면서 나는 동료들과 함께 식사를 즐기고서 잠자리에 들었다.

04 지진과 마물과 불길한 예감

이튿날 아침, 치유사 길드를 방문해보니 세 치유사의 모습은 이미 없었다.

세 사람은 내 행동이 치유사에게 해만 될 거라고 한바탕 비방했던 모양이다. 그들을 말리지 못해서 미안하다고 길드 마스터가 사과했다.

나는 그들을 선발한 사람에게는 책임이 없다고 생각하지만, 이번에 그들을 보충 요원으로 선발한 경위를 알기 위해서 교황님 앞으로 편지를 써서 길드에 보내 달라고 부탁했다.

그 뒤에 우리는 조금 서두르는 감이 있긴 하지만, 음식점에서 며칠 분의 음식을 산 뒤 기술자들이 모이는 도시인 록포드를 향해 출발하기로 했다.

애플을 출발한 지 이틀이 흘렀다. 그동안에 마물과 한 번도 맞닥뜨리지 않고 가도를 따라 서쪽으로 순조롭게 나아갔다.

"평화롭다냥~."

"유독 루시엘 님의 곁에 있으면 다양한 사건을 겪는 느낌이 있습니다만, 이런 곳에서까지 문제를 겪는 건 사양입니다."

"전 조금 날뛰고 싶은 기분입니다."

케티와 라이오넬의 말에는 동감이다. 그런데 케핀은 스트레스가 상당히 쌓인 듯했다.

아무래도 그 세 치유사가 마부를 맡고 있던 케핀의 귀에만 들리도록 그를 부추긴 듯하다.

그리고 마부 역할에서 해방되고서 요 이틀 동안에 걷거나 뛰면서 스트레스를 해소했다고 한다.

그렇게 방심하고 있던 저녁때였다.

처음에는 근래에 자주 일어나는 작은 지진인 줄 알았는데, 땅울림이 점점 격해지더니 결국에는 땅이 갈라지기 시작했다.

"이거 큰데."

포레 누와르의 등에서 떨어지지 않도록 자세를 낮추며 균형을 잡았다. 그러자 땅 울림이 멎었다.

"다들 괜찮지?"

일단 빈말로 물어봤다. 그런데 마부를 맡고 있던 드란의 상태가 이상하다는 걸 깨달았다.

숨을 가쁘게 몰아쉬고 있고 눈빛이 흐리멍덩했다. 얼굴은 사색이고, 식은땀을 삐질삐질 흘리고 있었다.

"드란, 괜찮아? 드란."

"괜, 괜찮네."

여러 번 말을 걸자 드란은 비로소 나를 알아보겠는지 몸을 덜덜 떨면서 말했다.

"내가 보기엔 멀쩡하지 않은데."

내가 드란에게 다가가 리커버를 발동하자 눈의 초점이 서서히 돌아왔다.

공황 상태에서 간신히 진정된 듯했다.

드란의 상태로 추측건대 지진이 방아쇠가 되어 PTSD(외상후 스트레스 장애)가 일어난 것 같았다.

"숨기지 않고 말해줬으면 좋겠어. 혹시 방금 그 지진 때문에 팔을 잃었던 과거가 떠오른 거 아냐?"

"……역시 루시엘 님이로군. 설마 이렇게 쉽사리 알아챌 줄이야……. 맞네. 그때 지진만 일어나지 않았더라면, 하고 얼마나 생각했는지 모르겠구먼. 지진만 일어나지 않았더라면 팔을 잃지도 않았을 테고, 공방도 날아가지 않았을 테니까. 그렇지 않았다면……."

"그럴지도 모르지. 하지만 그 팔과 맞바꿔서 소중한 폴라를 지켜냈잖아?"

리커버를 여러 번 발동하면서 드란의 정신을 안정시키고자 말을 계속 걸었다.

"그래. 그렇지. 게다가 지금은 팔도 멀쩡하고……."

드란은 과거 사고를 떠올리고는 흥분했다. 그러나 손을 거듭 쥐었다고 펴면서 냉정을 되찾으려고 했다.

그때 짐칸에서 폴라가 뛰쳐나와 드란을 끌어안았다.

"할아버지, 괜찮아?"

"괜찮다. 내가 폴라한테 거짓말을 할 리가 없잖느냐?"

"가끔 해."

"크핫핫. 듣고 보니 그렇구먼."

이런 때는 치유사보다도 가족이 더 필요하다는 걸 실감했다. 몸에 난 상처는 치유사가 치료할 수 있지만, 마음의 상처는 고칠 수가 없으니까.

"드란, 난 드란이 절망했을 때 어떤 심정이었는지 잘 몰라. 다만 난 언제든지 회복 마법을 써줄 수 있고, 상담에도 응해줄 수 있어. 심란할 때는 수다를 떠는 것도 편해지는 방법이야. 조금이라도 느낌이 이상하다면 말해줘."

"⋯⋯난 늘 운이 나쁘다고 한탄만 했었지. 허나 루시엘 님과 만난 뒤부터는 좋은 일만 벌어지는구먼. 고맙게 생각하고 있네."

드란이 그렇게 말하고서 웃었다.

폴라도 진정된 드란의 모습을 보고서 안도의 한숨을 내쉬었다.

그나마 폴라가 같은 PTSD를 앓고 있지 않은 게 다행이라고 해야 할까.

그나저나, 드란도 지진을 겪은 적이 있다는 건⋯⋯.

지금 물어보기는 좀 미안하지만 나는 과감하게 입을 열었다.

"드란, 록포드에선 지진이 빈번하게 일어나?"

"그 정도는 아닐세. 뭐, 몇 년마다 한 번꼴로 일어나기는 하네만."

"⋯⋯당장 목적지를 멜라토니로 바꾸고 싶어졌어."

멜라토니에 있으면 스승님들이 마물이든 도적이든 모조리 쓰러뜨려 줄 것이고, 그루가 씨가 차려주는 맛있는 요리도 먹을 수 있고, 더욱이 나나엘라 씨와 모니카 씨가⋯⋯.

록포드에 반드시 가야만 하는…… 그런 이유가 있는 것도 아니고 말이지.

만약에 이 지진의 원인이 용과 관련이 있다면 록포드에도 반드시 미궁이 기다리고 있을 것이다. 생각만 해도 우울해진다.

이런 일을 겪고도 약한 소리 한 번 안 하는 드란이 존경스럽다. 나도 배워야 하는데…….

"이제 괜찮네. 루시엘 님한테 한 맹세도 지켜야 하고, 나 때문에 세상을 떠난 동지들의 무덤에도 다시금 대장장이로 복귀했다고 보고하고 싶어."

드란은 평상시처럼……, 생산책임자다운 표정을 지었다.

"그럼 됐어. 그런데 록포드까지 얼마나 남았지?"

"얼마 안 남긴 했는데, 그전에 먼저 마물을 퇴치해야 할 것 같군."

"냥?! 루시엘 님, 갈라진 땅에서 마물 대군이 나왔다냥. 개미 같다냥."

"포레 누와르, 안으로 들어가. 라이오넬, 말은 어쩔 거야?"

"전 말 위에서 싸워도 상관없습니다."

은자(隱者)의 열쇠를 돌린 뒤에 포레 누와르에게 마구간에 들어가라고 재촉했다.

"전투가 끝난 뒤에 곧바로 꺼내줄게. 앞으로 말 위에서도 싸울 수 있도록 노력할게."

나는 다시 열쇠를 돌린 뒤 문을 없앴다.

"숫자가 얼마나 돼?"

"2, 30, 4, 50마리 이하다냥."

"루시엘 님, 개미형 마물은 생명력이 높고 신체도 단단합니다만, 관절 부위는 비교적 연약하니 그쪽을 노리십시오. 저놈들은 깨물거나 용해액을 내뱉는 공격밖에 하질 못합니다."

"알겠어. 드란, 안 쉬어도 되겠어?"

"깡그리 박살을 내서 토속성 마석을 입수해주마."

드란이 원래대로 되돌아왔다.

"든든한걸. 팔을 잃더라도 목숨만 잃지 않는다면 몇 번이고 고쳐줄게. 그러니까 냅다 날려버려."

"오우."

드란이 커다란 망치를 들고서 전투태세를 취했다.

그 옆에는 폴라가 생성한 3m급 골렘이 파이팅 포즈를 취한 채 개미 떼를 맞이하고 있었다.

"케핀은 에스티아를 지켜줘."

"예."

그 직후에 우리는 개미형 마물과 싸웠다.

결론부터 말하자면…… 마물 자체는 몹시 약했지만, 숫자가 많았다.

늘 쓰고 있어서 성룡의 창과 환상검이 치트급 무기라는 사실을 자주 깜빡하는데, 마력을 주입한 성룡의 창과 환상검은 개미의 딱딱한 등을 쉽게 갈라버렸다.

일격으로 쓰러뜨릴 수 있어 포위당할 일은 없을 것 같았다. 나는 주변을 둘러보았다. 이미 50마리 가까이 처치한 듯했다.

"뭔가 아까랑 별 차이 없는 것 같지 않아?"

"오히려 서서히 늘어나고 있군요."

"게다가 점점 딱딱해지고 있다냥."

"그럼 이쯤에서 우리가 나설 차례구먼. 폴라."

"할아버지, 알겠어."

3m급 골렘이 5m급 골렘으로 커지더니 발바닥으로 개미를 밟아나갔다.

저건 스톰핑 공격(누워 있는 상대를 발로 밟는 기술)이잖아. 아니, 지난번에 골렘이 프로레슬링 기술을 구사한 바람에 그렇게 보였을 뿐인가?

발차기도 그냥 앞으로 휘두르는 게 전부다. 그냥 때려 부술 생각밖에 없군. 마물 상대니 상관없지만.

그런데 저 골렘을 그저 감으로 조작하고 있는 건가? 아니면 뭔가 교본이 있나? 그런 생각을 하는 사이에 전투가 끝났다.

"만약에 저 골렘을 무제한으로 사용할 수 있다면 최강의 전력이 될 텐데."

"구조를 모른다면 전의를 완전히 상실할 만도 하다냥."

"대거인(對巨人) 전투 연습도 재미있을 것 같군요."

라이오넬이 전투광인 건 알고 있기에 마지막 말은 흘려들었다.

"날이 어두워졌으니 소재는 내일 얻도록 하자. 혹시 살아 있는 녀석이 있을지 모르니 세심히 확인하고. 다들 방심하지 마."

나는 마법 주머니에서 라이트를 꺼내 모두에게 나눠준 뒤에 확인을 끝마친 마물의 사체를 마법 주머니에 회수했다. 그와 동시에 사악한 기운을 조금이라도 누그러뜨리려 정화 마법도 사용했다.

"못해도 100마리는 족히 되는 것 같은데, 이 부근은 원래 이런 마물이 많나?"

"솔직히 요즘에는 어떤지 잘 모르겠지만, 내가 봐도 이상하구먼."

"여긴 록포드 인근이지? 이 주변에 미궁이 있거나 해?"

"아닐세. 광산이 몇인가 있지만, 미궁이 된 곳은 없을 걸세."

그건 광산이 미궁이 되었을 수도 있다는 소리 아닙니까? 아니지. 아닐 거야.

"설마 광산이 미궁으로 변한 사례는 없겠지……?"

"그건 잘 모르겠다만, 미궁이 되었는지 안 되었는지는 마물이 시체로 남는지, 마석을 남기고서 사라지는지를 보면 알 수 있다네."

드란이 팔짱을 끼면서 말했다.

"밤이 되었으니 지금 움직이는 건 위험해. 저녁을 먹은 뒤에 야영하자. 오늘 밤 불침번은 3교대로 해줘."

나는 그렇게 말한 뒤에 약사 길드에서 산 마물 퇴치 향을 피웠다.

그러나 야외에서 얼마나 효과가 있을지 모르기에 예정대로 불침번은 3교대로 했다.

＊

에스티아는 케티와 함께 불침번을 서게 되었다.

보충 요원으로서 여행을 함께 하는 동안 루시엘을 보고 무언가를 깨달았지만, 좀처럼 확인할 기회가 찾아오지 않고 있었다.

에스티아는 이 기회에 루시엘에 관해 조사해보기로 했다.

"케티 씨, 잠깐 물어보고 싶은 게 있는데."

"뭔데?"

케티가 평소와 달리 날카로운 눈으로 쳐다보며 무뚝뚝하게 대꾸하자 에스티아는 놀라 흠칫했다.

"어, 그게 저기, 루시엘 님의 노예였다는 소문은……."

"사실."

"어, 저기, 스스로 노예이기를 자청했다는 소문은……."

"그것도 사실. 왜? 이유도 말해줄까? 그런 건 왜 물어보는 건데? 누구한테 명령이라도 받았어? 아니면 노예 해방을 도와주고 다니는 별종인가?"

케티가 담담하게 대답했다.

"……아, 어, 저기……."

"네가 요 며칠 동안에 뭔가를 캐고 다닌 건 이미 알고 있어. 그 세 사람처럼 노골적인 악의는 없는 모양이지만, 혐오감은 느껴졌지. 너, 어디서 노예로 지낸 적이 있지?"

"예?! 아, 저, 그러니까……"

어디서 들통 난 거지?! 어서 얼버무려야……!

"먼저 루시엘 님의 노예가 된 건 우연. 지금은 옛 주인과 내키는 대로 여행을 할 수 있어서 감사하고 있어. 굳이 노예로 지내는 건 S급 치유사의 노예로 지내는 여러모로 훨씬 편하기 때문이야. 그리고 노예라서 해서 명령을 받은 적은 없어."

케티는 에스티아가 물어보고 싶었던 것을 먼저 말했다.

"어떻게……, 어떻게 제가 물어보고 싶었던 걸 딱딱 알아맞히는 건가요?"

"멋진 여자한테는 비밀이 있다……냥."

"당신이 보기에 루시엘 님은 어떤 사람인가요?"

"최고의 성속성 마법을 다루는 궁극의 호인. 겁쟁이이고 조금 나약한 구석도 있지만, 푸념을 늘어놓으면서도 한 번 결심한 것은 끝까지 해내고자 노력하는 재밌는 사람. 그리고 돈에 집착하지 않는 보기 드문 치유사. 또 궁금한 건?"

"없……습니다."

"치유사 때문에 신세를 망쳤다는 사연은 흔해. 하지만 원한을 푼답시고 루시엘 님의 앞길을 막으려 든다면……."

"…………."

에스티아가 소리 죽여 울기 시작했다. 케티는 자신이 울린 것 같아 민망했지만, 그래도 옆에서 자리를 지켰다.

＊

마물의 습격 없이 무사히 밤을 보내고 이튿날 아침.

해가 밝은 뒤 주변을 살펴보니 지름이 50cm 정도 되는 구멍이 바닥 여기저기 뚫린 풍경이 눈에 들어왔다.

"어제 나온 마물이 지진으로 갈라진 곳으로 나온 게 아니라, 구멍을 파고 나온 거였나? 구멍이 크니 마차 바퀴가 빠지면 넘어질 수도 있겠는데."

"그렇겠군요. 여기서 개미 마물 떼가 출현했으니 앞으로는 속도를 조금 늦추는 편이 좋을지도 모르겠습니다."

"여기까지는 순조롭게 왔으니 서두를 이유는 없지. 그렇게 하자."

그나저나 땅속을 다니는 마물이 있을 줄이야. 이에니스에서 지하를 확장했을 때 개미 마물이 있었다면 어떻게 되었을까?

나는 홀로 멍하니 생각하면서 마법 주머니에서 마차를 꺼냈다.

록포드는 여기서 앞으로 사나흘이면 도착할 거다.

"그리고 보니 어제 상대한 녀석들, 너무 약하지 않았어? 라이오넬이 말한 대로 뭘 쏘거나 하진 않았는데, 혹시 척후 역할인가?"

"저도 자세하지는 않습니다만, 같은 마물이라도 변종이나 상급 마물이 있으니 그렇게 생각하는 게 타당하지 않을까 싶습니다."

"하아, 어디 마물 없는 평화로운 나라가 없으려나."

"마법사 길드의 본부가 있는 마법 독립도시 네르달이라면 평화로울지도 모르겠군요. 가끔 와이번이나 그리폰, 괴조 마물이 날아올 때가 있지만, 결계에 막혀 안으로 들어오지는 못한답니다."

"마물이 습격한다는 소리를 들으니 전혀 안심이 안 되는데? 그리고 그건 무슨 결계야? 게다가 왜 죄다 날아다니는 마물인데?"

"마법 독립도시 네르달은 수백 년 전에 시간의 용사와 현자, 정령 마법사가 힘을 합쳐서 만든 부유 도시입니다. 누구도 지배하지 못하도록 각국이 불가침 협정을 맺었다고 들었습니다."

"부유? 설마 하늘을 나는 선구자가 있었을 줄이야……. 가만, 그러고 보니 공부할 때 봤던 기억이…… 아, 공중 도시국가 네르달!"

"그렇습니다. 다만 네르달에 관한 정보에는 여러 제약이 걸려 있고, 감춰진 내용도 많습니다. 지금도 어느 하늘을 날고 있는지 모르죠."

확실히, 지도에도 네르달은 나와 있지 않지. 지도에도 실려 있지 않은 도시라니, 로망이 느껴지는걸~.

"좋겠다~. 공중 도시."

"전투와는 전혀 인연이 없어 보여서 전 그다지 반갑지 않군요. 음, 그러고 보니 치유사 길드와 견원지간이란 이야기도 있었군요."

"엑?! 어째서?"

"신앙하는 신이 서로 달라서 대립했다고 기억하고 있습니다."

이럴 수가. 나중에 교황님에게 물어봐야겠다. 어쩌면 그냥 소문만 그런 걸지도 모르잖아? 그야, 역시 인생은 녹록지 않는다는 걸 깨닫게 해줄 때도 많지만…….

"그럼 네르달을 찾기보다 마물 레이더를 만드는 게 현실적이려나?"

"루시엘 님, 만약에 마물이 닥치더라도 제가 지키겠습니다. 그러니 고작 마물 때문에 우려하실 필요는 없습니다."

"기대하고 있어. 진심으로 의지할게."

그런 대화를 나누고 있을 때였다.

드란이 마부를 맡은 마차의 말이 갑자기 흥분하더니 또다시 지진이 일어났다.

"큭……. 좋아, 장하다. 포레 누와르."

포레 누와르는 지진이 일어났는데도 미동조차 하지 않았다.

라이오넬이 타고 있는 배틀 포스 역시 용인 형제가 사육했던 말답게 차분했다.

지진은 30초쯤 지나자 가라앉았다. 그러나 마차에 묶여 있는 말이 여전히 흥분하고 있어서 은자의 마구간에 잠시 집어넣어 진정시키기로 했다.

그리고 드란의 낯빛도 좋질 않아서 일단 휴식하기로 했다.

"어제보다는 괜찮은 것 같네……."

나는 그렇게 드란을 위로하며 리커버를 걸었다.

"고맙네. 오늘은 지진이 났을 때 손이 멀쩡한 걸 거듭 확인하고 있었더니 그리 혼란스럽지는 않았네. 허나 이 떨림은 멎질 않는구먼."

"그건 어쩔 수 없지. 마음의 상처는 쉽사리 치유되는 게 아니니까."

드란의 낯빛이 나쁘기는 했지만, 어제보다는 나았다. 그리고 눈동자도 흐리멍덩하지 않았다.

리커버를 걸어주니 왠지 안심한 것처럼 보였다.

드란의 강인한 정신력이라면 분명 극복할 수 있겠지.

그때 케티의 날카로운 목소리가 울렸다.

"또 어제처럼 개미 마물이 온다냥."

케티와 케핀은 이미 임전 태세에 들어갔고, 라이오넬은 이미 적들에게 달려가고 있었다.

"선수를 내줄 순 없지."

"너무 무리는 하지 마."

"마석을 모아서 폴라가 기뻐하는 얼굴을 보고 싶구먼. 게다가 싸우고 있으면 마음이 한결 편하고 말일세."

싸우면 마음이 편해진다니…… 난 잘 모르겠다.

오늘 출현한 마물은 어제 나왔던 개미 마물이었다. 지진 때문에 물러진 지반에 구멍을 뚫고서 솟아난 듯했다.

나는 모두에게 에어리어 베리어를 발동한 뒤 아직은 마물의 숫자가 적은 지점으로 달려가서 환상검으로 베었다.

"이렇게 가까이에서 마물의 모습을 보니 새까만 게 무서운데."

개미 마물이 물밀 듯이 몰려왔지만, 어제와 마찬가지로 일격으로 쓰러뜨릴 수 있는 수준이었다. 포위만 당하지 않는다면 나도 어떻게든 대적할 수 있다.

라이오넬은 화염 대검을 휘둘러서 개미 떼와 구멍을 가리지 않고 마구 폭발시켰다. 엄청난 기세로 개미 떼를 쳐부수고 태우고 날려버렸다.

그 덕분에 개미들이 서로 연계하지 못했다.

물론 방심을 해서는 안 되지만, 고전하지는 않았다.

개미 떼를 쓰러뜨리고 있으니 날개가 달린 개미가 새로이 구멍 밖으로 나왔다.

그때 바람 칼날이 날아가 그 날개를 잘라버렸다.

리시안의 정령 마법이었다.

"어제는 전혀 도움이 되질 못 했지만, 오늘은 열심히 싸울래요."

나와 눈을 마주치자 그녀가 말했다. 그러고는 바람 칼날로 또다시 날아오르려는 다른 개미 마물을 공격해나갔다.

뭐 말은 저렇게 했지만, 실은 어제 폴라가 리시안에게 일하지 않는 자는 마석도 얻을 수 없다고 말싸움을 벌였다는 걸 알고 있었다. 우스워서 절로 웃음이 나왔다.

개미 마물 토벌은 그리 오래 걸리지 않았지만, 마물 숫자가 어제보다 많고 상위종이 나온 점이 마음에 걸렸다.

"지진이 마물의 출몰 전조인가?"

"……그렇게 생각하는 게 타당할지도 모르겠구먼."

"록포드는 괜찮을까?"

"록포드는 고작 지진에 무너지지 않네. 지하를 포함하여 마물이 도시에 침입한 적이 한 번도 없으니."

"그럼 다행이지만……."

나는 개미 시체를 회수하면서 록포드에는 아무 일도 없기를 바랐다.

우리는 그렇게 마물 떼의 공격을 받으면서 사흘을 더 나아간 뒤에 비로소 장인과 기술자들이 모여 있는 도시 록포드에 도착했다.

05 연구자와 기술자의 고향

드란이 세계적인 연구자와 기술자가 모여 있다고 해서 웅장한 풍경을 기대했는데, 록포드는 생각보다 아담한 모습이었다. 솔직히 약간 김이 샜다.

그리고 우리가 걸어온 가도는 록포드가 종착점이었다.

이 도시는 산으로 둘러싸여 있는 분지에 세워져 있는데, 드워프 왕국으로 이어지는 가도는 없는 듯했다.

"이름이 록포드라고 해서 조금 거친 곳이 아닐까 상상했는데 생각보다 평범한 느낌이네."

도시에 도착하여 포레 누와르를 비롯한 말들을 은자의 마구간에 들이고, 마차를 마법 주머니에 넣은 뒤 거리를 천천히 둘러봤다.

건물은 모두 벽돌이나 콘크리트로 지어져 있었고, 목조 건물은 보이지 않았다.

다만, 신경 쓰이는 점은 기술자와 연구자가 모인 도시치고는 대형 공방이 그리 많지 않았다.

이 도시에서 기묘한 위화감을 느끼고 있던 나는 주변을 둘러보고는 비로소 그 위화감의 정체를 깨달았다.

"사람이 없어?"

"이 도시는 일종의 위장일세. 도적들이 은신처로 삼을 법한 분위기지만, 그나마도 이 주변에는 드워프 왕국밖에 없어 은신처로 삼아도 별 이득이 없고, 을씨년스러워서 아무도 얼씬하질 않지."

드란이 의기양양하게 말했다.

설명을 듣고서 록포드를 다시금 둘러봤다. 건물은 낡아빠졌고, 인기척도 전혀 느껴지지 않았다. 그야말로 고스트 타운이었다.

"이쪽."

폴라가 어느새 마차에서 내려 앞장을 서기 시작했다. 우리는 폴라의 뒤를 쫓아 산맥의 암벽에 이르렀는데…….

"위험……! 어? 어라?"

폴라가 암벽에 부딪칠 것 같아서 몸을 잡아주려고 했는데 그녀가 그대로 암벽 속으로 쑥 들어갔다.

"이건 대체……. 혹시 이 산맥의 암벽도 환각인가?"

"그렇다네. 빛의 굴절을 교묘히 이용하여 외적으로부터 몸을 숨기기 위해서 만들어낸 마도구의 효과지. 이곳에는 별난 자들만 모여 있고, 또 개중에는 무언가에 쫓기는 자들도 많은지라……."

"굉장하다냥."

"과연. 일마시아 제국이 여길 3번이나 습격하려고 했지만 실패한 여러 이유 중 하나를 알 것 같군요. 이런 기술이 있었을 줄은."

라이오넬의 방문 목적이 습격이 아니라 참 다행이다. 아니었으면 틀림없이 이 고스트 타운을 쑥대밭을 만들어놨을 거다.

"크핫핫핫. 이건 서두에 불과하다네."

드란도 고향에 돌아오자 기운이 나기 시작한 모양이었다.

사람들이 자기 동네를 칭찬해주자 이상하리만치 흥분한 드란의 안내를 받으며 우리도 벽 안으로 들어갔다.

그나저나 이세계판 프로젝션 맵핑(입체 영상 투영)은 낮인데도 허상을 투영할 수 있구나. 굉장하다.

이렇게 굉장한 게 서두에 불과하다니. 어째서 록포드가 기술자들의 꿈이라 불리는지 알 것 같았다.

"이런 기술력이 있으면 뭐든지 가능하지 않을까?"

내가 중얼거린 말을 들은 사람은 없었다.

벽 안으로 빨려 들어간 우리를 기다리고 있는 것은…… 골렘들이었다.

저 멀리 문까지 이어지는 길 좌우에 5m급 골렘 수십 기가 쫙 늘어서 있었다.

"혹시 이 골렘들과 전부 싸워야만 하는 건 아니겠지……?"

"골렘을 파괴해본들 곧바로 새로운 골렘이 부활하니 시간 낭비야."

부활한다니, 무슨 저주도 아니고.

라이오넬은 싸우고 싶어서 몸이 근질거리는 것 같지만.

그나저나 폴라가 활발하게 움직이는 모습을 보니 신선하네.

폴라가 즐거운 얼굴로 골렘 앞에 서서 우리에게 손짓했다.

"빨리."

나는 마치 폴라가 집을 자랑하느라 들뜬 아이처럼 보였다.

"폴라, 너무 서두르지 말아요. 저는 여기 와보는 게 처음이라고요."

리시안이 그렇게 투정을 부렸다. 우리가 길을 나아가고 있으니 골렘이 몸을 움직이며 목소리를 냈다.

[여길 지나가고 싶다면 지혜를 짜내어 물음에 답하라.]

오오, 문제를 풀어야만 지나갈 수 있는 통로인가?!

나도 조금 두근거리기 시작했다.

[뒤에서 상대의 허리에 팔을 감아 붙잡고 뒤로 들어 넘겨 브릿지 상태로 홀드하는 기술의 이름을 말하라.]

뭐?

"저면 수플렉스 홀드."

[길이 열렸다]

"……뭐야 이게?"

왜 여기서 프로레슬링 기술 문제가 나오는 건데?!

"여길 통과하려는 자는 퀴즈 장르를 선택하여 문제를 풀어야만 지나갈 수 있다네. 여길 창조한 자의 의지였지. 아주 생소한 이상한 장르도 많다네. 만약 억지로 돌파를 시도하면 골렘이 움직인다네."

"그럼 방금 그 문제는 무슨 장르야?"

"'프로레슬링'이라는 격투기의 문제라네. 폴라는 골렘과 자주 놀았으니 자연스레 기술 이름을 외웠겠지."

이 세계에도 프로레슬링……? 설마 이것도 전생자의 영향인 건가? 아니, 아무리 그래도 프로레슬링 기술을 여기서 듣게 될 줄이야. 근데 블로드 스승님은 레슬링 기술을 알려주신 적이 없는데? 스승님도 모를 정도로 마이너한 기술인 건가. 하긴 검과 창, 마법의 세계이니 당연한가.

"그, 만약에 문제를 틀리면 어떻게 돼?"

"딱히 아무 일도 없네."

"없어?"

"없다네. 앞으로 나아가면 무슨 뜻인지 알게 될 걸세."

"그럼 다른 문제는 뭐가 있어?"

"음, 과학이라는 장르가 있는데, 물이 기체가 되는 온도나 수증기 폭발의 정의를 묻는 문제가 나온다네. 그리고 광산에서 캘 수 있는 광석을 묻기도 하고, 수학이라는 학문에서는 주문같이 난해한 계산 문제가 출제되기도 한다네."

"……혹시 록포드를 창설한 사람이 누군지 알아?"

"레인스타 경이라고 알고 있네. 몇 년 동안 여기서 연구를 하면서 살았었지. 그때 개발한 것들이 지금도 적잖이 남아 있다네."

으음…… 아니, 아직 레인스타 경이 전생자라고 단정할 수는 없다.

하지만 이 상황을 보아, 어쩌면 록포드에는 지구와 연관이 있는 물건들이 있을지도 모르겠다.

"그 자취가 지금도 남아 있다는 말이야?"

"그렇네. 허나 이곳을 록포드라 부르게 된 건 또 다른 일화가 있지. 당시 레인스타 경이 자신의 기술만으로는 해결할 수 없는

난제에 봉착했는데, 그를 돕고자 세계 각지에서 동료 연구자나 기술자들이 몰려들어 바위처럼 굳건하게 뭉쳐서 해결했다는 일화에서 록포드라는 이름이 비롯되었다고 전해지지."

"레인스타 경이 인망이 두터운 사람이었다는 건 알겠어. 여러모로 황당하긴 하지만."

"최근에 난 루시엘 님과 레인스타 경이 아주 닮은 것 같다는 생각이 들더군. 아니, 레인스타 경을 뛰어넘는 거물이 될 것 같다는 예감마저 든다네."

드란이 그렇게 말한 뒤에 웃으면서 앞으로 나아갔다.

"난 그렇게까지 대단한 인물은 아닌데……. 언젠가 도망쳐야 할 상황이 있을지도 모르니 변장할 수 있는 마도구를 만들어달라고 해야겠군."

나는 새로이 결의를 굳히고서 모두의 뒤를 쫓았다.

골렘들 사이를 지나가자 아까 멀리서 보였던 커다란 문이 나왔다. 그런데 오른쪽 벽에도 작은 문이 나 있었다.

폴라는 정면에 있는 문을 무시하고서 오른쪽 벽에 난 작은 문으로 걸어갔다.

그녀가 벽에 손을 댄 순간 푸르께한 빛이 뿜어지더니 벽이 갈라졌다.

"이건?"

"마력 인증일세. 사전에 마력을 등록해두지 않았다면 지나가기가 여의치 않지. 아무리 용을 쓰더라도 록포드에 들어갈 수는 없을 걸세."

이런 장치까지 있다니 솔직히 놀랐다. 그런데 드란은 어째서 붙잡혀서 노예가 된 거지? 록포드에 들어갈 수 있는 사람만이 드란을 노예 상인에게 넘길 수 있다는 뜻인데.

"드란, 왜 노예가 되었는지 물어봐도 될까?"

"노예가 된 사연이라……. 난 지하에 왕국을 세운 드워프족의 왕한테서 의뢰를 받았는데……. 미안하군. 역시 되도록 그건 물어보지 않으면 고맙겠네."

드란이 고통스러워하며 말했다.

"알겠어. 그나저나 드워프 왕국은 지하에 있구나……."

뭐, 그건 납득이 된다. 나 역시 이에니스에서 비슷한 걸 만들었으니까.

"먼 옛날, 엘프족이 나라를 세웠다는 소리를 듣고서 드워프족도 이에 질세라 지하에 왕국을 건설했다고 전해지지."

"그랬구나. 엇, 그만 가볼까."

폴라가 연 벽이 다시 닫히기 전에 리도 서둘러 안으로 들어갔다. 그런데 갑자기 시야가 확 트였다.

우리가 나온 지점은 도시의 벽면……. 암벽 중간 부분에 난 층계참 같은 곳이었다. 그곳에서 도시를 한눈에 내려다볼 수 있었다.

이번에야말로 도시다운 풍경이 펼쳐져 있었다.

"공방뿐만 아니라 밭과 목장까지 있네……. 게다가 태양도 있고."

이에니스의 지하 공간을 보았기에 많이 놀라지는 않을 줄 알았는데, 이 록포드에 비해 이에니스의 지하 공간은 열화판이라는 걸 알 수 있었다.

그러나 이 환경을 모방해낸 것만으로도 드란과 폴라가 우수한 기술자라는 걸 알 수 있었다.

"여기 사는 사람 대부분은 록포드 밖에 공방이 있는 우수한 기술자나 연구자들이네."

"그건 알겠는데 왜 밭을 경작하고 가축을 기르는 거야?"

"우리도 먹고는 살아야 하지 않겠는가. 뭐, 밭이나 목장은 각자 대부분 조수나 노예를 시켜서 관리하고 있다만."

"그런데 이 정도로 식량을 조달할 수 있어?"

"일주일에 한 번은 모험가 길드에서 마물 고기를 운송해오고, 형편이 어려울 때는 식량을 꿀 수도 있으니까. 우리도 줄곧 이 도시에서만 머물지는 않네. 제자를 찾으러 나가기도 하고, 의뢰를 수행하기도 하지. 그러니 생활하면서 불편하다고 느낀 적은 없었네."

"정들면 고향이다 이건가?"

"다만 이곳에 공방을 세우려면 우선 누군가를 제자로 들여야 하는 게 이곳의 규칙일세."

드란이 그렇게 말하며 힘없이 웃었지만, 목표는 확실히 갖고 있었던 듯하다.

층계참에서 도시까지 완만한 계단이 이어져 있었다. 우리는 계단을 내려가면서 록포드를 바라보았다.

계단을 다 내려간 뒤에는 그대로 중앙 건물까지 이어지는 길을 걸었다.

하늘에 떠 있는 태양은 유사 태양인데도 따뜻했다. 벽 안에 있는데도 산들바람이 불어왔다. 시골을 연상케 하는 고즈넉한 동네였다.

아까 봤던 위장용 도시와는 달리 적으나마 거리를 오가는 사람들도 있었다.

그때였다.

"드란 아닌가!"

"폴라도 있다!"

"이, 이보게! 드란의 팔이 붙어 있어!"

"드란, 혹시 또 대장장이 일을 하려는 건가?"

그런 목소리들이 들려왔지만, 드란은 모조리 무시했다.

아니, 앞에 있는 한 남자를 보고는 굳어버렸다.

"그란드 형님⋯⋯."

"오랜만이로군, 드란. 그리고 일단 우리가 사형, 사제 사이이긴 하지만, 내가 더 나이가 적으니 형님이라고 부르지 말라고 누누이 일렀건만."

어느새 폴라가 그란드 씨를 끌어안고서 울기 시작했다.

우린 완전히 공기 취급을 받고 있구나, 하고 생각하고 있으니 폴라를 달래면서 떼어낸 그란드 씨가 내 앞으로 천천히 다가와 고개를 숙였다.

"루시엘 공, 이번에 드란과 폴라를 구해주어 진심으로 감사드리오."

"저기, 어서 고개를 드세요. 제가 드란과 폴라를 발견한 건 정말로 우연이고, 두 사람을 고른 이유는 그저 능력이 있을 것 같아서였습니다. 감사받을 일이 아닙니다."

"허나 두 사람과 재회할 수 있었던 건 오로지 루시엘 공 덕분인 건 사실이지."

"그 대신에 두 사람은 줄곧 절 도와줬습니다. 환상 지팡이를 만들어준 그란드 씨한테 조금이나마 보답이 되었다면 다행입니다."

내가 그렇게 말하자 그란드 씨가 내 어깨를 툭툭 때리며 웃었다.

그런데 정말로 환상 지팡이가 없었더라면 적룡과 싸웠을 때 목을 베지 못했을 테고, 마력 소비를 걱정하지 않고 마법을 쓰지 못했겠지.

애당초 성룡의 어금니를 가공할 수 있는 장인이 이 세계에 몇이나 있을까? 그리고 만약에 있다고 하더라도 거의 공짜로 만들어줬기에 늘 황송한 심정이었다.

"그때 노력하길 정말로 잘했어."

"지금껏 그 노력 덕분에 여러 번이나 목숨을 건졌으니."

"그나저나 오늘을 위해서 준비해뒀던 '그곳'으로 두 사람을 데리고 가고 싶은데 괜찮겠나?"

"예. 안내해주세요."

"알겠다. 드란, 폴라. 따라오게."

우리는 그란드 씨를 따라 걸어갔다.

그런데 길을 나아갈수록 드란의 얼굴에 당혹감이 짙어졌고, 폴라도 서서히 발걸음이 무거워졌다. 그란드 씨가 말한 '그곳'은 드란이 일했던 공방이다. 아마 두 사람은 지금 여러 가지 감정이 섞이고 있으리라.

그러나 마침내 공방이 시야에 들어온 순간, 두 사람이 일제히 달려갔다.

"저 공방이 그…… 원래대로 복구된 모습인 건가요?"

"아니, 엘프 아가씨가 쓸 방도 늘렸으니 전보다 넓어졌지. 외관은 거의 똑같이 해뒀지만."

"다행이군요. 그럼 값을 치르겠습니다."

"아니, 이건 내가 내게 해주게나. 드란이 노예가 된 이유는 그때 내가 자리를 비워서 드란이 무리했기 때문이기도 하니."

이야기를 조금 들어본 바로는, 당시 드란은 드워프 왕에게 제사에 쓸 검을 만들라는 의뢰를 받았다가 실패했다는 모양이다.

하지만 아무리 실패했다고는 해도 노예로 만들다니.

물론 희소한 광석 등 귀한 재료를 잃긴 했겠지만, 납득이 되지 않았다. 뭐, 종족마다 사고방식이 다르니 이러쿵저러쿵할 수는 없지만…….

"제가 의뢰했던 일이지 않습니까. 더구나 두 사람의 주인은 저고요. 그러니 제가 내겠습니다."

예전에 드란과 폴라의 사정에 관해 교황님에게 여러 번 보고를 올렸더니 그란드 씨가 감사 편지를 보내왔다. 그래서 두 사람이 록포드에서 살았다는 사실을 알고는 언젠가 두 사람이 돌아갈 장소를 만들어달라고 그란드 씨에게 의뢰해두었다.

"허, 보기보다 완고한 사람일세……."

"그럼 절반씩 내도록 하죠. 어차피 저는 앞으로 드란과 폴라에게 루시엘 상회의 생산기술 부분을 맡기고 여러 도구를 만들도록 할 예정입니다. 어떻게 보면 투자라고 할 수 있을 테죠."

"……왠지 즐거워 보이는군."

"그 이야기는 드란한테 물어주세요. 그나저나 얼마죠?"

"백금화 8닢이다만, 치료비도 안 받고 다니는 치유사가 낼 수 있겠나?"

"하하, 사실 제가 치료 말고도 돈이 나올 구석이 제법 있거든요. 게다가 어차피 전 자신을 위해서 돈을 쓴 적이 거의 없어요."

나는 웃으면서 마법 주머니에서 백금화 8닢을 꺼내 그란드 씨에게 넘겼다.

"금전 감각이 꽝인 사람처럼 보이지는 않는데……."

"뭐, 필요한 지출이라는 겁니다. 아, 맞다. 그란드 씨한테 성룡의 창과 환상검의 정비를 부탁하고 싶은데요."

"좋아. 루시엘 공의 의뢰라면 최우선으로 들어줘야지. 자, 슬슬 두 사람을 따라가볼까."

"그러도록 하죠."

그리하여 우리는 드란과 폴라의 공방으로 향했다.

두 사람을 따라가니 아무래도 상태가 이상했다.

드란은 공방에 들어가려다가 그대로 우두커니 서버렸다. 폴라는 안으로 후다닥 들어간 듯한데…….

이윽고 드란이 공방 문에 손을 대더니 제자리에 털썩 주저앉았다.

"드란, 왜 그래?"

"앞으로 루시엘 님, 그란드 형님의 은혜를 어떻게 해야 갚을 수 있을지 모르겠구먼."

드란의 눈이 젖어 빛나고 있었다.

아무래도 서프라이즈가 대성공한 듯하다.

그란드 씨는 그런 드란을 보고는 흐뭇하게 웃고 있다.

"이제부터 만들고 싶은 도구 아이디어를 잔뜩 제공할 테니 그걸 하나씩 실현해주면 그걸로 족해."

"지금껏 그럴 작정으로 살아왔다네. 허나 이건 어찌 보답하란 말인가."

이제 드란은 눈물을 감추지 못했다.

"드란이 살아 있다는 걸 루시엘 공이 알려줬다. 언젠가 네가 여기에 돌아오리라는 걸 알고 있었지. 사제를 위해서 사형이 팔을 걷어붙이는 건 당연해."

"그란드 형님!"

두 사람이 서로 부둥켜안았다.

너무나도 중량감이 넘치는 장면이었다.

나는 그 광경을 잠시 지켜보다가 드란에게 말을 걸었다.

"드란이 들어가지 않으니 리시안도 들어가질 못하고 있잖아. 리시안도 오늘부터 이 집 식구이니까."

리시안 쪽으로 시선을 돌리니 그녀가 겸연쩍은 표정을 짓고 있었다.

"미안하군. 그럼 따라오게나."

그리하여 우리는 드란 일가의 주택 겸 공방에서 신세(?)를 지게 되었다.

지상 1층과 2층은 주거 구역이고, 지하 1층에는 공방이 세 군데 설치되어 있었다.

"지상은 그럴듯한데, 지하는…… 왜 이렇게 된 거야?"

지하의 공방은 이에니스에 만든 공방의 두 배 가까운 규모였다. 다만 내가 의문을 품건 공방에 들어가지 않아도 안을 볼 수 있도록 만들어진 반투명 유리 같은 벽이었다. 더욱이 그 벽에는 수많은 마법진이 새겨져 있었다.

"방음, 내진(耐震), 방진(防塵), 방화(防火) 마법진을 새겨놓았고, 만약의 사태에 대비하고자 바깥에서도 내부 상황을 알 수 있도록 금강석과 아다만타이트로 벽을 만들었지. 이제 공방이 날아갈 일은 없을 거다.”

척 봐도 돈푼깨나 들였네. 그란드 씨, 아까 그 금액 말인데요. 상당히 깎아서 부른 거 아닌가요?

“여기에 있으면 지진이 와도 흔들리지 않는다. 지하도 완전히 고정해놨거든.”

그란드 씨가 자신의 재주를 모조리 발휘했다는 듯 말했다.

역시 드란이 공방을 날려버린 실수를 저지른 이유는 지진 때문이었나.

폴라와 리시안의 공방은 서로를 들여다볼 수 있도록 부스 형태가 되어 있었다. 라이벌 의식을 불태울 줄 알았는데 서로를 쳐다보며 아이 컨텍트를 하고 있었다. 공동 개발이라도 하려는 건가?

바로 그때 록포드에 온 뒤로 얌전했던 라이오넬과 케티가 드디어 입을 열었다.

“루시엘 님, 대장장이의 정점에 서 있는 그란드 공과 드란 공한테 공동으로 무구 제작을 부탁하고 싶습니다만······.”

“노예가 이런 부탁을 하는 게 무리라는 걸 잘 안다냥. 그래도 꼭 부탁하고 싶다냥.”

그란드 씨의 이름이 제국에도 퍼져있는 건가?

뭐, 마침 에스티아의 장비도 만들 생각이었고.

“두 사람은 언제든지 노예 계약을 해제할 수 있으니 굳이 말하자면 임시 노예잖아. ······그란드 씨. 네 사람의 무구를 제작하고 싶습니다만, 괜찮겠습니까?”

"네 사람…… 제 것도 만들어주시는 겁니까?!"

"혹시 저도?"

"두 사람 모두 우리 전력이잖아?"

케핀은 예상 밖이었던 모양이지만, 케핀은 이미 주요 전력이다. 전력은 많을수록 좋으니 굳이 인색하게 굴 이유가 없다. 더욱이 에스티아는 교황님이 부탁한 사람이니 당연한 조치였다.

"루시엘 공의 부탁이라면 들어줘야지. 다만 이번에는 제값을 다 받을 테니 그리 알아둬. 우선은 루시엘 공이 아까 부탁한 무구 정비부터 시작하지."

"정말 감사합니다. 돈은 낼 수 있는 한 낼 테니 잘 부탁합니다."

"알겠네. 드란, 자네도 할 텐가?"

"일타입혼(一打入魂). 이 의뢰를 수락하겠소. 그란드 형님도 힘을 빌려주시오."

"맡겨두게."

그리하여 두 사람은 작업을 시작하려고…… 했지만, 그란드 씨의 말이 모두를 침묵시켰다.

"그나저나 어떤 재료로 만들지? 마물? 아니면 미스릴이나 아다만타이트, 오리하르콘?"

"재고가 있습니까?"

"무슨 소린가? 소재는 의뢰인이 가져오는 게 기본이잖나?"

"…………."

그란드 씨가 무슨 당연한 말을 하느냐는 얼굴로 쳐다봤다.

뭐지 이 흐름은? 나더러 광산에 가라는 건가?

그러나 나는 목숨을 걸면서까지 새로운 무구를 제작할 엄두가 나지 않았다.

내 생각을 눈치챘는지 라이오넬과 케티가 내 어깨 위에 손을 척, 척 올렸다.

"루시엘 님, 이제부터는 저희 뜻에 따라주십시오. 자, 광산에 가시지요."

"루시엘 님, 전력을 다할 테니 부탁한다냥."

"응, 싫어."

나는 웃으면서 거절했다.

이 흐름에 저항하지 않는다면 이대로 토룡이나 지룡이 잠들어 있는 던전형 광산에 들어갈 게 뻔하다. 그런 위험한 곳에 누가 가 냐고!

나는 딱 잘라 거부했다.

"네 사람의 장비는 예전에 환상 지팡이를 제작할 때 넘겨드렸 던, 용의 비늘과 뼈로도 충분하죠?"

"물론이지. 꽤 진귀한 소재라 솜씨를 발휘하는 보람이 있었다네. 그런데 정말 괜찮겠나? 그건 보통 귀한 소재가 아니네만?"

좋아. 언질을 받아냈다.

"전 그저 광산에 가고 싶지 않을 뿐입니다. 그나저나, 이만한 양이면 시간이 꽤 걸리겠군요?"

"네 사람의 장비를 제작하려면 못해도 3개월은 걸리지. 길게

잡으면 반년 이상이고."

네 사람은 내가 언급한 소재를 듣고서 놀라워했다. 그러나 마법 주머니에 썩혀두는 것보다는 쓰는 편이 더 가치가 있겠지.

더욱이 뭐니 뭐니 해도 안전이 중요하다.

그리고 네 사람의 무구를 제작하는 데 시간이 제법 걸리리라 예상했으므로 시간은 나에게 문제가 되지 않았다.

"그럼 제작을 부탁드립니다. 아, 그리고 무구 정비와 네 사람의 신체 치수를 다 잰 뒤에 성도나 멜라토니를 한 번 다녀올 작정인데, 괜찮습니까?"

어차피 반년씩이나 걸린다면 이참에 스승님을 뵙기 위해서 멜라토니에 다녀오고 싶었다. 스승님은 라이오넬이 상대할 테니 나는 구석에서 적당히 단련하면 되겠지. 멜라토니에서는 살벌한 만남보다는 마음을 치유하고 싶으니까.

"음, 문제는 없네. 그보다도 오늘은 드란과 폴라를 위한 환영식을 열 작정이니 오늘 밤은 루시엘 공도 함께 먹고 마시자고."

"예, 알겠습니다. 도수가 높은 술은 아닙니다만, 특제 벌꿀주도 있으니 마셔주셨으면 좋겠네요."

"술이라면 뭐든지 좋지. 맛있다면 더할 나위가 없고. 화주도 좋다만 마실 기회가 드문 술도 대환영이라네."

"그럼 다행입니다. 그리고 말이죠. 그 자리에서 드란과 폴라의 노예 계약을 해제해도 되겠죠?"

"그래. 정말로 고맙구나."

"잠깐만. 드워프 왕한테 알려진다면 또다시……."

"안심해라. 그 점은 이미 드워프 왕과도 얘기를 마쳤으니까. 이제 염려할 필요는 없네. 애당초 드워프 왕도 후회하고 있더군. 아무리 술자리였다고는 해도 부채질에 넘어가 최고의 검을 헌상하지 못한다면 노예든 뭐든 되겠다고 다짐을 하도록 강권한 것을……."

"약속은 약속이니……. 설마 폴라가 따라올 줄은 생각도 못 했다만."

"이제부터는 후회할 일이 생기지 않도록 이상한 구두 약속은 하지 마라."

"형님……. 앞으로는 그 교훈을 마음에 새기면서 루시엘 님의 아이디어를 살려낸 도구를 제작하며 살고 싶소."

"나 참, 입으로는 그렇게 말하면서 기뻐하는 표정을 못 숨기는구면. 나도 좀 끼워다오."

"그럼 오늘 밤에 노예 계약을 해제해도 되겠지?"

"루시엘 님, 잘 부탁하오."

드란이 나에게 고개를 천천히 숙였다.

유사 태양이 저물면서 노을을 재현한 록포드에서 드란과 폴라의 귀환을 축하하고자 일을 마친 연구자와 기술자들이 광장에 모여들었다.

"여러분, 잘 와주었소. 일찍이 뛰어난 솜씨로 유명했던 기술자 드란과 골렘을 사랑하는 소녀 폴라가 돌아왔소이다."

사람들이 환호성을 지르고서 두 사람에게 여러 말들을 건넸다.

  "현재 두 사람은 노예 신분이지만, 바로 지금 이 자리에서 노예 계약을 해제할 겁니다."

  나는 두 사람에게 해주(解呪) 마법인 디스펠을 발동했다.

  "이것으로 두 사람은 나와 맺은 노예 계약이 해제되었습니다."

  내가 그란드 씨에게 말하자 그란드 씨가 고개를 힘차게 끄덕였다.

  "방금 노예 계약을 해제한 사람은 불과 약관 스무 살에 성 슈를 교회로부터 S급 치유사로 지명받은 루시엘 공이오. 그는 노예 신세였던 두 사람을 사서 줄곧 인도적으로 보호해주었소."

  두 사람을 노예로 샀다는 말과 보호했다는 말을 듣고서 주민들은 어떻게 반응해야 좋을지 난처해하는 기색이었다.

  "한 번도 때리거나 혹사한 적이 없는 상냥한 주인이었지. 그리고 폴라한테 손을 대려고도 하지 않았던…… 겁쟁이이기도 하고 말이야."

  폴라가 부드러운 통으로 드란의 머리를 퍽! 하고 때렸다. 마치 콩트의 한 장면 같은 딴죽이었다.

  나는 그 광경을 보고 웃었지만, 주민들도 두 사람의 모습을 보고는 박장대소했다.

  아무래도 두 사람은 옛날부터 저런 콩트를 해왔던 모양이다.

  "돌아왔어. 또 여러모로 배우고 싶어. 잘 부탁해."

  폴라가 고개를 숙이자 모두가 아이돌을 대하듯이 성원을 보냈다.

""""폴라~!""""

그녀는 어렸을 적부터 이곳에서 자랐다.

더욱이 기술자인 할아버지 밑에서 자랐으니 폴라는 분명 이곳에서 사람들의 사랑을 받으며 자랐을 테지.

"여러분, 정말로 민폐를 많이 끼쳤다. 이제부터 다시 한번 잘 부탁함세."

이번에는 따뜻한 박수가 나왔다.

"오늘은 아주 좋은 날이다. 만취하더라도 루시엘 공이 있다면 이튿날 숙취도 무섭지 않지!"

""""오오~!""""

"드란과 폴라의 귀환을 축하하며 건배."

""""건배!""""

그리하여 잔치가 시작되었다.

"드란과 폴라가 노예가 되었다는 소리를 들었을 때는 많이 한탄했지. 어째서 드란과 폴라가 노예가 되어야만 하느냐고……. 신한테도, 드워프 왕한테도 불만을 토로했지. 뭐, 그때는 드워프 왕이 상당히 침울해했지만. 그나저나 어째서 내게 도움을 요청하지 않았나?"

그란드 씨는 드란…… 씨와 술을 마시면서 설교하기 시작했다.

"미안하구먼."

"난 계속 두 사람의 행방을 찾았지만, 결국은 찾아내지 못하고 시간만이 흘렀지. 그런 때 여기 있는 루시엘 공이 편지 한 통을 보냈네. 두 사람을 노예로 사서 보호하고 있다고. 그리고 드란도 원래 솜씨를 되찾았으니 두 사람이 돌아갈 수 있는 곳을 만들어달라고 부탁했지. 이 소식을 듣고 얼마나 기뻤는지 자네는 아는가?"

"그란드 할아버지. 고마워."

"응. 폴라는 잘못한 거 하나도 없어."

완전히 인심 좋은 할아버지로 변한 그란드 씨가 폴라의 머리를 쓰다듬으면서 드란에게 다시 설교하기 시작했다.

"루시엘 공이 비밀로 해달라고 부탁해서 공방을 복구할 때 모두가 이상한 표정으로 쳐다봤었지. 나 역시 상처를 입었다 이 말이야."

술이 센 그란드 씨가 느닷없이 연거푸 술잔을 비우기 시작했다. 뭔가 이쪽으로도 불똥이 튈 것 같았다.

"그란드 형님, 미안하게 됐소."

드란 씨는 그란드 씨를 똑바로 본 채로 고개를 숙이며 사과했다.

"빌어먹을! 더는 말을 안 하겠다. 하지만 오늘은 끝까지 내 술동무를 해줘야겠어."

"그란드 형님이 먼저 뻗을 것 같으니 옆에서 뒤치다꺼리나 해야겠구먼."

"객기 부리기는. 누가 먼저 뻗는지는 대봐야 알지."

그리하여 두 사람의 주량 대결이 시작되었다. 드란 씨와 폴라의 귀환을 축하하는 잔치는 밤늦게까지 이어졌다.

06 해후

이튿날 아침, 그란드 씨와 드란 씨는 지독한 숙취에 시달렸다.

폴라의 말에 따르면 드워프는 도수가 높고 인족이 버거워하는 술을 좋아하는, 대주가(大酒家)이긴 하지만 숙취에 시달리지 않는 종족은 아니란다.

"과음하면 벌을 받아."

폴라는 그렇게 말하고서 자기 공방으로 돌아갔다.

"루시엘 공, 제발 상태 이상 회복 마법을 걸어주게."

"루시엘 님, 폴라의 말에 일리가 있다고 반성하고 있으니 부탁함세."

당장에라도 죽을 것 같다는 얼굴로 바닥을 기어 다니는 근육이 우락부락한 두 노인이 무서워서…… 아니, 불쌍해서 리커버를 걸어주기로 했다.

"크으~. 과음을 했구먼."

"해장술을 마실까도 생각했지만, 자칫 큰코다칠 수가 있으니…… 물리적으로."

회복한 두 사람이 평상시 모습으로 되돌아왔다.

"그나저나 드란 씨라 불리는 건 좋아하지 않으니 지금껏 그래온 것처럼 드란이라고 불러주게. 내가 연장자이긴 하다만 지금까지 쌓아온 관계를 무너뜨릴 수는 없으니 편하게 대해줘."

"그럼 나도 루시엘이라고 불러."

"으음, 그건 선처하도록 함세."

왜 그쪽은 선처인 건가.

다만 노예에서 해방된 뒤에도 이 관계를 유지하겠다는 말은 진심으로 기뻤다.

"맞다. 그란드 씨. 토레토 씨가 보이질 않네요."

"아아, 최근에 슬럼프에 빠졌다더군. 어디 영감을 받을 만한 곳에 다녀오겠다는 말을 남기고서 사라졌네."

"토레토 씨도 슬럼프에 빠질 때가 있네요."

"슬럼프라기보다는 망상…… 뭐, 됐다. 그럼 신체 치수를 측정하는 것부터 시작하지. 네 사람을 불러주게…… 아니, 이미 와 있었군."

"예. 두 사람의 작업을……, 새로이 제작될 무구를 아주 기대하고 있는 눈치입니다."

"그래? 그럼 드란, 기대에 부응해줘야겠지."

"그렇고말고. 그랜드 형님."

그 뒤에 두 사람은 일류 대장장이다운 진지한 표정을 지었다. 라이오넬조차 두 사람의 박력에 압도된 듯했다.

그래서 여유가 생긴 나는 홀로 록포드를 구경하며 돌아다니려고 생각했는데…….

"위험하니까 함께 할게."

무슨 영문인지 혼자 돌아다니는 건 위험하다며 폴라가 만류했다.

"나도 가고 싶어요."

또한, 리시안도 손을 들었다.

오랜만에 온 폴라도 그렇지만 리시안도 록포드의 주민이 되었으니 함께 가는 편이 좋겠구나, 하는 생각이 들었다.

참고로 리시안의 노예 계약도 어젯밤에 해제했다.

다만 리시안은 노예에서 해방되는 것을 마뜩잖아했다. 드란과 폴라가 열심히 설득한 끝에 간신히 수락해주었다.

하는 김에 라이오넬, 케티, 케핀의 노예 계약도 해제하자고 말을 꺼냈지만, 순식간에 각하되었다.

그러고 보면 그때 에스티아가 놀란 얼굴을 하고 있던 거 같은데…….

그나저나 두 사람도 하고 싶은 일이 있을 텐데, 굳이 따라오다니, 보답 심리 같은 건가.

나는 순순히 호의를 받아들이기로 했다.

"그럼 셋이서 가볼까. 그보다 뭐가 위험하다는 거야?"

"록포드에는 여러 장치가 있어. 게다가 아직 마력 인증도 안 했고."

"아아, 어제 그……. 그럼 폴라, 안내를 부탁해."

"부탁해요."

"알겠어."

그 뒤로 우리는 드란과 그란드에게 외출한다고 말한 뒤에 출발했다.

록포드 안은 박석으로 말끔하게 포장된 길과 걷기 어려운 흙길이 섞여 있었다. 아무래도 계획적으로 지은 도시가 아니라서 그런 듯했다.

공방 인근을 걸으면 금속을 두드리는 소리나 깎는 소리가 들려왔다. 왠지 영세 공장에서 영업을 뛰던 시절이 떠올라 묘하게 정겨웠다.

그런 공방에서 피어오르는 연기를 쫓아 하늘을 올려다보니 레인스타 경이 만든 유사 태양이 떠 있었다.

"저 하늘에 떠 있는 유사 태양은 폴라가 이에니스에서 만들었던 것과 똑같은 건가?"

"이 공간에 있는 마도구는 모두 유기적으로 작동해. 단순히 아침에 떠올랐다가 저녁에 지는 것만이 아니라 늘 똑같은 온도와 습도를 유지해주고 있어."

이에니스에서는 여러 마도구를 이용하여 이런 환경을 재현했던 것 같은데, 혹시……

"이 록포드 전체가 커다란 마도구에 뒤덮여 있거나 혹은 마도구 그 자체인 거 아냐?"

"맞아. 게다가 공기 중의 마력을 흡수하고 있으니 반영구적으로 가동할 수 있어."

문득 떠오른 생각을 말해봤는데 아무래도 정답인 모양이다.

"마치 미궁 같네."

"아마도 같은 기술일걸."

"…………."

그러나 나는 그 소리를 듣고서 조금…… 아니, 상당히 불길한 예감이 들었다.

미궁으로 변할 수 있는 곳을 레인스타 경이 정령의 힘을 이용하여 록포드로 만든 것이 아닐까, 하는 생각이 떠올라서였다.

이 부근에 미궁은 없는 것 같지만, 대신에 마물이 솟아나는 광산이 있다고 하니 용이 잠들어 있을지도 모른다는 내 예측도 꼭 틀린 것만은 아닐지도 모른다.

안쪽에는 목장이 펼쳐져 있고, 작은 식림지(植林地)가 조성되어 있었다.

도시 안을 거닐다가 한 가지 마음에 걸린 점이 있었다. 공방마다 우물이 많이 설치되어 있다는 것이었다.

어째서 우물을 이렇게나 많이 팠는지 궁금하던 차에 마침 리시안이 폴라에게 물었다.

"그나저나 우물이 많은 것 같은데, 뭔가 이유라도?"

"딱히 없어. 그저 언제든지 정화된 물을 마실 수 있도록 각 집이나 공방마다 우물을 팠을 뿐."

"……이 도시는 언밸런스하네요. 공방과 목장이 한 도시에 있는 게 믿기지 않아요."

"레인스타 경의 고향도 그랬다고 들은 적이 있어."

"레인스타 경은 개척 마을의 농민 출신이었죠?"

"맞아. 그런데 여러 사건 때문에 그 개척 마을은 없어졌어."

그랬구나. 내가 읽었던 책에는 그런 내용이 하나도 적혀 있지 않았는데.

"맞아요. 그런데 왜 그런지 알 것 같아요."

리시안이 그렇게 말하고서 표정이 조금 어두워졌다.

"유유자적한 곳도 있고 참 좋은 동네야. 자, 슬슬 마력 인증을 하러 가고 싶은데."

"도시 중앙에 있는 관청에서 등록할 수가 있어."

관청이라……. 그리운 단어네. 이쪽 세계에서는 하나 같이 길드라는 기관이 움직이고 있었는데.

그렇게 생각하면서 폴라의 안내를 받아 중앙에 있는 관청까지 갔다.

그곳에는 접수처라고 적힌 창구가 있지만, 접수 업무를 하는 사람은 없었다.

정확하게 말하자면 그곳에는 전생 때 봤던 ATM 같은 기계가 설치되어 있을 뿐이었다.

내가 당혹스러워하고 있으니 폴라가 말을 걸었다.

"거기 서. 서보면 목소리가 들릴 거야. 그 목소리에 답하기만 하면 돼. 거짓말은 안 돼. 거짓말을 하면 도시 입구까지 날아갈 거야."

"미궁의 마법진 같이?"

"그래."

레인스타 경은 물리 과학자였던 건가? 아니면 시공간 마법까지 썼던 건가? 뭐, 어느 쪽이든 마찬가지. 전에는 전설이랍시고 과장된 건 줄 알았는데, 최근에는 전부 사실이 아니었을까 하는 생각이 들기 시작했다. 너무 굉장하잖아…….

"폴라도 공간 전이 기술 같은 걸 개발할 수 있어?"

"이 수명이 다하기 전에는 분명 전이 이론과 기술을 확립할 수 있을 거야. 하지만 그걸 만들 수 있는 마석이 없어."

그래도 실현 범위 안에 있었다면 마석을 구해달라고 떼를 썼을 텐데, 아무 말도 없는 걸 봐서는 평범한 마석으로는 어림도 없나 보다.

"여느 때처럼 속성을 무시할 수는 없나?"

"시공간 마석은 본 적이 없어. 본 적이 없으니 뭘 어떻게 하면 좋을지 몰라. 게다가 시공간 속성은 시공간을 뛰어넘은 적이 있는 사람만이 가지고 있고."

폴라가 애석해하며 대답했다.

그럼 시공간 속성을 취득할 수 있는 건 전생자나 혹은 그와 관련이 있는 사람이겠구나.

……폴라에게는 미안하지만, 전생자라는 걸 밝혀서 귀찮은 일에 얽히고 싶은 마음은 없으니 나는 그 스킬을 취득할 일이 없겠지.

그렇게 생각하면서 ATM에서 절차를 밟아나갔다.

[당신의 이름을 대답하세요.]

[당신의 마력 패턴을 계측합니다.]

[당신의 직업을 대답하세요.]

ATM는 무난한 질문만을 던졌다.

그러나 마지막 질문만이 큰 문제였다.

[당신은 전생자·전이자, 혹은 빙의자입니까?]

내 뒤에는 폴라와 리시안이 있다.

내가 사실을 말하면 전생자임이 들통이 날 테고, 거짓말을 하더라도 록포드 입구까지 날아갈 테니 마찬가지로 들통이 나고 말거다.

아악! 정말이지 성가시기 짝이 없는 선물을 남겨뒀네!!

하는 수 없이 나는 고육지책으로 대답하기로 했다.

"Ja."

두 사람의 귀에 들리더라도 적당히 얼버무릴 수 있도록 독일어로 대답했다. 나는 이 국면을 타개할 수 있기를 기도했다.

[등록이 완료되었습니다.]

나는 나도 모르게 안도의 한숨을 내쉬고 말았다.

이래도 괜찮을까 싶으면서도 용케도 무사히 극복해냈다고 자신을 칭찬해주고 싶었던 순간, 의식이 옅어져 가는 느낌이 들었다.

그리고 정신을 차리니 내 앞에 한 청년이 있었다.

"여긴?"

나는 어느새 소파에 앉아 있었다. 탁자를 사이에 두고 그 청년

도 소파에 앉아 있었다.

"여긴 내가 만들어낸 아스트랄 공간 비슷한 곳이야."

그가 손가락을 튕기자 눈앞에 홍차 세트가 나왔다.

"이래 보여도 집사 흉내를 몇 년 해봐서 말이지, 홍차를 제법 끓일 줄 알아."

청년이 웃으며 말했다.

나는 저 청년이 누구인지 금세 알아차렸다.

"당신이 레인스타 가스타드 경이군요."

"그래, 네가 루시엘 군인가? 여기에 지구인이 방문한 건 네가 다섯 번째야."

미청년…… 레인스타 경은 온화하게 웃었다.

전기(轉記)에 실려 있는 능력과 더불어서 이런 공간도 창조해낼 수 있다니. 이러니 전 세계가 그를 가만히 내버려 두지 않았지.

그런데 어째서 아직 살아 있는 거지? 게다가 다섯 번째 방문자라는 그의 말이 몹시 마음에 걸렸다.

"루시엘 군, 넌 전생자니?"

"예. 일본에 사는 30대 샐러리맨이었는데, 15살의 신체를 받아 이곳 갈다르디아에 전생했습니다."

"그랬구나. 머리 색깔을 보고 타국 사람인 줄 알았어."

왠지 나를 중2병에 걸린 사람처럼 본 것 같아서 나는 정신적 충격에 빠졌다.

"아바타를 설정하듯 조작할 수가 있어서 들뜬 나머지 건드린 것뿐입니다."

"아하하하. 재밌어. 나도 루시엘 군과 비슷한 또래의 일본인이었는데, 회사로 돌아가는 길에 싱크홀이 생겨서 빨려들었어. 그런데 클라이야 신이 갓난아기로 전생시켰지."

"일본인이었습니까? 어음, 그럼 에도 시대나 메이지 시대 분인가요?"

"아니, 난 20XX년에 죽었어."

"그래요? 전 20Xㅇ년이었습니다."

아무래도 지구와 갈다르디아의 시간 흐름이 상당히 다른 모양이다.

왜냐면 지구에서는 3년밖에 차이가 안 나는데 이곳에서 3백 년이나 차이가 벌어졌으니.

그렇다면 지구로 돌아가는 방법을 찾아낸다면……, 순간 그렇게 생각했지만 현실적이지 않다는 것을 깨달았다.

"그나저나 네가 이곳에 있다는 소리는 그 현자가 마왕의 부활을 저지하는 데 성공했다는 건가……. 약간 의외로군."

뭐지, 갑자기 마왕이라는 흉흉한 단어가 튀어나왔는데…….

"저기……. 40년쯤 뒤 미래에 새로운 용사가 태어나 마왕과 싸운다고 하던데요……."

"루시엘 군, 왠지 아주 잘 아는 것 같네……."

그 말이 레인스타 경의 입에서 나온 순간 압도적인 마력이 느껴졌다.

"……방금, 뭔가 했습니까?"

"응. 조금 특수한 감정 스킬을 썼어. 흠, '치유사'만이 아니라 시련을 극복해야만 얻을 수 있는 두 번째 직업도 갖고 있군. 게다가 용기사! 불과 6년 만에 거기까지 단련한 건 칭찬해줄게. 평범하게 살아서는 절대로 올릴 수 없는 온갖 상태 이상 내성까지 높고. 훌륭해."

"칭찬해준다니……. 묘하게 절 아랫사람처럼 취급하시는군요."

"하하, 어쨌든 내가 치유사 교회의 창설자니까. 아, 그런데 교회에 뭐 바뀐 점은 있니? 폴나는 잘 지내고 있고?"

"아…… 그, 시대의 흐름이 말이죠……."

나는 치유사의 요금 문제, 교회 내부의 미궁화, 이에니스 사건을 간략하게 말했다.

"……이런 느낌입니다."

"역시 폴나를 거기 남겨둔 건 잘못이었나……."

"그나저나 정말 교황님이 레인스타 경의 따님이었군요. 많이 놀랐습니다."

"음? 내 딸은 안 줘."

"딸을 둔 아버지가 한 번쯤 하고 싶어 하는 말을 여기서 하다니…… 애당초 저는 교황님과 사귈 마음이 없다고요."

"호오, 그건 내 딸이 마음에 안 든다는 뜻인가?"

"……성가실 것 같아서 다음 화제로 넘어가겠는데, 전생룡이 사신한테 봉인되어 있다고 하던데, 성룡과 염룡은 해방했으니 어떻게든 되겠죠?"

나를 놀려봤자 재미가 없을 것 같다고 여겼는지 레인스타 경이 이야기를 본론으로 되돌렸다.

"그럼 부활한 마왕한테 용사가 패배하겠구나. 무슨 수를 쓰든 비기는 게 고작이겠어."

"무슨 근거로 그런 말을 하는 겁니까?"

"주신(主神)과 사신(邪神)이 얽히지 않듯이 빛의 용사와 어둠의 용사도 얽힐 일이 없어."

"하아아……."

너무 추상적이라 의미를 모르겠네.

"마왕이 마물의 왕이자 용사라고 생각하면 되네. 그밖에는 갈다르디아를 수호하는 시공룡(時空龍)이 있는데, 그쪽은 사람이나 마물의 전쟁에는 전혀 관심이 없으니 이번에는 마주칠 일이 없을지도 모르겠군."

"어떻게든 힘을 빌린다면 해결할 수 있습니까?"

"그건 그렇겠지. 그런데 시공룡은 주신 클라이야의 매개체라서."

응……? 용신이 아니라 시공룡이 주신의 매개체인가……. 아니, 굉장한 정보를 선뜻 알려주네.

"……용케도 RPG에서 가장 마지막에 드러날 것 같은 정보를 알려주네요."

"여긴 현실……은 아니지만, 네가 사는 곳은 현실이니까. 그보다도 전생룡을 해방하지 않으면 장차 태어날 용사는 광속성밖에 쓰지 못해. 그럼 마왕은 빛과 시공간 속성을 제외한 모든 속성 마법을 구사할 수 있게 되는 거지. 뭐, 이미 성속성과 화속성은 용사한테 깃들었겠지만."

"혹시 전생룡을 해방해야 용사가 사용할 수 있는 속성이 늘어나고, 마왕이 사용할 수 있는 속성이 줄어들어서 유리해지는 구조인가요?"

"맞아. 나 때는 내가 모든 속성을 보유하고 있었기에 사룡(邪龍)과의 전투가 나도 모르게 승리를 거뒀을 만큼 손쉬웠지만, 만약에 속성 마법을 전혀 쓸 수가 없었다면 정령의 힘을 빌렸더라도 고전했을 테지."

저 사람, 자신이 용사였다는 사실과 마왕을 무심코 쓰러뜨렸다는 자랑담을 은근슬쩍 끼워 넣네……. 뭐, 정말로 굉장한 위업을 달성한 것만은 틀림없지만.

"레인스타 경이 용사였군요. 그런데 레인스타 경의 전기에는 용사였다고 적혀 있지 않았는데요?"

"왜냐면 내가 쓰러뜨린 게 마왕이었다는 것이 훨씬 뒤에 밝혀졌으니까. 게다가 내가 싸움에 나선 이유는 이루고 싶은 꿈이 있었기 때문이고."

"꿈?"

"공중 도시를 만들고 싶었지. 정령들 덕분에 비행 마법을 성인이 되기 전에 구사할 수 있었거든. 그 감동을 모두와 나누고 싶었어."

"……."

"어차피 성룡과 염룡은 해방했잖나? 기왕 시작한 거, 적어도 기본 속성인 수룡, 풍룡, 토룡은 해방해줬으면 해. 그럼 마왕은 뇌, 독, 중력 속성을 쓰겠지만, 그뿐이니 대책을 세운다면 여유롭게 싸울 수 있을 거야."

뭐가 괜찮은 건지 의미를 전혀 모르겠다.

독은 내성을 올리면 된다고 치더라도 감전이나 중력을 견딜 방법이 있나? 아니 그보다…….

"레인스타 경, 전 용사가 아니라 소심한 한 인간일 뿐이에요. 솔직히 말해서 목숨을 걸면서까지 미궁에 잠입하여 전생룡의 봉인을 푸는 것도, 정령들의 의도에 놀아나는 것도 딱 질색입니다."

그렇다. 나는 유유자적하게 살아가는 것이 목표다.

물론 S급 치유사가 된 이유는 다친 사람을 치료해주고 싶었기 때문이다. 그러니 치유사로서 책임은 다하고 싶다.

그러나 전생룡과 싸워서 구해내라니. 나에게는 너무 버거운 짐이다.

레인스타 경이 내 표정을 보고서 속내를 짐작했는지 타이르듯이 말하기 시작했다.

"난 현 세계를 알 수가 없지만, 틀림없이 루시엘 군은 상상 이상으로 큰일들을 겪었겠지."

"예. 평범한 마물과 싸우더라도 즉사할지도 모를 만큼 연약한지라……. 전생룡의 해방이 사신과 얽혀 있다면 저로서는 역시……."

"사신이라……. 아, 이제 시간이 다 됐네. 얘기를 조금 더 나누고 싶었는데 말이야~. 네가 다음에 이곳에 오는 건 아무리 빨라도 몇 년 뒤일 테니……. 루시엘 군, 우선 록포드의 작은 문을 지나 큰 문을 향해 손을 뻗도록 해. 그곳에서 토룡과 만날 수 있을 거야. 그리고 공중 도시 네르달에 갈 일이 있다면 중앙 분수에서 ─────라고 외쳐."

"예?"

"그러면 분명 힘이 되어 줄 거야."

"레인스타 경, 잠깐만요."

손을 뻗은 순간 내 의식이 또다시 멀어졌다. 정신을 차려보니 록포드 관청에 있었다.

"루시엘 님? 뭘 기다리라는 거예요?"

"안색이 안 좋은데?"

"아, 응, 괜찮아."

현실로 되돌아온 장소와 리시안과 폴라의 모습을 보고서 레인스타 경과 그렇게 오래 대화를 나눴는데도 이쪽 세계의 시간이 거의 흐르지 않았다는 걸 알았다.

새삼스레 레인스타 경이 터무니없는 사람이라는 걸 실감했다. 그나저나 레인스타 경이 시공간 속성 마법으로 그 세계를 만든 것만은 어쩐지 이해가 되었다.

그러나 그 공간을 만든 이유를 전혀 모르겠다.

다만 레인스타 경과 대화를 나누고서 알아낸 것이 있었다. 이 땅에는 미궁이 없다는 사실과 토룡이 아주 가까운 곳에 있다는 사실이다.

솔직히 미궁을 답파하지 않아도 된다는 점은 대단히 기쁘지만…….

어쩌면 토룡의 영향을 받아 개미 마물이 출현하게 되었는지도 모른다.

만약에 이대로 방치하고서 성도나 멜라토니로 가는 건……. 지금도 나를 걱정스레 보고 있는 폴라와 리시안, 그리고 다시 살아갈 기력을 되찾은 드란을 생각하니 도저히 그럴 수가 없었다.

더욱이 토룡을 해방한다면 분명 미궁 때와 마찬가지로 주변에 출현하는 마물이 약해질 것 같고……. 꼭 그러기를 바란다.

그 뒤에 리시안도 마력 인증을 끝마쳤다. 우리는 또다시 록포드를 돌아다니려고 했는데, 폴라와 리시안이 낯빛이 나쁜 내가 걱정되었는지 공방으로 돌아가자고 했다.

그러나 인생은 때로는 가혹하다는 것을 드란의 공방으로 돌아가는 길에 깨닫게 되었다.

관청에서 나와 공방으로 돌아가기 위해서 중앙 광장을 지나려고 했을 때였다.

마음의 준비를 할 새도 없이 느닷없이 지진이 일어나더니 내가 서 있던 땅이 무너져내렸다.

"앗?"

나는 그 말만을 내뱉은 뒤에 구멍 속으로 빨려들었다.

지름이 3m에서 5m쯤 되는 구멍 속으로 떨어지자마자 나는 마법 주머니에서 성룡의 창을 꺼냈다. 그러고는 마력을 주입한 성룡의 창으로 벽을 찔러서 추락을 막아냈다.

"사고가 정지되었는데도 무의식적으로 움직여준 내 몸아, 고마워. 그나저나 왜 이런 구멍이…… 앗?!"

성룡의 창이 마력을 받아 발하는 빛이 위를 향해 꾸물꾸물 기어오르고 있는 대량의 개미 마물을 비추었다.

나는 곧장 에어리어 배리어를 발동시킨 뒤 벽에서 창을 뽑아 그대로 떨어졌다. 그러고는 개미 마물을 향해 돌진하기로 했다.

만약에 내가 들고 있는 창이 평범했다면 이런 바보 같은 짓은 안 했겠지.

그러나 성룡의 창이라면 개미 마물쯤은 손쉽게 상대할 수 있다.

지금은 록포드에 마물이 출현하지 못하도록 잠시나마 날뛰어 주마.

이거 혹시 레인스타 경의 이야기를 들었기 때문에 지금 이렇게 자유낙하하고 있는 게 아닐까?

아랫배가 싸늘해지는 감각에 휩싸이면서 현실 도피를 시도해 봤지만 성공하지 못했다. 그저 아래로 떨어지면서 성룡의 창을 단단히 쥐고 있었다.

이대로 떨어진다면 낙하 속도가 빨라질 테지만, 벽 여기저기에 보이는 개미 마물을 창으로 찌르면서 감속하고 있다. 이렇게 하면 바닥에 떨어져 죽지는 않을 것 같아서 나는 안도했다.

내 인생 최고의 영단(英斷)은 틀림없이 호운 선생님을 취득 스킬로 정한 거겠지.

그렇게 생각하고 있으니 벽에 서서히 경사가 지기 시작했다.

다만 낙하 속도가 생각보다 빨랐는지 몸이 벽에 부딪쳐 튕기고 말았다.

충격에 온몸에 고통이 일었다.

"'힐', '힐', '힐'."

나는 고통을 누그러뜨리고자 영창 파기로 힐을 연발했다. 그러다가 실수로 성룡의 창이 벽의 팬 곳에 쑥 빠지더니 그대로 박혀버렸다. 과연 성룡의 창. 이런 충격을 받아도 부러지거나 하진 않았다. 다만 낙하를 갑자기 멈춘 바람에 온몸이 중력의 반동을 견뎌내지 못했다. 팔과 어깨뼈, 혈관, 근육이 비명을 내질렀다.

"끄아아아아. '하이 힐'……. 왜 박힌 거야……?! 터널? 개미들이 판 통로인가?"

간신히 회복된 내 눈에 사람이 여유롭게 지날 수 있을 만한 커다란 굴이 비쳤다.

"이거 혹시 이쪽으로 나아가라는 하늘의 계시인가? 폴라와 리시안의 목소리가 들리지 않는 걸 보니 떨어진 건 나 혼자인 거 같은데."

나는 성룡의 창이 뽑히지 않도록 조심하면서 바로 아래에 있는 동굴 같은 입구에 손을 올려 체중을 지탱한 후 성룡의 창을 마법 주머니에 집어넣자마자 구르듯이 동굴 입구로 들어갔다.

"저 속에 온갖 것들이 도사리고 있겠지?"

나는 주변을 경계하면서 정화 마법을 건 뒤에 마법 주머니에서 변신 거울 드레서를 꺼내 장비를 장착했다.

"오랜만에 갑옷에서 해방되나 싶었는데."

오랜만에 성룡의 옷이 아니라 멜라토니에서 입었던 옷을 입고 있었는데, 하필 이럴 때 이런 일을 당하다니. 흙먼지가 묻었을 뿐만 아니라 옷 여기저기가 찢어졌다.

나는 다시금 한숨을 크게 내뱉은 뒤에 이동하기로 했다.

보통 미궁과는 달리 동굴 안은 매우 어두웠다. 자칫 발을 잘못 내디디면 추락할 위험이 있어서 꽤 신경이 쓰였다.

"그나저나 정말로 폴라와 리시안한테 고마워해야겠는걸."

실은 마차에서 사용했던 라이트를 휴대용으로 개량해주었다.

역시나 운이 좋다고 자신에게 되뇌고는 환상검을 쥐고서 이동을 개시했다.

함정은 없었지만, 도중에 구멍이 여럿 있었다. 그 안을 비추니 대량의 개미 마물이 우글거리는 광경이 보여서 소름이 돋았다.

"이거, 구멍에 떨어지면 죽겠는데."

일단 식량은 있고, 라이트도 예비용으로 여러 개 가지고 있다.

문제는 어떻게 록포드로 돌아가느냐였다. 나는 오로지 그것만을 생각하면서 구멍에 떨어지지 않도록 조심하며 나아갔다.

"……여긴 개미 마물들이 판 게 아니라 자연스럽게 생긴 동굴 같은데."

천장 높이가 2m도 되지 않아서 자세를 낮춰서 걷지 않으면 머리를 부딪칠 것 같아 불안했다. 그에 비해서 폭은 3m 정도여서 압박감은 크게 느껴지지 않았다.

바닥 여기저기에 뾰족한 돌부리가 솟아 있었지만, 라이트 덕분에 회피하며 나아갈 수 있었다.

그 뒤로 얼마쯤 걸었을까…… 한 30m? 아니면 50m쯤? 그 정도쯤 걸었더니 갈림길이 나왔다.

뭐, 이런 규모의 동굴에 갈림길이 없는 게 이상하지. 나는 환상검을 굴려서 나아갈 방향을 정해야겠다고 마음먹었다.

"클라이야 님, 운명신님, 부처님, 조상님, 호운 선생님, 절 인도해주세요."

나는 그렇게 기도하며 나아갈 방향을 운명에 맡겼다. 그런데 환상검이 가리킨 쪽은 좌우 어느 쪽도 아니었다. 바로 정면에 있는 벽을 가리키고 있었다.

"설마……."

나는 환상검을 든 뒤에 괜찮을 거라고 자신을 달래며 정면에 있는 벽에 손을 댔다.

그러자 무언가가 기동하는 듯한 소리가 들리더니 벽이 무너지고 구멍이…… 새로운 길이 나타났다.

……정확하게 말하자면 벽이 사라지고 미궁 같은 환한 길이 나타났다.

"이 길을 가란 건가? 미궁같이 생긴 게 영 내키진 않지만……

환상검이 여길 가리켰으니 의미가 있겠지. 각오하고 가자."

나는 새로 나타난 길로 향했다.

조금 걸어가니 계단이 나왔다. 그걸 올라가니 이번에는 굽어지는 길이 나왔다.

다만 다행히도 외길이라서 길을 헤매거나 시간을 낭비하는 일은 없었다.

그리고 길 끝에서 묵직한 문이 나왔다.

"이걸 열라고?"

나는 문에 손을 대고서 자연스럽게 열었다. 그러자 조금 널찍한 공간이 나왔다.

"아무것도 없잖아? ……없지?"

그렇게 중얼거린 순간.

〈레인.〉

〈레인.〉

〈레인.〉

〈레인 아냐?〉

〈레인 아냐.〉

〈너, 누구?〉

느닷없이 옆에서 아이들 목소리가 들려왔다. 그러나 아무리 둘러보아도 인기척은 없었다.

"환각…… 아니, 환청인가? 아무도 없는데 목소리가 들리다니, 레인스타 경 때문에 피로가 쌓인 게 분명해. 그나저나 널찍한 걸 보니 왠지 그 방과 닮았네."

적룡과 싸웠던 보스방 같은 풍경이었다.

토룡(土竜)이 내가 아는 두더지(일본에서 '土竜'은 두더지의 다른 이름이다)라면 모를까, 대지를 흔드는 토룡(土龍)이라면⋯⋯.

그렇게 생각하고 있으니 목소리가 또다시 들려왔다.

〈이봐, 너. 왜 네 몸에서 레인의 냄새가 풍기는 거야?〉

〈바보 같기는. 평범한 사람의 귀에 우리 목소리는 안 들리잖아.〉

〈어라~. 그런데 물 짱의 가호를 받은 것 같아.〉

〈그럼 저 얼간이의 눈에 우리 모습도 보이나?〉

〈아니, 저 녀석한테서 용의 파동이 느껴져.〉

〈애, 너. 목소리가 들리지?〉

아무래도 환청이 아니었던 모양이다.

더욱이 어린애의 목소리처럼 들리기는 하지만, 어딘지 신비롭게 들리기도 했다. 틀림없이 정령이겠지.

"⋯⋯들립니다. 제 이름은 루시엘이라고 합니다. 지진 때문에 발밑에 구멍이 뚫려서 불운하게도 떨어졌습니다. 절 지상으로 돌려보내 준다면 질문에 대답하겠습니다. 어떤가요?"

역시나 지하에서 흙의 정령에게 고압적으로 굴 수 있을 만큼 나는 배짱이 두둑하질 못하다.

설령 누가 뭐라고 하든 이런 곳에서 사는 것보다는 낫다.

〈꺄핫하하. 저 녀석, 진짜 어리숙하네. 아니, 운이 너무 나빠.〉

〈어벙하네. 뭐, 레인도 비슷한 구석이 있었으니 분명 인간은 죄

163

다 어벙할 거야.〉

〈그런데 그런 인간한테 물 짱이 가호를 내려주나?〉

〈목소리는 들린다고 했지? 그런데 어째서 귀환시킬 수가 없는 걸까?〉

〈분명 용의 가호가 있어서 정령이 보이지 않는 걸 거야.〉

〈계약은 한 것 같지 않으니 그럴지도 모르겠네.〉

하나? 아니, 딱 한 정령만이 우등생처럼 진지하게 걱정해주고 있었다. 그 정령에게서 탈출 방법을 모색하도록 할까?

"대체 레인스타 경은 어떻게 저들을 뭉치게 한 거지?"

무심코 생각이 입 밖으로 튀어나와 버렸다. 그러나 정령들이 내 말을 듣고서 일제히 대답했다.

〈레인의 마력은 꿀맛이었으니까.〉

〈진짜 꿀도 좋지만.〉

〈배가 고파졌어.〉

〈이봐, 얼간이. 뭐 단것 좀 줘봐.〉

〈마력을 줘도 좋아~.〉

〈레인과 닮았으니 마력도 맛있으려나?〉

한 정령이 내 속을 무척이나 긁어대고 있지만 참도록 하자.

"어음……. 귀환 방법을 알려준다면 벌꿀과 마력을 드리지요. 어떤가요?"

〈어리숙한 주제에 속은 레인 같네.〉

〈덤벙거리는 주제에 레인처럼 뻔뻔해.〉

〈그러니 물 짱이 인정했는지도 몰라……. 아, 저 사람…….〉

〈얼간이처럼 생긴 주제에 자기 신세를 똑바로 판단하고서 교섭에 나서다니 아주 출세하겠어?〉

〈알려줄 테니 줘.〉

〈덤도 줄 테니까 잔뜩 줘.〉

잠깐 대화를 나눴을 뿐인데 초췌해진 기분이었다. 그러나 나는 마법 주머니에서 하치족의 최고급 벌꿀을 꺼낸 뒤 마개를 열었다.

"마력은 어떻게 해야 줄 수 있죠?"

〈손을 뻗고서 손에 마력을 모으기만 하면 돼. 아, 내 것까지 먹지 마.〉

"이렇게 하면 됩니까?"

아까 전까지 들렸던 목소리가 더는 들리지 않았다. 그러나 병 속에 담겨 있던 벌꿀이 어느새 사라졌다.

시험 삼아서 마법 주머니에서 큰 병을 하나 꺼냈더니 이번에는 병째로 사라졌다.

아무래도 그들은 먹보인 듯하다.

그렇게 생각하고 있으니 손이 간지러워지더니 마력이 쫙 빠져나가기 시작했다.

〈벌꿀은 최고급이네. 마력은 그럭저럭?〉

〈더 정진해. 벌꿀은 좋았어.〉

〈둘 다 맛있었어. 그런데 속성이 다양해지면 더 맛있어질 거야.〉

〈꽤 좋은 걸 갖고 있잖아?〉

〈벌꿀 최고! 용의 가호에 뒤지지 않을 맛이야.〉

〈응. 역한 맛도 없고, 다들 괜찮았지?〉

〈〈〈오오~!〉〉〉

마력이 반쯤 빨려든 순간 뇌 속에서 기계음 같은 음성이 흘렀다.

〈흙의 정령의 가호를 취득했다.〉

이번에는 어쩔 수 없었다고 생각하면서 다시금 귀환하는 법을 물으려고 했더니 바깥은 갈색이고 중심으로 갈수록 하얗게 발광하는 구체가 떠 있었다.

〈그 반응을 보아하니 우리가 보이는 모양이네.〉

〈여기서 탈출하는 방법은 두 가지.〉

〈저기 있는 개미 둥지를 괴멸시켜서 큰 문으로 돌아가거나 토룡의 봉인을 풀고 마법진으로 돌아가거나.〉

〈짜증 나는 녀석이긴 하지만, 토룡이 폭주하는 바람에 땅도 물러졌어.〉

〈용이 봉인된 채로 있으면 사악한 기운이 강해질 테니 되도록 해결해줬으면 해.〉

〈사악한 기운이 강해지면 마물도 강해질 거야. 되도록 레인이 만든 도시를 지켜줬으면 좋겠어.〉

해방하기만 하면 된다면 상관없겠지만, 연달아 전투를 치러야 할 것 같아서 싫은데…….

"드워프들은 왜 지하에 있는 마물과 싸우지 않는 겁니까?"

〈이미 싸우고 있어.〉

〈드워프는 완고해서 도움을 청하지 않아.〉

〈자기들 나라를 지키기에도 급급.〉

〈회복 수단도 술뿐.〉

〈수많은 마물한테 짓눌리고 있어.〉

〈마물의 기세가 더 강해진다면 역시나 억센 종족인 드워프일지라도 위험할지도 몰라.〉

드워프 왕국이 위험에 처했다고? 상당히 큰 문제잖아?

어쩐지 가는 곳곳마다 말썽이 벌어지는 듯한 느낌이 드네.

"……마력이 없으면 앉으면 문을 열 수도 없고, 해방할 수도 없으니 일단은 회복부터 해야겠군요."

나는 정령들이 말하는 토룡이 있다는 문 앞에 앉아 명상에 들어가기로 했다.

늘 마지막에 말하는 정령이 한 마디를 툭 내뱉은 뒤에 모든 정령이 사라졌다.

"이제 곧 운명이 교차한다라……."

조금 석연치 않은 기분이었지만, 나는 명상을 개시하기로 했다.

167

07 용과 정령의 신앙

눈앞의 커다란 문에 손을 대자 문이 내 마력을 빨아들였다.

그러자 문에 문장이 서서히 드러나더니 황토색으로 빛나기 시작했다.

"봉인의 문……이라고 불러야 하나? 대체 사신은 어떻게 들어간 거지?"

머릿속으로 그런 생각을 하는 동안에 문이 완전히 열렸다.

"혹시 모르니 '에어리어 배리어'. 좋아, 가볼까."

훗날 나는 이때 운이 심하게 요동치고 있다는 것을 조금이라도 염두에 두었어야만 했다고 후회하게 된다.

그나저나 계단이 아니잖아?

안을 들여다보니 굽이진 길이 이어져 있었다.

나는 환상검에서 환상 지팡이로 되돌린 뒤에 토룡을 시야에 두면서 다가갔다.

15m쯤 앞까지 다가가지 토룡의 구체적인 모습이 보이기 시작했다. 비늘 자체가 바위 같아서 크고 울퉁불퉁한 바위를 보는 듯했다.

토룡은 성룡이나 염룡 때보다도 몸에 감도는 사악한 기운이 더

짙었다. 자세히 말하자면 언데드로 변한 것처럼 부패가 진행되고 있었다.

이번에도 염룡이나 성룡처럼 얌전히 자리를 지키고 있었다. 나는 살짝 안심했지만, 마치 마음이라도 읽은 듯 토룡이 갑자기 몸부림을 치면서 비명을 고래고래 지르기 시작했다.

"크아아아고오오오오."

그 목소리에 내 몸이 굳어버렸다.

그리고 동시에 예상 밖의 사태가 벌어졌다.

토룡이 격렬하게 꿈틀거리는 바람에 지진이 일어났다.

"큭, 용이 날뛰다니…… 도저히 웃을 수가 없는 상황이네."

나는 자세를 낮추고는 마법 지팡이를 꽉 쥐고서 영창을 시작했다. 그런데 그 순간 토룡의 눈이 이쪽으로 향했다.

토룡의 눈동자에서 느껴지는 위압감은 성룡이나 염룡과 달랐다. 그 위압감 속에 명확한 증오가 담겨 있었다. 희미하게 빛나는 눈동자로 보고 있을 뿐인데도 몸이 굳어버리고 무릎이 떨렸다.

"성스러운 치유의 손이여. 만물의 근원인 대지의 숨결이여. 바라노니 마력을 양식으로 천사의 빛나는 날개와 같은 정화의 방패를 다루시어, 모든 악과 부정한 것들을 불태우는 성역을 만들어주소서. 생추어리 서클."

나는 무릎을 떨면서도 생추어리 서클을 발동했다.

그러나 토룡은 아무렇지도 않다는 듯이 숨을 들이마신 뒤 이쪽을 향해 브레스를 내뿜었다. 그와 동시에 내 주변이 생추어리 서클의 빛에 휩싸였다.

브레스가 이쪽으로 날아오자 나는 당장 커다란 방패를 꺼낸 뒤 머리를 쏙 감추었다. 그러고는 바람의 결계를 발동하고자 마력을 주입하려고 했으나, 브레스가 한 발 더 빨랐다.

나는 토룡의 브레스에 그대로 말려들었다.

아파, 뜨거워, 추워, 찌릿찌릿해…….

나는 무영창으로 디스펠, 리커버, 엑스트라 힐을 잇달아 영창했다. 마력이 순식간에 고갈 상태에 빠졌다.

"헉, 헉, 헉."

어떻게 아직도 살아 있는지 신기할 지경이다.

브레스를 맞은 방패는 석화(石化)되어 부서졌다. 정신을 차려보니 나는 땅바닥에 벌러덩 누운 채로 쓰러져 있었다.

마력이 고갈되었기에 머리가 돌아가지 않는 거라고 판단한 나는 MP 포션을 꺼내 마셨다.

"……기분 나빠."

오랜만에 엄습한 마력 고갈은 몹시 기분이 나빴다. 두 번 다시 이 상태에는 빠지고 싶지 않다고 생각할 정도였다.

그때 어떤 목소리가 머릿속에 울렸다.

〈사신의 봉인을 해제하는 해방자여. 성룡, 염룡에 이어 내 저주를 푼 것을 치하하겠다.〉

기분이 좋지 않은 와중에 머릿속에 울리는 이 목소리는 숙취에 시달릴 때 들리는 생활음처럼 불쾌하기 짝이 없었다.

"……의식이 돌아온 건가?"

〈그렇다. 나 역시 언데드는 되고 싶지 않았던 탓에 발버둥을 쳤다. 그때는 모든 것이 성가시게 느껴졌지만, 지금은 기분 좋다.〉

그 덕분에 내 기분은 최악인데요!

나는 몸을 일으켜 토룡을 쳐다봤다. 사악한 기운은 말끔히 사라졌지만, 썩었던 부분부터 신체가 서서히 부서지고 있는 듯했다.

"……성룡은 그나마 괜찮았지만, 염룡에 이어 토룡 당신도 상당히 고통을 받은 것 같은데?"

〈……정령들이 근처에 있으면 잠도 제대로 잘 수가 없지.〉

정령에게 책임을 전가했지만, 고통에 겨워하는 모습이 심상치 않았다.

그게 아니라면, 그토록 증오에 찼던 눈동자는 어찌 설명한단 말인가.

마력이 고갈되어 기분이 나빴지만, 기합을 불어넣고서 토룡에게 물었다.

"정령과 용족은 사이가 나쁜가?"

〈우린 용신님을 신앙하고, 그 녀석들은 정령왕을 신앙한다.〉

종족도 다를 뿐만 아니라 신앙하는 대상도 다르다고. 과연, 친할 것 같진 않네.

"그래서?"

〈용이야말로 지고의 종족이건만, 정령들은 자기들이야말로 세상의 이치라며 추앙받길 바라지.〉

"……솔직히 말해서 아무래도 좋은 얘기 같은데."

〈아니, 그대와도 무관하지 않은 이야기다.〉

"……어째서?"

〈신과 용과 정령의 가호를 지닌 자와 마찬가지로 그들의 가호를 지닌 무녀들은 서로가 서로에게 이끌릴 운명이니.〉

그건 다시 말해서 내 미래의 반려자를 말하는 건가? 운명이 끌어당긴다는 건가?

……용신과 정령왕이 결정한 사항이라고 말한다면 어째서 나에게 그런 역할을 떠밀었냐고 따지고 싶은데……. 애당초 왜 나야?

"정령도 그런 말을 하던데……. 왜 하필 나야? 용사라면 모를까, 영웅이 될 만한 그릇을 지닌 사람들은 나 말고도 많잖아?"

〈그건 언젠가 운명의 수레바퀴가 맞물린다면 저절로 깨닫게 되리라. 그리고 언젠가 그대는 현자가 된다.〉

토룡의 말이 머릿속에 전혀 들어오지 않았다.

어째서 나야? 나 말고도 전생자가 또 있잖아?

"현자든 뭐든 성가신 일에는 이제 휘말리고 싶지 않은 게 내 본심이야. 난 조용한 곳에서 유유자적 지내는 게 더 성미가 맞아."

〈내 공격을 견뎌내고 일격으로 쓰러뜨렸으니 포상으로 가호와 함께 여기에 굴러다니는 재보를 주마.〉

내 말을 무시했어…….

어쩔 수 없다. 더 하소연해본들 소용없으니 물어볼 수 있을 때 궁금한 것을 묻도록 하자.

"……재보는 감사히 받도록 하지. 그보다 묻고 싶은 게 있는데, 주신 클라이야는 사신의 저주를 억누를 수 없나?"

〈사신이 직접 움직이는 게 아니니까. 뒤에서 마족을 조종하는 식이라면 존재를 포착하기 어렵겠지.〉

"나라고 사신을 어떻게 할 힘은 없는데……."

〈성룡과 염룡, 그리고 나를 구했듯이 고통에 시달리는 동포들을 구해줬으면 좋겠군.〉

아니, 시달린다고 하면 무시하기가 어렵잖아.

"……그럴 기회가 있다면."

〈운명의 수레바퀴는 이미 돌아가기 시작했다.〉

"지금이라도 멈춰주면 안 될까?"

〈흙의 정령의 가호를 먼저 받은 점은 한탄스럽다만, 토속성 마법으로 난관을 헤쳐나가도록 하라.〉

"잠깐, 그건 또 무슨 뜻이야?!"

"크크크. 그대의 이름은 무엇인가?"

토룡은 내 말을 무시하고서 염화(念話)를 끊었다.

아무래도 신체를 유지하는 것이 이제는 버거워진 모양이다.

수확은 그다지 없었지만, 더는 물어봤자 소용없다는 걸 깨달았다. 그리고 기분이 나빠서 머리가 돌아가지 않았다.

"……루시엘이야."

"루시엘이여. 그 성룡의 어금니로 만든 지팡이를 내 앞으로 내밀어라."

173

"이러면 돼?"

염룡 때와 마찬가지로 아무 대답도 돌아오지 않았다. 황토색 빛이 환상 지팡이에 빨려들었다.

"루시엘이여. 그대가 위대한 현자가 되기를 바라마. 나도 약속을 지켰도다……. 라피……루……나……."

그 말을 남기고서 토룡은 몸을 크게 비틀고는 석화되어 무너져 내렸다.

토룡이 있었던 자리에는 어금니와 비늘 대신에 다양한 광석 덩어리가 놓여 있었다. 그중에는 본 적이 없는 보석도 여럿 섞여 있었다.

그 밖에도 커다란 마석과 보물함도 있었다. 보물함을 열어보니 작은 곡옥이 들어있었다.

그 순간 마법 주머니에서 목걸이가 빛을 내며 튀어나오는가 싶더니 보물함에 있던 곡옥이 목걸이에 난 홈에 저절로 끼워졌다.

"……남은 곡옥은 6개. 하지만 여전히 의욕이 생기질 않네."

이번에 브레스를 맞고도 어떻게 살아난 건지 아직도 이유를 모르겠다.

브레스에 먹혀들었을 때는 죽음을 각오했었다.

"그리고 왜 다들 보물을 가지고 있는 거지?"

방에 흩어져 있던 마도구들과 화폐, 무구 등을 정화한 뒤에 주웠다. 그러고는 마법진으로 뛰어들자 찬란한 빛이 시야를 물들였다.

[칭호 토룡의 가호를 획득했습니다.]

[칭호 용멸사(龍滅士)를 획득했습니다.]

머릿속에서 음성이 울리더니 빛이 잦아들었다. 나는 록포드 입구로 돌아와 있었다.

"돌아왔구나……. 하아…… 결국 용을 정화하고 정령의 가호까지 받아버렸어. 이걸 기뻐해야 할지 슬퍼해야 할지…….”

다들 몹시 걱정하고 있을 테니 구멍에 떨어진 곳으로 돌아가기로 했다.

이 도시를 방문했을 때 폴라가 했던 것처럼 벽에 손을 대자 마력 인증에 성공하였다. 그리고 록포드의 거리가 모습을 드러냈다. 그러나 그때와 달리 도시는 소란에 휩싸여 있었다.

"개미 마물? 그야 그렇겠지……. 광장에 구멍이 났으니 막지 않으면 마물이 튀어나오는 게 당연하잖아.”

나는 마력 고갈에서 막 회복한 몸을 채찍질하며 중앙 광장으로 곧장 향했다.

길을 가다 보니 중앙 광장에 폴라의 골렘이 언뜻 보였다.

아마 다들 저기 모여 있을 것이다. 그렇게 믿고서 나는 달리기 시작했다.

열심히 땅을 박차면서 여러 가지를 생각했다.

나는 떨어진 구멍에서 셀 수 없을 정도로 수많은 개미 마물을 쓰러뜨렸다. 만약 내가 떨어진 구멍이 유일한 구멍이라면 거기서 기어 나온 몇 마리 정도만 처리하면 그만일 터.

즉, 저렇게 대응하고 있다는 건 구멍이 한 군데만 뚫려 있는 게 아닐 수도 있다는 의미다. 개미굴처럼 출입구가 여러 개가 있는 게 아닐까?

그런 생각에 달리면서 주변을 둘러보았으나 구멍이 난 곳은 보이지 않았다.

그러나 막상 중앙 광장에 도착하자 무수히 많은 구멍이 나 있었다. 주민들이 마치 두더지 잡기를 하듯이 기어오르는 개미들을 내려치고 있었다.

"다들 무사해?"

내가 말을 걸자 모두가 놀란 표정을 지었다. 그런데 그때 그란 드 씨가 목소리를 높였다.

"루시엘 공이 귀환했다. 구멍을 메워!"

"""오오~!!"""

마치 이곳에 있는 사람들이 모두 드워프가 아닌가, 하고 착각할 만큼 록포드 주민들이 한목소리로 외쳤다. 주민들이 일제히 약품을 구멍에 투하하기도 하고, 마도구로 바위를 떨어뜨리기도 했다. 그리고 마지막에 그란드 씨와 드란이 드워프 파워로 구멍을 막아나갔다.

다만 내가 떨어졌던 구멍은 아무도 막으려 하질 않았다.

"걱정을 끼쳤습니다. 그나저나 이 구멍은 왜 메우지 않은 거죠?"

"한 군데만 뚫어놓으면 여기서 마석이 솟아나니까."

마물이 아니라 마석이 솟는다고 표현하다니, 이곳 주민들은 참 당차군.

그 뒤에 나는 지하로 떨어진 뒤에 겪었던 일들을 간략하게 알려주기로 했다.

"그랬군요. 허나 이번에는 토룡이었다니……."

라이오넬이 투기로 들끓기 시작하자 나는 찬물을 싹 끼얹었었다.

"이번에는 두 번이나 죽음을 각오했어. 첫 번째는 바닥이 보이지 않는 끝없는 구멍에 떨어졌을 때. 두 번째는 토룡의 브레스를 받았을 때. 특히 토룡의 브레스는……. 지금 돌이켜봐도 어떻게 아직도 숨이 붙어 있는 건지 의아할 지경이야."

라이오넬의 옷이 더러워서 이유를 물어봤더니 나를 구하기 위해서 구멍에 뛰어들려고 했단다.

폴라의 골렘이 그를 만류했다고 하니 천만다행이지만…….

폴라가 조종했던 골렘의 팔에 금이 간 이유는 라이오넬이 몸부림을 쳐서 그런 건가?

"그래서 그 지하는 어땠나?"

"개미 마물로 우글거렸으니 어쩌면 개미굴이었을지도."

"그럼 구멍에 뛰어드는 게 정답이었구먼. 폴라와 리시안이 루시엘을 살려달라며 공방으로 뛰어왔는데, 아무런 준비도 없이 구멍에 뛰어들기가 망설여지더군. 뭐, 라이오넬 공이 위험을 무릅

쓰고 루시엘 공을 쫓아가려고 했을 때 마침 또 지진이 일어났지."

"이번만큼은 그 지진에 고마워해야겠어. 요행이라도 바라지 않는 한 날 뒤쫓지 못했을 테니까."

"그런데 여기저기서 구멍이 뚫리더니 그 구멍에서 일제히 마물이 솟아나는 걸 보고는 진땀이 다 나더군."

드란은 지진 때문에 얼굴이 창백했지만, 전투에는 참여한 듯했다.

나는 리커버를 사용하면서 정령과 대화를 나누면서 궁금했던 것을 물어보기로 했다.

"꽤 깊은 데까지 떨어졌는데 개미 마물이 셀 수 없을 정도로 우글거렸어. 그리고 지하에서 흙의 정령이 그랬는데, 드워프 왕국이 이미 마물과 싸우고 있대. 혹시 뭔가 아는 거 없어?"

"드워프 왕국이? 당장 구하러 가야겠구먼."

"드워프 왕국도 마물과 싸울 전력 정도는 있지 않나?"

"지금이야 지하에서 살고 있지만, 드워프는 원래 바위굴에서 살았다네. 여러 일을 겪으면서 주거 구역을 서서히 지하로 넓혀 간 거지. 그래서 옛날처럼 마물과 싸울 기회가 줄어들어서 강력한 전사는 별로 없다네."

그야말로 지하 왕국을 만들었다는 건가? 뭐, 능력이 있다면 그것도 가능할 테지만……. 뭔가 빨리 구하러 가야 할 것 같은데.

"그나저나 토룡이 있는 지역에 굳이 나라를 세울 것까지는……."

"반대일 걸세. 당시 드워프족은 토룡과 정령이 모여 있는 이 땅이야말로 세계의 중심이라고 생각했지."

"마물이 많다는 게 조금 문제이긴 했지. 허나 쇠퇴했다고는 해도 지금도 드워프족은 억센 종족이야. 고작 개미 마물 따위한테 밀렸다니 믿기지 않는구먼……."

두 사람 모두 드워프라서 그렇게 생각하는지도 모르겠지만…….

"토룡을 해방했으니 미궁 때와 마찬가지로 마물이 약해졌을 거야. 하지만 어쩌면 생태 환경이 바뀌어서 개미 말고도 다른 마물이 출현하게 되었을 가능성도 있어. 만약에 이 땅이 미궁의 힘을 봉인하고 있었다면 미궁 40계층급 마물도 출현할 수 있다고 봐."

"……그건 곤란한데."

"아니, 왕이나 측근이 있으니 아직 괜찮겠지."

개미 마물의 규모가 얼마나 되는지도 중요한 문제겠지만, 드워프족 중에는 싸우지 못하는 드워프도 있을 것이다.

그다지 알고 싶지 않았던 정보였지만, 이미 들어버린 이상 도울 수 있다면 도우러 가야겠지……. 정말로 발을 들이고 싶지 않지만, 이젠 그럴 수도 없는 상황이다.

어쩌면 내가 나서야만 그들이 살 수 있는 상황이 올지도 모르는 일이고.

그렇게 생각하자 기력이 회복되는 느낌이었다.

몸은 솔직한지 납덩이처럼 대단히 무거웠지만.

"그전에 한 번 쉬어도 될까?"

나는 뇌에 생기를 다시금 불어넣기 위해서 쉬고 싶다고 요청했다.

레인스타 경과의 만남에다가 정령과 용, 이번에는 드워프와 마물의 전투까지. 내 머리가 사고의 소용돌이 속으로 빨려들 것 같았기 때문이다.

지금껏 너무 마음을 졸였는지 정서가 불안정해질 것만 같았다. 나는 결코 이야기 속 주인공이 아니니까.

드란과 그란드 씨가 서로를 마주 보고서 고개를 끄덕였다.

"드워프 왕국이 당장에 함락될 일은 없을 테니."

"상황도 확인해보지 않았는데 벌써 초조해봤자 소용없지. 이번에도 루시엘 공이 큰 곤경을 겪었으니 조금이라도 쉬게 하는 편이 낫겠네."

두 사람이 나를 이해해주었다.

다른 사람들도 딱히 반대하지 않았다. 우리는 일단 드란의 공방으로 돌아가기로 했다.

공방으로 돌아가 마법 주머니에서 음식을 꺼내 먹었다.

"네 사람의 신체 치수를 재는 작업은 아직 안 끝났죠?"

"그래. 아무리 빨라도 사흘은 걸리네. 토레토가 있었다면 더 일찍 끝낼 수 있었을 텐데."

"그러고 보니 토룡을 해방했을 때 어금니나 비늘이 아니라 광석을 떨어뜨렸거든요. 식사를 마친 뒤에 함께 봐주시겠어요? 꽤 다양한 종류의 광석과 마도구 같은 물건들이 있어서 쓸 만한 게 있을 것 같아요."

"오호. 기대되는군."

"요즘에는 광석이 잘 나오질 않는데, 상당히 운이 좋구면."

"용과 싸운 대가치고 후한 건지, 짠 건지 사람마다 다르게 받아들일 테지만, 여하튼 전 이제 사양하고 싶네요."

"맞다, 루시엘 공. 평소처럼 편하게 얘기해도 상관없네. 그대는 이미 함께 술잔을 기울인 사이 아닌가."

"말씀을 따르도록 하겠습니다. 이에니스에서 지냈을 적 버릇이 아직도 몸에 배서 조금 고생하고 있습니다."

"크핫핫. 그나저나 어떤 광석일지 기대가 되는구면."

드란과 그란드 씨가 흥분하기 시작하자 불현듯 누군가가 내 옆구리를 찔렀다.

"읏?! 폴라, 옆구리를 갑자기 찌르면 어떡해. 리시안과 둘이서…… 무슨 볼일이야?"

"용의 보물고에 마도구가 있었다면 빌려줘."

"최근에는 마석이 없어서 할 수 있는 일이 거의 없어요."

"알겠어. 하지만 분해는 하지 않도록."

"약속할게."

"애당초 복구할 수 없는 건 분해하지 않아요."

"이따가 부스로 가지고 갈게."

……정말로 넘겨줘도 괜찮을까? 걱정되긴 했지만, 무슨 마도구인지 판단할 수가 없는 물건이므로 결국 맡기기로 했다.

그 뒤에는 나를 배려해준 건지 드워프 왕국과 드워프족 이야기는 일절 나오지 않았다.

식사를 마친 우리는 우선 공방에서 이번에 거둔 성과를 살펴보기로 했다.

마법 주머니에서 토롱에게서 얻은 광석을 꺼내 차례대로 나열해나갔다.

그러자 두 사람의 표정이 진지하게 바뀌었다.

"겉보기에는 보석인 거 같은데."

광석을 나열하고 있으니, 마치 미술관 광석 코너에 있는 것 같은 분위기가 풍겼다. 참 신기하다.

몇몇 광석에서는 희미하게나마 마력이 느껴졌다. 괜찮은 물건이기를 바란다.

그리고 탁자 위에 올려놓을 수 없는 건 말끔하게 치운 바닥에 나열해나갔다. 그런데 드란과 그란드 씨가 아까 전부터 아무 말이 없었다.

광석을 놓을 때마다 자꾸만 숨을 멈춰서인지 상태가 이상해진 듯했다.

"이것들은 토롱이 남긴 선물입니다."

"⋯⋯루시엘 공은 그게 뭔지 모르나?"

"예. 광석 같은 건 잘 모르죠. 문외한이라서."

"⋯⋯그런가. 그럼 한가할 때 강의를 해주도록 하지. 참고로 저 광석만으로도 이에니스의 국가 예산 몇 년분에 해당하는 가치가 있다네."

"어……. 아, 뭐, 희소하다는 것만은 알겠어요. 강의는 시간이 있을 때 부탁해요."

"음. 그리고 드디어 '필요한 파츠'를 다 모았구먼. 이제는 조립할 공간과 대량의 마석만 준비하면 되겠어. 머지않아 운용할 수 있는 단계에까지 이르게 될 걸세."

"정말?"

"정말이고말고. 뭐, 지금은 라이오넬 공 일행의 무구를 정비하는 게 우선이다만."

"그런가. 거의 다 됐다는 소리를 들으니 엄청나게 흥분이 되네."

"……뭘 만들고 있나? 나도 좀 거들자."

나와 드란의 대화를 듣고서 그란드 씨가 흥미를 느낀 듯했다.

"만약에 도와주실 생각이시면 의뢰료를 드란과 함께 정해주세요. 이건 꽤 재밌는 작업이 될 것 같으니 되도록 저렴하게 부탁해요."

나는 그렇게만 말한 뒤에 공방을 나왔다.

공방을 나오는 길에 에스티아가 케티와 함께 있는 모습이 보였다. 케티를 잘 따르는지 요즘 줄곧 같이 있는 모습이었다.

나는 조금 생각하면서 걷다가 떨어졌던 구멍 근처에서 케핀을 발견했다.

"케핀이 순찰 첫 순번이야?"

“예. 개미 마물이 여기로 밀어닥쳤을 때도 전투를 벌였습니다. 혹 순찰 중에 출현하더라도 방심하지 않고 쓰러뜨리겠습니다.”

“이걸 입도록 해.”

나는 성 슈를 교회 본부의 증표인 로브를 건넸다.

“이 로브면 용해액을 맞더라도 막을 수 있을 거야.”

“하지만 이 로브는⋯⋯.”

“여기서는 입어도 문제없을 거야.”

“감사합니다. 그럼.”

케핀이 안개처럼 사라졌다.

“인술을 언제든지 사용할 수 있도록 늘 대비해두라고 했는데 잘 지키고 있군.”

케핀은 이에니스에서 나를 따르기로 한 뒤로 고전을 하더라도 죽지는 않도록 라이오넬에게 철저히 단련을 받았다. 그리고 본인도 향상심이 높았다.

사람의 숙련도를 들여다보는 것은 불가능하지만, 상황을 보아가면서 케핀이 조금이라도 강해질 수 있도록 지원해나가려고 한다.

틀림없이 나를 지켜줄 존재가 될 것이다.

그 뒤에는 폴라의 작업 부스에 얼굴을 내밀기로 했다.

그곳에 가보니 어느새 폴라와 리시안의 부스에 드나들 수 있도록 문이 설치되어 있었다.

“대체 언제?”

"이런 건 금세 만들 수 있답니다."

"그보다도 마도구."

두 사람은 마치 장난감을 달라고 보채는 듯한 아이의 눈으로 재촉했다. 나는 조금 흐뭇해하면서 마도구와 함께 무기 등을 꺼내 나갔다.

모두 다 꺼내자 두 사람은 곧바로 사이좋게(?) 해석 작업에 들어갔다.

"고마워. 해석을 다 마친 뒤에 또 힘낼게."

"감사합니다. 루시엘 님을 위해서 힘내도록 할게요."

"경쟁하는 것도 좋지만, 너무 무리는 하지 마."

"알겠어."

"명심하겠습니다."

그 뒤에 나는 눈을 붙이기 위해서 어제 묵었던 방으로 향했다. 그러고는 천사의 베개에 머리를 눕혔다.

08 타협선

이튿날 아침이 밝았다.

잠은 편안하게 잤지만, 고민은 해결되지 않았다.

뭐, 당연한 일이겠지만…….

그렇게 생각하며 눈을 뜨자 코앞에 있는 무언가와 눈을 마주쳤다.

"으아악!!"

나는 코앞에 있는 누군가의 얼굴을 전력으로 밀쳐냈다.

그러고는 내 얼굴에 닿았던 미지근한 바람——숨결을 지워내기 위해서 손바닥으로 얼굴을 마구 문댔다.

"아파라. 이게 사랑의 채찍인가……. 흥분되넹~ 포~."

"등줄기가 오싹해지는 이 감각과 특이한 말투……! 토레토 씨입니까?!"

얼굴이 너무 가까워서 화장한 아저씨라는 것밖에 모르겠다.

눈을 떴을 때 거리가 10cm 채 떨어져 있지 않았다……. 이거 괜찮은 거겠지?

"맞아. 더 자도록 해. 이번에야말로 가져갈 테니까. 거의 다 됐었는뎅……."

아무래도 아슬하게 지켜낸 모양이다.

너무 놀란 나머지 심장이 빠르게 뛰었다. 마치 날뛰고 있는 듯

했다.

나는 심호흡을 한 번 하고서 토레토 씨에게 묻기로 했다.

"사양하도록 하겠습니다. 그나저나 토레토 씨가 왜 여기에?"

"재미있을 것 같은 냄새가 풍겨서……는 농담이고, 교회 본부에서 루시엘 군이 동료들을 데리고 록포드로 갔다고 해서 왔엉."

"정말입니까? 그거 고맙습니다. 실은 토룡의 브레스를 맞고서 빈사 상태까지 갔었는데, 성룡의 옷과 갑옷, 로브 등을 어떻게 수리해야 좋을지 걱정하고 있었어요."

"으~음. 자동복구기능이 달려 있으니 괜찮을 것 같긴 하지만, 이따가 보도록 할게 포~."

"잘 부탁합니다."

"그럼 옷을 갈아입고서 갑옷을 빌려주엉~."

"예."

나는 변신 거울 드레서로 옷을 갈아입은 뒤에 드레서에서 무구들을 꺼내 토레토 씨에게 건넸다.

"폴라의 공방에서 정비할 테니 이따가 들러줘. 오랜만에 좋은 무구를 만지니 가슴이 뛰네~ 포포."

함께 지하 공방으로 가려고 했는데, 토레토 씨가 종종걸음으로 방을 나가버렸다.

"마치 태풍이 휩쓴 것 같네……. 폴라가 말수가 적은 이유도, 마도구 지식이 해박한 이유도 알 것 같군."

저런 사람이 스승이라면 그럴 수밖에.

나는 가볍게 웃은 뒤에 침대에서 다시 몸을 일으켜 현 상황을 정리하기로 했다.

토룡은 나머지 용들을 고통에서 해방해달라고 했다. 그야 나도 고통받고 있다는 이야기를 들으면 도와주고 싶다는 생각은 들지만, 너무 현실성이 없었다.

용들은 모두 미궁의 최심부에 있다.

만약에 정말로 용을 해방해야 한다면 인류 최강자들을 모아 체계적으로 움직이는 편이 나을지도 모른다. 그러나 애당초 '용'의 존재를 증명하기가 어렵다는 큰 문제가 있다. 어찌 설명한다고 해도 용이 있는 문이 보이지 않으면 의미 자체가 없다.

애초에 용 자체도 너무 위협적이다. 반경 수십 킬로미터를 뒤흔들던 지진도 전부 토룡의 힘이었다. 브레스도 물론 위협적이었지만, 그 지진이 계속되었다면, 개미 마물이 쉴 틈 없이 올라왔을 거다. 그럼 도시도 큰 피해가 났겠지.

잠깐만? 용이 그렇게 강력하다면 원래 토룡도 미궁의 최심부에 있어야 하는 거 아닌가?

아니, 내가 지진으로 구멍에 빠지는 바람에 미궁을 거치지 않고 용 근처로 떨어진 건가?

만약 토룡이 있었던 곳이 지하 미궁이라면 원래는 토룡과 만나기 전에 보스방에서 마주칠 마물이 있지 않을까?

그리고 나는 그걸 그냥 지나쳐 갔다…… 즉 보스방에 있는 마물은 아직도 건재하다.

"보스방이 있다는 가정이긴 하지만, 마물을 낳는 여왕개미 같은 게 있다면…… 이곳도 안전하지 않겠네…….."

으~음. 역시 지금껏 고생해온 드란 일행이 괴로워하는 모습은 보고 싶지 않은데.

이번에 가호를 얻어서 토속성의 적성을 취득하긴 했지만, 역시나 마법서가 없으므로 시간이 상당히 지난 뒤에야 그 효과를 누릴 수 있을 듯하다.

마법사 길드……, 그리고 공중 도시에 가는 밝은 미래를 상상해봤지만, 결국에는 약해진 지반을 어떻게든 하지 않는 한 아무데도 갈 수 없겠다는 결론에 이르렀다.

"더 고민해봤자 어차피 시작점으로 돌아올 뿐. 그렇다면 전투는 모두한테 맡기고서 난 안전한 곳에서 회복 지원만 하면 되지 않을까? ……어렵겠지? 하아…….."

평화로운 일상이 찾아오기를 기도한 뒤에 나는 공방으로 내려가기로 했다.

지하 공방으로 내려가니 케핀의 모습이 보였다. 케티는 어디 갔지?

"케핀, 바깥 상황은 어때?"

"루시엘 님, 이제 돌아다니셔도 괜찮으신 겁니까?"

"응."

"정말 다행이군요. 어제 남겨둔 구멍에서 개미 마물이 끝없이 나오고 있습니다. 다행히도 다른 곳에 구멍이 생기진 않아서 구멍 부근만 지키면 되는지라 어떻게든 대처하고 있습니다."

"만약에 라이오넬을 비롯한 전투 요원들이 개미 마물 천 마리 한테 포위된다면 이길 수 있을 것 같아?"

"······충분한 공간이 있고, 회복할 수 있으며 무기가 부서지지만 않는다면 어떻게든 되지 않겠습니까? 드워프족을 도우실 겁니까?"

케핀이 적절한 표현을 골라가며 대답했다. 뭐, 내 속내를 눈치챈 모양이군.

뭐, 사지로 뛰어들고 싶어 하는 사람은 전쟁터에서 죽을 자리를 찾는 사람이나 전투광 뿐이고.

"상황을 봐서. 게다가 드워프족은 다들 성격이 완고하다고 들었어. 멋대로 도와주면 도리어 화를 낼지도 모르지. 나도 그들이 먼저 도움을 요청하지 않는다면 치수를 다 잰 뒤에 그대로 다 함께 멜라토니를 다녀올 예정이야."

"저는 어느 쪽을 선택하시든 따르겠습니다."

케핀의 눈동자에 각오가 깃들어 있는 것 같아서 조금 기뻤다.

"일단 이 이야기를 드란과 그란드 씨한테도 해야겠지. 그리고 드워프 왕국이 어떤 상황인지를 좀 알아야 할 것 같은데······. 어쩌면 케핀이 드워프 왕국으로 가줘야 할지도 모르겠어."

"적재적소군요. 필요하시다면 맡겨주십시오. 완수해 보이겠습니다."

케핀이 웃으면서 드란의 공방 문을 열어주었다.

"잠깐 괜찮을까?"

공방으로 들어가니 세 사람이 손을 멈추고서 이쪽을 쳐다봤다.

"오오, 이제 괜찮나?"

"눈을 떴을 때 토레토 씨의 얼굴이 코앞에 있어서 아주 많이 놀라긴 했지만."

"그런가? 루시엘 님은 토레토를 알고 있었구먼."

"늘 입고 다니는 로브도 토레토 씨가 만들어준 거야."

"옛날에는 평범한 여우 수인이었건만……. 폴라가 잘 따르고 있어서 뭐라 할 수는 없지만……."

드란이 어두운 얼굴로 고개를 숙였다.

그때 라이오넬이 불쑥 다가왔다.

"루시엘 님, 그 위인이 방어구를 담당하게 되었는데 괜찮겠습니까?"

"걱정할 거 없어. 실력 하나는 최고니까. 오히려 부탁할 기회가 있다면 앞뒤 가리지 말고 부탁해야 할 장인이야. 대가로 뭘 요구할지를 모르는 게 흠이긴 하지만. 돈이야 내면 그만이지만, 뭔가 특수한 요구를 해온다면 그때는 라이오넬이 스스로 알아서 해결해줘."

나는 웃으면서 말했다. 난 아까 같은 정조의 위험은 사양하고 싶다.

라이오넬이 입을 다물고서 쳐다봤지만, 나는 무시하고 드란과 그랜드 씨에게 아까 케핀에게 했던 이야기를 했다.

"……그러니 치수를 다 잰 뒤에는 여길 떠날 수도 있다는 걸 염두에 두셨으면 합니다."

"루시엘 공, 감사하오. 드란, 왕한테 편지를 쓰자."

"예, 그란드 형님. 역시 루시엘 님이로구먼. 앞으로도 성심성의껏 돕도록 하겠소."

드란은 그렇게 말하며 고개를 숙이고서 그란드 씨와 함께 편지를 썼다.

"루시엘 님, 동굴 안이 얼마나 좁던가요?"

"높이는 한 2m쯤 되려나. 대검으로는 찌르는 공격밖에 못 할 것 같아."

라이오넬은 전투할 생각에 의욕이 솟았는지 미궁에서 어떻게 싸울지 시뮬레이션하기 시작했다.

편지를 다 쓴 드란과 그란드 씨는 사자 역할을 맡은 케핀에게 드워프 왕국으로 들어가는 법을 알려주었다.

"케핀, 무리는 하지 마. 네 임무는 살아서 돌아오는 거고, 편지를 전달하는 건 부가적인 임무라고 생각해. 마력 인증은 미리 해두고. 골렘이 내는 문제의 답도 미리 외워두는 편이 낫겠어."

"마력 인증은 이미 끝내뒀습니다만…… 문제는 아예 외우는 게 좋겠군요. 문제에 답하지 못하면 의미가 없으니."

"별 뜻은 없어. 그럼 케핀, 맡기도록 할게."

"예."

나는 드란의 공방에서 폴라와 리시안의 공방으로 이동했다.

"폴라, 리시안. 지금부터 두 사람한테 라이트처럼 어두운 곳을 비출 수 있는 마도구 개발을 부탁하고 싶어."

"마석이 없어."

"게다가 라이트는 벌써 10개쯤 있잖아요?"

"……미안. 이야기하는 순서가 잘못됐네. 어쩌면 마물을 무찌르기 위해서 우리가 중앙 광장에 난 구멍에 들어가야 할지도 몰라. 그리고 마석은 아직 해체하지 않은 개미 마물한테서 빼내 넘겨줄 테니 어떻게든 해줘."

"알겠어."

"알겠어요."

두 사람이 수긍해주었다. 그런데 토레토 씨가 나에게 물었다.

"그래서? 난 뭘 하면 좋을까?"

"전투가 벌어질 가능성이 있으니 정비를 잘 부탁합니다."

"으~음, 시시하긴 하지만 이번에는 어쩔 수 없군."

"저쪽 공방에 광석이 여럿 있으니 그것도 쓰도록 하세요. 정비 비용은 나중에 내겠습니다."

"좋아. 그럼 맡겨둬."

"부탁합니다."

이렇게 모두에게 지시를 내리고 나니 갑자기 한가해졌다.

나는 전투가 길어지면 대량의 음식이 필요해질 가능성이 있기에 비는 시간을 써서 요리하기 시작했다.

기분 전환을 할 겸 요리를 하고 있으니 케티와 에스티아가 황급히 돌아왔다.

"무슨 일이야?"

"구멍이 서서히 커지고 있다냥. 어서 보강하지 않는다면 큰 사태가 벌어질 수도 있다냥."

"부상자는?"

"지금은 없습니다. 다만 마물의 기척이 느껴지는 것 같습니다."

이 도시는 밤에도 유사 달과 유사 별이 빛나기에 그럭저럭 환하다.

현재는 저녁 무렵.

이대로 밤이 깊어지고 구멍이 계속해서 커진다면 마물이 한꺼번에 쏟아져 나올 우려가 있다고 한다.

"어차피 마석도 확보해야 하니 지금 가볼까."

"이번에는 떨어지지 않기를 바란다냥."

"선처하도록 할게."

현장에는 드란이 함께 가기로 했다. 우리는 함께 중앙 광장으로 갔다. 주변을 둘러보니 내가 떨어졌던 구멍을 제외하고는 모든 구멍이 메워져 있었다. 다만 내가 떨어졌던 구멍만이 한눈에 알 수 있을 만큼 커져 있었다. 그 이외에는 모든 것이 원래대로라서 안심했다.

"정말 더 커졌네. 드란, 드워프 왕국이 여기서 가까워?"

"말을 타고 한 시간쯤 달리면 입구에 도착하지."

"이 구멍과 드워프 왕국이 이어져 있을까?"

"그게 무슨 말인가?"

"만약 이 구멍이 드워프 왕국과 이어져 있다면 이쪽에서 공격하는 것만으로도 드워프 왕국으로 향하던 마물을 이쪽으로 끌어올 수가 있잖아."

"과연. 그러나 나라도 지하 구조가 어떤지는 조사하기 전까지는 알 수가 없다네."

뭐, 그렇겠지.

머릿속에서 문득 떠오른 것을 말한 뒤에 나는 라이트로 구멍 속을 한 번 비춰보고서 말했다.

"케티는 빠져나온 마물을 부탁해. 에스티아는 부상자가 생겼을 때 회복을 부탁할게. 나는 구멍을 라이트로 비추고 있을게. 드란은 마물이 너무 많다 싶으면 이 구멍을 메워줘."

"알겠다냥."

"마물들이 이 록포드를 짓밟도록 놔둘 수야 없지!"

나는 라이트와 성룡의 창을 들고서 구멍에 다가가 빛으로 비추었다.

그 순간, 구멍 밖으로 마물이 얼굴을 내밀더니 갑자기 한꺼번에 우르르 쏟아져 나오려고 했다.

나는 곧장 마물을 창으로 찔렀다. 케티도 구멍 주위를 뛰어다니면서 개미 마물이 밖으로 나오지 못하도록 견제하며 공격했다.

"드란!"

드란이 손을 땅바닥에 대자 구멍이 좁아지기 시작했다. 나는 구멍이 완전히 메워지기 직전에 제지했다.

"드란, 완전히 메우지는 마. 어디서 오는지 알아야 혼란을 피할 수 있어."

개미 마물이 어째서 이렇게 활발해졌는지 원인을 알아내지 못한다면 피폐해질 뿐이다.

레인스타 경이 이 도시를 만든 뒤에 마물이 침공했다는 이야기는 단 한 번도 없었다. 즉 무언가 원인이 있다.

지진만으로는 다 설명할 수 없는 원인이.

"이럴 줄 알았다면 폴라도 데리고 와서 지반을 고정해달라고 부탁할걸."

"지금이라도 불러올까냥?"

"케티는 나랑 개미들을 퇴치해야지. 드란도 만약의 사태에 대비해야 하니 움직여서는 안 돼."

"흐음, 누구 보낼 사람이 없나?"

"저기, 제가 가겠습니다."

"에스티아, 그럼 부탁해."

"예."

에스티아가 공방으로 곧장 달려갔다.

그나저나 부상자가 없어서 다행이군.

이제는 케핀이 돌아올 때까지 현상을 유지하기만 하면 되니 무리할 필요는 없다. 무슨 사태가 벌어지면 이 도시의 연구자들이 손가락을 빨면서 가만히 지켜보고만 있지는 않겠지만, 지반을 고정화하는 편이 안전하니까.

다만 드란이 걱정이다.

"드란, 안색이 안 좋은데? 마나 고갈이야? 혹시 땅을 팔 때와 구멍을 메울 때 소비되는 마력이 달라?"

"그렇네. 아까 제지하지 않았더라면 마력 고갈이 되었을 걸세."

"그런 건 일찍 말해줬어야지! 케티, 라이오넬은 장군 출신이니 여길 지휘할 수 있겠지?!"

"가능하겠지만, 아마도 안 할 거다냥. 옛날부터 싸우는 걸 더 좋아했다냥."

"아, 결국은 내가 지휘할 수밖에 없단 건가. 옆에서 조언을 부탁할게."

"알겠다냥."

"방어전이 벌어졌을 때 얘기이긴 하지만. 그보다도 마물이 마물의 시체를 먹기도 하나?"

"모르겠다냥. 가능성은 있다냥."

"마물도 영역 다툼을 한다고 들어본 적이 있다네."

"마물이 아래로 떨어지지 않도록 주의하면서 쓰러뜨려야 하나? 시체를 먹고서 레벨이 오르면 안 되니까."

개미는 잡식성 곤충이다. 개미 마물 역시 잡식성이란 보장은 없지만, 만약에라도 그런 일이 생기면 아주 곤란해진다.

우리는 케핀이 돌아올 때까지 개미 마물을 쓰러뜨리는 데 집중하기로 했다.

구멍을 좁힌 덕분에 동시에 나올 수 있는 마물은 많아봤자 3마리였다. 선공을 가한다면 쓰러뜨리는 것이 그리 어렵지는 않았다. 그러나 구멍 안을 라이트로 비춰보니 개미들이 구멍을 꽉 메울 듯이 바글바글했다.

정화 마법으로 정화를 한 번 시도해봤으나 딱히 효과는 없었다. 이대로 계속 베어나가는 게 맞을까? 아니면 구멍을 메우는 편이 나을까? 나는 어떻게 할지 망설였다.

그때 누군가가 찾아왔다.

"루시엘 님, 오래 기다리게 했습니다."

케핀이 두 명의 드워프를 데리고 돌아왔다.

"돌아왔구나. 그래서 어땠어?"

"예. 이 두 사람은 드워프 왕의 측근인 그라이오스 공과 아레스레이 공입니다. 두 사람을 꼭 데리고 가라고 하길래 거절할 수가 없어서……. 무슨 용건으로 왔는지는 두 사람이 말하겠답니다."

긴급한 상황에도 체면이 중요하다는 건가? 아니면 예의를 다하고 있는 건가? 뭐, 어느 쪽이든 드워프 국왕이 우리에게 도움을 요청했다는 사실이 더 중요하니 상관없지만.

"그렇구나. 케핀, 막 돌아왔는데 이런 지시를 내려서 미안하지만, 나와 교대해주겠어? 케티는 조금 더 버틸 수 있겠어? 드란은 내 보좌역으로 동석해줘."

""예.""

그 순간 두 드워프들의 낯빛이 바뀌었다.

내가 이곳을 지휘하고 있어서인지, 드란을 편하게 대해서인지, 아니면 드란이 내 뜻을 순순히 따르는 것이 마뜩잖아서인지는 모르겠지만, 좋은 감정을 품고 있는 것 같지는 않았다.

하지만 이런 상황에 그들의 반응을 일일이 신경 쓰고 있을 순 없지.

"전 성 슈를 교회 소속 S급 치유사인 루시엘이라고 합니다. 그럼 드워프 왕의 답변을 당장 들려주십시오."

"……이 자리에서?"

"죄인인 드란이……."

"거기서 더 말을 했다가는 드워프 왕국을 위해 의리를 다할 생각이 싹 사라질 것 같군요."

"루시엘 님……."

"전 당신들을 적대할 마음이 없어요. 하지만 그는 나를 위해서 애써주고 있는 수행원이자 루시엘 상회의 개발책임자입니다. 그를 깎아내리는 발언은 사양해주셨으면 좋겠군요."

두 사람이 놀란 얼굴로 서로를 마주 보고는 속닥거린 뒤에 다시 입을 열었다.

"실례했소. 난 왕의 측근인 그라이오스라고 하오. 현재 사상자가 나오고 있어서 드워프 왕께서 구원을 요청한다고 말씀하셨소. 다만 치유사를 고용하는 요금이 얼마인지를 모르니, 우리가 감당할 만한 수준인지 확인하고 오라고 하셨소이다."

"그랬군요. 케핀, 네가 보기에 현재 드워프 왕국의 상황이 어떤 것 같아?"

"꽤 피폐해진 것 같더군요. 모든 백성이 전투를 수행할 수 있는 건 아니니 아무리 길게 버티더라도 며칠이 고작일 겁니다."

"뭐라! 수인족 나부랭이가 감히 우리 드워프를 바보 취급하는 게냐!!"

이봐요, 드워프 왕. 사자로 보낼 만한 사람이 이것밖에 없었어? 드란이나 그란드 씨처럼 완고하지만 진지한 사람도 있었을 거 아냐?

"죄송합니다만, 전 수행원에게 물었습니다. 당신의 의견을 요구한 게 아니니 끼어들지 마시지요. 그리고 그가 노예 신분이긴 하나, 엄연히 제 수행원입니다. 그는 정보를 정확하게 전할 수 있는 대단히 우수한 인재입니다. 업신여기는 건 용납하지 않겠습니다. 그리고 제가 듣고 싶은 건 감정론이 아니라 사실입니다."

나는 그라이오스라고 하는 남자의 발언을 싹둑 끊었다.

"계속해. 식량이나 물자 상태는?"

"식량은 아직 여유가 있었으나, 무구는 상당히 소모된 듯합니다. 무엇보다 부상자가 상당히 많았습니다. 그리고 드워프 왕국으로 가는 길에도 수많은 마물과 맞닥뜨렸습니다."

"그렇군. 케핀, 가서 모두를 불러와. 그란드 씨와 토레토 씨한테도 와달라고 부탁해."

"예."

케빈이 사라지자 두 드워프가 놀라워했다.

사람이 느닷없이 눈앞에서 사라졌으니 전이한 것처럼 보일 만도 하겠지. 나 역시 아무것도 몰랐다면 놀랐을 것이다.

나는 두 드워프에게 물었다.

"보다시피 오늘 일어난 지진 때문에 록포드도 마물한테 습격을 받았습니다. 지금 저희에게 필요한 건 생생한 정보입니다. 예를 들어 개미 말고도 다른 마물이 있는지, 개미 떼의 우두머리가 한 마리인지 아니면 여러 마리인지 말이죠. 뭐든 좋으니 알고 있는 정보를 알려주세요. 참고로 이건 치유사의 요금표입니다."

"이건……."

"어떻게 할지 정했다면 말해주세요. 전 마물을 쓰러뜨리고 오도록 하죠."

나는 치유 요금이 적혀 있는 가이드라인을 넘겨준 뒤에 개미 마물 떼 퇴치에 가담했다.

"드워프 왕국이 도와달라 할 것 같으냐?"

"모르겠어. 저쪽이 어떻게 나오느냐에 달렸지. 나는 이제 이에니스 책임자도 아니고, 눈치 볼 게 없잖아. 만약 그라이오스 같은 사람이 많다면 굳이 위험한 드워프 왕국에 가지 않을 거야."

"이에니스 때도 그렇게 딱 부러지게 말하면 좋았을 텐데냥."

"그때는 덥석 짊어지기엔 너무 걸린 게 많았다고. 케티를 비롯한 동료들만으로도 벅찼는데."

나는 쓴웃음을 지으면서 개미 마물을 공격했다.

"너무하다냥. 드란과 폴라는 몰라도 우린 얌전……."

"하지 않았잖아."

"뭐, 싸울 상대가 있었으니 라이오넬과 케티는 어쩔 수 없던 상황이지 않나."

나는 드워프 왕의 측근은 처다보지 않고서 두 사람과 대화를 이어갔다.

뭐, 우선은 드워프 왕의 측근들이 요금표를 보고 어떻게 반응할지를 봐야겠지. 그란드 씨가 왔을 때 태도가 변할지도 궁금하고.

드란과 그란드 씨가 편지에 무슨 내용을 적었는지는 모르겠지만, 나는 그들을 믿기로 이미 결심했다.

결국, 우리가 마물을 쓰러뜨리는 동안 드워프 왕의 측근들은 이쪽으로 다가오지도, 말을 걸지도 않았다.

잠시 후, 케핀이 그란드 씨를 데리고 돌아왔다. 그런데 씨는 날 보자마자 드워프 왕의 측근을 무시하고 곧장 내게로 달려와 고개를 숙였다.

"정말로 미안하네만, 그래도 고향은 고향이야. 부디 도와줬으면 하네."

"뭐, 각오는 하고 있었어요. 지금도 여기에 누굴 남기고, 드워프 왕국에 누굴 보낼지 생각하고 있었습니다. 드란과 폴라, 리시안은 이곳을 사수해줘. 에스티아도 남아서 회복 역할을 맡아줬으면 해. 너희 임무는 여길 지키는 거야. 절대로 구멍 안으로 들어가지 마. 주민들과 협력하여 이 도시를 사수해줘. 이 주변에 굴러다니고 있는 마물의 시체에서 얻은 마석을 몽땅 써버려도 좋아."

""""예.""""

"토레토 씨는 제 동료들을 지원해주세요. 상황에 맞는 적절한 지원을 할 수 있는 사람은 당신뿐입니다."

"포~!! 뜨거운 눈빛으로 쳐다보니 의욕이 끓어오르넹~. 이번만은 두 제자를 위해서 애를 써볼게."

토레토 씨가 날 향해 윙크했지만 나는 깨끗하게 무시하고서 지시를 계속 내렸다.

"나머지는 나와 함께 걸어서 드워프 왕국으로 간다. 라이오넬은 맨 앞에서 큰 방패로 방어하면서 단창으로 싸우도록. 케티와 케핀은 유격대를 맡아. 나는 회복과 지원을 맡을게. 그리고 그란드 씨는 저와 함께 가주셨으면 합니다. 드워프 왕과의 교섭을 맡아주셨으면 합니다."

"정말 내가 맡아도 되겠나?"

"예. 제가 이 세계에서 신뢰하고 있는 드워프는 현재 드란, 폴라, 그리고 그란드 씨, 세 사람뿐이니까요."

"……알겠네. 훗, 몇 년 사이에서 아주 달라졌구먼."

"그건 아마도 곁에 든든한 동료가 있기 때문일 겁니다."

쓴웃음을 짓는 그란드 씨에게 웃음으로 화답하면서 나는 딱 하나 결의를 굳혔다.

만약의 사태가 일어난다면 드워프 왕국을 포기해서라도 우리만은 살아남겠다고.

09 전란에 빠진 드워프 왕국

마물이 지하에서 나온다는 점을 고려하여 이번에는 말이 아닌 도보로 이동하기로 했다.

우리는 드워프 왕국의 사자를 포함하여 일곱 사람으로 파티를 꾸린 뒤 록포드에서 출발했다.

"루시엘 님, 지금부터 드워프 왕국에 서둘러 가더라도 상황은 그리 크게 바뀌지는 않을 것 같습니다. 미리 식사를 끝마쳐두는 편이 좋을 듯합니다."

"듣고 보니 그게 좋을 것 같네."

라이오넬의 조언에 따라 우리는 그 자리에서 저녁을 먹기로 했다.

드워프 왕국에서 온 두 사람은 약간 불만스러워 보였지만, 그란드 씨가 내 뜻에 동조하자 입을 꾹 다물었다.

다만 두 사람은 식사에 전혀 손을 대지 않았다.

"어둡네. 역시 록포드와는 다른가."

"불을 밝히면 마물들이 모일 테지만 하는 수 없구먼. 루시엘 공, 라이트를 쓰도록 하게."

참고로 그란드 씨를 비롯한 동료들과 드워프 왕국에서 온 사자는 밤눈이라는 스킬을 소지하고 있다. 밤눈은 암흑 속에서도 어느 정도 시야를 확보할 수 있는 스킬이라고 그란드 씨가 알려주었다.

이건 어두운 곳에서 자라면 취득할 수 있는 스킬이라서 대부분의 드워프들은 소지하고 있다고 한다.

"오늘 밤은 달빛이 없으니 어쩔 수 없지. 지난번에 케핀이 지나갔던 곳을 따라가면 문제는 없을 걸세."

"그래야겠군요. 라이트 하나만 있으면 헤매지 않고 갈 수 있을 겁니다."

"케핀, 길 안내를 부탁해."

"예."

두 사자는 여전히 아무 말이 없었다. 결국, 마치 다섯 사람만 있는 것처럼 우리는 위장용 도시를 빠져나갔다.

지진은 토룡이 해방된 뒤에 멎었으니 지면에 느닷없이 구멍이 나거나 하는 일은 없었다.

케티와 케핀 콤비가 마물을 발견해내면 재빠르게 쓰러뜨렸다.

그러나 드워프 왕국에서 보낸 두 사자는 영 믿을 수가 없었다.

자진하여 길잡이 역할을 맡지도 않았고, 전투에도 참여하지 않았다.

더욱이 그게 당연하다는 듯한 태도까지 내보이고 있었다. 상당히 오만한 태도였다.

그 뒤에 한동안 걸었을 때 케핀이 목소리를 높였다.

"도착했습니다. 여기서부터는 안으로 들어가야 합니다."

"이제부터는 우리가 안내하지."

"따라와."

그러자 갑자기 사자인 두 드워프가 자진하여 앞장을 섰다.

나는 멈춰 서서 그란드 씨를 쳐다봤다.

"……무슨 말을 하고 싶은지는 알겠네. 미안하지만 지금만 양해해주게."

그란드 씨가 작은 목소리로 나에게 호소했다. 어쩔 수 없이 나는 천천히 심호흡하며 마음을 가라앉힌 뒤에 두 사람의 뒤를 쫓았다.

드워프 왕국으로 이어지는 동굴 높이는 2m 남짓이었다. 정령들과 만났을 때 지났던 길과 비슷했다.

"역시 높이가 이래서야 대검을 휘두르기가 어려울 것 같군요."

"드워프 왕국에 도착해서 방어전을 치를 일이 생기면 그때 대검을 마음껏 휘둘러줘. 그 이외에 나머지 장소에서는 단창을 써야 할지도 모르겠지만……."

"이번에는 어쩔 수 없으니 전투는 케티와 케핀한테 맡기고 전 루시엘 님을 보호하도록 할까요……."

"기운 좀 내."

라이오넬이 노골적으로 실망하자 나는 쓴웃음밖에 나오지 않았다.

무슨 일이 있을 때 반드시 나를 보호해주면서도 언제나 전투를 갈망하는 저 전투광의 일편단심을 나 역시 조금이라도 본받자고 생각했다.

구불구불한 길을 걷다가 갈림길이 나왔지만 헤매지 않고 쭉 나아갔다. 바로 그때 마물이 튀어나와서 두 사자가 발걸음을 멈췄다.

두 사람이 싸우는 척도 하지 않자 나는 기가 막혔다.

그란드 씨를 쳐다봤더니 체념했는지 이마에 손을 대고 있었다.

"케티, 부탁해. 케핀은 길 안내를 맡아주고."

"기다려주시오. 안내는 우리가 맡겠소."

"그럼 어서 마물을 쓰러뜨려요. 당신들은 대체 왜 앞장을 서고 있는 건가요?"

"".............""

"그란드 씨, 괜찮겠죠?"

"그래."

"가겠다냥."

케티가 땅을 박차고, 벽을 박차면서 개미 마물들을 무찔렀다.

케핀은 그 옆을 지나 길 안내를 시작했다.

"일단 챙겨볼까."

나는 마석을 챙겨 마법 주머니에 넣고 뒤를 따랐다.

그 뒤에 여러 차례 전투가 벌어졌다. 그러나 두 사자는 그 광경을 그저 바라보기만 하는 장승에 불과했다.

"여길 꺾으면 드워프 왕국이 나옵니다."

케핀이 말한 순간 아레스레이가 홀로 달려가기 시작했다.

그 행동을 보고 모두가 할 말을 잃었다.

그리고 그때서야 나는 계속 들던 위화감에 정체를 깨달았다.

"혹시 당신들은……."

내가 거기까지 말했을 때 동굴 안에 비명이 울렸다.

케티와 케핀이 재빨리 아레스레이가 꺾었던 길로 곧장 달려 갔다.

나도 급히 뒤를 따라갔더니 개미에게 어깨를 물린 아레스레이 의 모습이 보였다.

개미 마물은 케티의 공격을 받고서 곧바로 고깃덩어리로 변 했다.

"어때?"

"다치긴 했지만, 생명에는 지장이 없습니다."

"'리커버', '하이 힐'."

나는 영창 파기로 회복시킨 뒤 케핀에게 아레스레이를 부축하 라고 명했다.

"그란드 씨, 혹시 이들이 드워프의 왕족이나 귀족입니까?"

"차기 왕좌를 두고서 다투고 있는 제1왕자와 제2왕자일세."

"역시……. 뭐, 지금은 구원을 요청하러 직접 방문한 사자일 뿐 이니 그 정도만 알고서 넘어가도록 하죠."

그 뒤에 얼마 지나지 않아 우리는 드워프 왕국에 도착했다.

케핀이 보고한 대로 드워프 왕국 내에 개미 마물이 대량으로 발 생한 상태였다.

"자, 전투가 벌어지고 있는 것 같으니 라이오넬은 방어에 가담해줘."

"예."

내가 화염 대검과 헤드라이트를 라이오넬에게 건네자 그가 웃음을 지었다.

"케티는 날 엄호하면서 우선 부상자를 파악하고 구출하도록 해."

"냥."

케티는 나와 함께 전투가 벌어지는 구역으로 간다는 걸 알고서 웃음을 흘렸다.

"케핀은 두 사자를 왕한테 무사히 바래다주고, 그란드 씨는 케핀이 내 수행원이라는 걸 왕한테 설명해주세요."

"예."

"……알겠다."

케핀은 고개를 끄덕였고, 그란드 씨는 고개를 푹 숙였다.

그란드 씨도 손해 보는 역을 맡았구나, 하고 생각하면서 우리는 이동을 개시했다.

라이오넬은 드워프들이 마물과 싸우고 있는 곳에서 자기 이름을 밝히며 전투에 가담했다.

"이 몸은 성 슈를 교회 소속 S급 치유사 루시엘 님의 가신인 라이오넬이오. 드워프님들을 도우러 왔소."

라이오넬이 화염 대검을 휘두르자 여러 마리의 개미 마물들이 불에 타면서 날아갔다.

"라이오넬, 즐거워 보이네."

"이에니스에 있었을 때부터 전투에 목말라 있었다냥."

"일단 부상자를 찾아볼까."

"……있다냥. 다친 병사를 저쪽으로 옮기고 있다냥."

"이렇게 어두운데 잘도 보이네."

"고양이 수인도 밤눈 스킬을 가진 사람이 많다냥."

나는 케티를 쫓아 드워프 병사가 옮겨지고 있다는 건물로 곧장 향했다.

건물 안은 환해서 수많은 부상자가 있다는 걸 알 수 있었다.

아무도 이쪽을 보지 않았다. 흥미를 전혀 보이지 않았다.

"드워프족 드란 공의 지기이자 드란 공을 수행원으로 고용한 성 슈를 교회 S급 치유사인 루시엘입니다. 드란 공이 위험에 빠진 드워프족을 꼭 도와달라고 간청해서 여러분들의 치료를 맡게 되었습니다. 먼저 중상자부터 치료할 테니 어디 있는지 알려주세요."

내가 그렇게 말하자 드워프들이 일제히 이쪽을 쳐다봤다.

개중에 몇 명은 노기를 숨기지 못했지만, 치료가 우선이라고 판단했는지 나를 부르는 목소리가 들려왔다.

"이 녀석이 가장 크게 다쳤다."

나는 곧바로 달려가서 환자를 살펴봤다. 몸 여기저기에서 피를 흘리고 있었는데 생명이 위독해 보였다.

"역시 드워프. 왜 억센 종족이라고 하는지 알겠어. '하이 힐'."

내가 영창 파기로 하이 힐을 발동하자 살점이 파인 어깨 부위에 살이 차오르더니 흉터 하나 없이 말끔하게 회복되었다.

"피를 너무 많이 흘렸으니 식사를 잘 드시면 곧바로 움직일 수 있을 겁니다."

그 광경을 보고서 드워프들이 휘둥그레진 눈으로 숨을 삼켰다.

나는 그들이 폭주하기 전에 곧바로 입을 열었다.

"부상자가 많으니 한꺼번에 치료합니다. 제가 서 있는 위치를 기준으로 반경 3m 안으로 중상자를 넣어주세요. 그리고 움직일 수 있는 사람은 자기 발로 들어와요. 모두 치료됐어요. 감사하는 마음이 있다면 내가 아니라 드란 공한테 감사하다고 인사해요. 자, 다음 중상자를 불러와요."

그 뒤로 나는 에어리어 하이 힐을 모두 3번 발동하여 건물 안에 있던 모든 드워프들을 치료했다. 그들이 다시 무기를 들자 에어리어 배리어를 발동하여 내보냈다.

"다른 부상자가 있는 곳으로 안내해줘."

"……내가 안내하지."

아까 가장 먼저 치료를 받았던 중상자 드워프였다.

"부탁합니다. 구할 수 있는 목숨이 있다면 구하는 게 제 임무라서."

"경계는 맡겨둬라냥."

케티의 목소리가 든든했다.

건물에서 나오자마자 드워프가 입을 열었다.

"……드란 씨는 잘 지내나?"

"예. 여러 물건을 만들며 잘 지내고 있죠."

내가 말하자 드워프가 뒤를 돌아보고는 내 멱살을 잡으려고 했다.

그러나 멱살이 잡히기 전에 케티가 세검을 드워프의 목에 겨누었다.

"헛소리……! 드란 씨는 팔을 잃었는데…… 빌어먹을."

"아~ 거짓말이 아니에요. 드란의 두 팔도 완벽하게 나았습니다. 폴라도 제게서 마석을 빼앗아서는 매일 즐겁게 마도구를 개발하고 있고요."

내가 웃으며 말하자 드워프가 고개를 갸웃했다. 그러고는 스스로 자기 얼굴을 때린 뒤에 이쪽을 째려보며 입을 열었다.

"드란 씨뿐만 아니라 폴라한테까지 독니를 들이대다니……!"

"댄 적 없어요. 게다가 두 사람은 이제 노예가 아니라고요."

"뭐라?!"

"정말이다냥. 지금 그란드 공이 드워프 왕한테 갔으니 이따가 물어보면 알 거다냥."

"그, 그란드 님이라고?! 이, 이 무슨 실례를."

"사과는 이따가 받기로 하고. 우선 고통스러워하는 부상자를 구하고 싶은데요?"

"이쪽입니다."

드워프가 갑자기 공손한 태도로 순순히 안내하자 나와 케티는 눈빛을 나누며 웃고는 그를 따라갔다.

그 뒤에 여러 건물을 돌아다니며 부상자를 치료했다.

건물 안에 있는 부상자를 겨우 다 치료했을 즈음에 안내해준 드워프가 입을 열었다.

"아까는 대단히 죄송했습니다. 전 이곳 방어를 지휘하고 있는 란돌이라고 합니다."

"예, 잘 부탁합니다. 그럼 당장 전투 구역으로 가도록 하죠."

"전선으로 가시겠다고요? 왕께서 기다리고 계실 텐데?"

"……드워프족 왕의 용무보다, 전선의 부상자를 치료하는 게 급선무죠."

"……아……, 알겠습니다."

내가 말을 할 때마다 란돌 씨의 태도가 점점 변해갔다. 원래는 동료를 위할 줄 아는 좋은 사람인 모양이다.

그의 안내를 받아 고전하고 있는 전장을 돌아다니며 부상자를 치료하고 있으니 케티가 달려와 모든 전선에서 마물을 밀어내고 있다고 보고했다.

"회복한 드워프들이 가세한 덕분에 형세가 역전됐다냥. 게다가 라이오넬 님이……."

그 뒷말은 안 들어도 알겠다……. 아니, 알게 되었다.

"크하하하, 부족하다! 더더더. 더 덤벼보아라!"

라이오넬의 호탕한 웃음이 여기까지 들려왔다.

"그쪽은 가장 마지막에 가기로 하고……. 치료를 다 마친 뒤에 왕이 있는 곳으로 안내를 부탁하고 싶은데요?"

 "예. 맡겨두십시오."

 나는 모든 부대에 회복 마법과 에어리어 배리어를 발동한 뒤에 라이오넬과 합류했다.

 내 호위로 복귀한 라이오넬은 스트레스를 발산했는지 후련한 표정을 짓고 있었다.

 그런 라이오넬에게 조용히 정화 마법을 발동하여 개미 냄새와 탄내를 지운 뒤에 전선(前線)에 있는 드워프들에게 말했다.

 "여러분들은 제 수행원들처럼 무리하지 말고 버티기만 해요. 란돌 공, 안내를 부탁합니다."

 "어, 아, 예. 이쪽입니다."

 개미 마물의 시체가 산더미처럼 쌓여 있는 광경을 보고 꽤 놀라워하던 란돌 씨가 내 말에 정신을 차리고서 드워프 왕이 기다리는 건물로 안내해줬다.

10 노예 처우

란돌 공이 안내해준 곳은 집이라기보다는 신전이라고 부르는 편이 더 어울리는 건물이었다.

마치 전생 때 봤던 유럽 지방의 신전을 떠올리게 하는 모양새였다. 카메라를 갖고 있었다면 기념 촬영을 했을 거다.

우리는 안내를 해주는 대로 건물 안으로 들어갔다.

그러나 문이 존재하지 않아서 큰 위화감이 들었다.

"어째서 이 건물에는 문이 하나도 없습니까?"

"싸우지 못하는 주민들을 보호하기 위해서입니다. 언제든지 이쪽으로 피신할 수 있도록 문을 달지 말라는 지시가 있었습니다."

"만약 밖에서 싸우고 있는 드워프들이 전투 불능이 되어 여기로 피신했는데, 이곳으로 마물이 들이닥치면 어떻게 되는 겁니까?"

"……갇히게 되겠죠."

알고도 이렇게 했다고?

"뭐, 알겠습니다. 왕과 왕의 병사, 측근들은 어디 있습니까?"

"현재 전투를 벌이고 있는 자들이 왕의 병사들입니다. 저도 그중 하나죠. ……왕께서도 분명 최후의 순간까지 싸우실 겁니다."

왕국치고는 인구가 그리 많지 않았다. 혹은 병사로 일하는 사람이 상당히 적거나.

"하아, 만나보고 나서 생각해보자……. 일단 다친 시민들이 있는 곳으로 안내해주세요."

"……알겠습니다. 이쪽입니다."

나는 기다리고 있는 드워프 왕을 만나는 것보다 부상자 치료를 우선하기로 했다.

안내를 받아 이동한 곳에도 수많은 부상자가 있었다.

다만, 이곳에는 이상하게도 드워프족이 없었다. 온통 인족이나 다른 종족들 뿐이었다.

뭔가 이상해서 살펴보니 아니나 다를까, 팔, 가슴, 이마, 목에 노예 문장이 찍혀 있었다.

나는 이게 노예들의 진짜 모습인가, 하고 막연하게 생각했다.

노예 중에는 치료를 원치 않는 자들마저 있었다. 차라리 죽기를 바라는 모양이었다.

"여기 있는 모두가 노예입니까?"

"예. 개미 마물이 처음 몰려왔을 때 방어를 위해 맨 먼저 동원되었지요. 이들은 마법을 쓸 수 있으니 마력이 회복되면 다시 전선으로 보내서 싸우게 될 겁니다."

"다시 보낸다고요? 눈으로만 보아도 알 만큼 심각한 부상자도 있는데요? 피를 너무 많이 흘려서 멀쩡히 움직이지조차 못할 겁니다."

"그렇겠죠. 하지만 지금은 한 치 앞을 알 수가 없는 상황입니다. 동포를 사지로 내몰 바에야 노예들을 희생시키는 편이 더 낫겠지요."

"……."

란돌 씨의 대답을 무조건 비난할 수는 없었다.

나도 저런 상황에 부닥쳤다면 같은 대답을 내놓았을지도 모르는 일이니까.

그렇게 생각하면서도 몸이 싸늘하게 식는 듯한 느낌이 들었다.

그때 내 등에 따뜻한 감촉이 느껴졌다.

정신을 차리니 라이오넬과 케티가 나를 지탱해주고 있었다.

"이게 진짜 노예라는 겁니다."

"보편적인 사고방식이다냥."

두 사람은 웃으면서도 어딘지 서글프게 보였다.

지금은 내 밑에서 일하고 있지만, 이 사람들도 어디선가 노예를 부려야 했던 상황이 있었을 거다. 당연히 그 고통도 잘 알고 있을 터였다.

"위급한 사람도 있으니 일단 치료부터 하겠습니다만, 곧바로 전선으로 돌려보내는 건 중지해주길 바랍니다. 드워프 왕과 이야기를 나누다 보면, 저들을 제 말로 쓰게 될 수도 있으니까요."

"흠, 알겠습니다. 뭐, 저도 동행하고 있고, 저들은 계약이 있어서 여길 나갈 수가 없습니다. 그러니 문제는 없습니다."

"그럼 바로 치료해볼까."

내가 노예들에게 다가가자 그들이 절망에 떠는 얼굴로 나를 쳐다봤다. 나는 개의치 않고서 그들에게 회복 마법을 사용했다.

남녀를 불문하고 심각하게 다친 사람들이 많았다.

내가 흉터 하나 남기지 않고 모조리 치료해주자 노예들이 놀란 눈으로 쳐다보았다. 아무래도 가벼운 회복 마법으로 상처나 아물게 해줄 줄 알았던 모양이다. 노예들은 다쳤던 부위를 여러 번 매만지고 때리며 확인했다.

부상자들을 다 치료하고 나니 그때서야 다른 노예들보다 좋은 대우를 받는다는 듯이 침대에 누워있는 멀쩡한 노예들이 눈에 들어왔다.

"저들은 뭡니까?"

"아마 회복 마법을 쓸 줄 아는 노예일 겁니다."

회복 마법이라고? 그럼 십중팔구는 치유사 길드에 소속되어 있을 텐데?

"이자들은 언제부터 여기 있었습니까?"

"드란 씨와 폴라를 사간 노예 상인이 뭐라고 소문을 냈는지 1년쯤 전부터 여러 지역의 노예 상인들이 이 땅을 방문해 왔는데, 그 중 하나가 회복 마법을 쓸 수 있는 귀한 노예가 있다면서 왕께 권했습니다."

"그럼 드워프 왕이 그들을 샀단 겁니까?"

"아뇨, 왕께서는 성 슈를 공화국과의 관계가 틀어질 수 있다며 거부했습니다."

"그럼 어떻게 된 겁니까?"

"두 왕자께서 사셨습니다. 노예 상인들도 그 뒤로는 왕이 아니라 왕자께 노예를 알선하고 있고요."

"그런가요. 하지만 드워프 왕이 이 사실을 모른다는 건 조금 이 상하군요……. 보아하니 이들은 마력이 고갈됐을 뿐 별다른 이상 은 없는 것 같습니다. 휴식을 취하면 회복할 겁니다. 그밖에 다른 부상자는 없습니까? 그리고 노예 중에서 마법을 쓸 줄 모르는 수 인 분들은 없습니까?"

"그들은 이미……."

그의 대답에 왠지 얼굴에 피가 쏠리고 몸이 부들부들 떨렸다.

"……그렇습니까. 지금 당장 드워프 왕을 뵐 수 있을까요?"

나는 두 주먹을 불끈 쥐고는 애써 웃으며 말했다.

"아, 예!"

그러자 내 얼굴을 본 란돌 씨가 겁을 먹고는 내 눈치를 보며 앞 서기 시작했다.

방을 나서는 내 뒤로 노예들이 감사 인사를 전했다.

나는 그들에게 인사를 돌려주지 않고 그대로 방을 나왔다.

란돌 씨의 등을 보면서 걷고 있으니 라이오넬과 케티가 말을 걸 었다.

"루시엘 님. 제가 대신 교섭을 맡아도 되겠습니까?"

"그렇게 화가 나 있으면 일이 꼬이기 마련이다냥."

그런가. 나도 모르는 사이에 화를 내고 있었던 모양이다. 하지 만 이상하게도 머릿속은 선명했다.

"아니, 괜찮아. 어쩌면 내가 드워프 왕국에 마침표를 찍을지도 모르겠구나 싶은 생각이 들었을 뿐이야."

"그거야말로 안 된다냥."

"바깥세상을 모르면 이런 일이 벌어지기 마련이지만, 드워프 왕국은 그야말로 그 전형이군요."

"……노예 처우를 비판한다면, 나도 반성해야 할 거다냥."

"두 사람은 그게 보편적인 인식이라고 했잖아. 어쩌면 내가 이상한 사람일지도 모르지."

내가 힘없이 웃는 사이 알현실에 도착했다.

"이곳이 손님과 만나는 방입니다. 그란드 님이 오셨다면 이곳에 계실 겁니다."

그런데 막상 알현실의 문을 여니 무슨 영문인지 그란드 씨가 케핀을 감싸고 다른 드워프와 대치하고 있는 이상한 풍경이 펼쳐져 있었다. 케핀 역시 칼자루에 손을 대고 언제든지 칼을 뽑을 준비를 하고 있었다.

"……이게 대체 어떻게 된 일입니까?"

"루시엘 님!"

케핀이 나를 발견하고는 내 앞에 다가와 무릎을 꿇고서 고개를 숙였다.

그란드 씨는 나를 보고는 무슨 말을 하고 싶은 얼굴을 보였으나 결국 아무 말도 하지 않았다.

"이게 대체 무슨 상황이야?"

"거기 있는 노예가 날 지키지 못했으니 따끔한 맛을 좀 보여주려고 했다."

내가 케핀에게 묻자 알현실에 있던 아레스레이가 겁도 없이 말했다.

그의 뻔뻔한 대답에 분노가 들끓었지만, 나는 최대한 억누르며 입을 열었다.

"그래서 드워프 왕은 어디 계십니까?"

"여긴 드워프 왕국이다! 성 슈를 공화국이 얼마나 대단한지는 모르겠지만, 그대가 여기서도 대단한 건 아냐!"

안 되겠다. 인내심의 한계다. 드워프 왕이고 뭐고, 그냥 록포드로 돌아가야겠다.

아레스레이의 말을 흘려듣고서 나는 모두에게 록포드로 돌아가자고 말하기로 했다.

"……드워프 왕이 없다면 저도 더는 용무가 없군요. 케핀, 잘 버텨줬어. 이만 돌아가자. 그란드 씨, 어딘가에서 또 뵙도록 하죠."

내가 발걸음을 돌리려고 하자 드워프 왕이 목소리를 높였다.

"잠깐. 내가 바로 드워프 왕인 록웰이다."

"모두 돌아간다."

내가 드워프 왕의 말을 무시하고서 그대로 퇴실하려고 하자 언짢아졌는지 아레스레이가 외쳤다.

"아바마마를 모욕하다니, 이 무슨 실례인가. 녀석들을 놓치지 마라!"

나는 곧바로 라이오넬을 비롯한 수행원들에게 지시를 내렸다.

"라이오넬, 케티, 케핀, 이제 됐어. 저들이 깨달을 수 있도록 실력을 보여줘."

"""예."""

드워프들이 아무리 억센 종족이라고는 해도 사람마다 다르다. 모두가 꼭 그렇다고 할 수는 없다.

라이오넬이 화염 대검을 휘두르자 드워프가 들고 있는 방패가 녹아서 날아가버렸다.

케티는 세검으로 드워프들의 사지를 찔렀고, 케핀은 어지간히도 화가 났는지 아레스레이의 뒤에서 불쑥 나타나 두 팔을 잘라버렸다.

모든 것이 끝나기까지 20초도 채 걸리지 않았다.

"드워프 왕국……. 이딴 나라는 차라리 멸망하는 게 나아."

나는 옥좌에 앉아 있는 록웰에게 말했다.

"기다려주오."

록웰 왕이 왕좌에서 내려와 넙죽 엎드렸다.

"제발 이 나라를 구해주시오."

"한 나라의 왕자라는 자가 오만방자하게 굴고 폭주하는데도 방관만 하는 왕에게 제가 왜 힘을 빌려줘야 합니까? 전 성인군자가 아닙니다. 오늘 온 것도 드란과 그란드 씨의 부탁받아 왔을 뿐이지, 당신들을 도와줄 의리는 없어요. 게다가 나라가 이 지경이 되었는데 드워프의 왕인 당신이 왜 여기에 있는 겁니까? 당신이 나간다면 전황을 바꿀 수도 있었을 텐데요."

"난 보다시피 늙은 몸이다."

"그 로브로 늙게 보이도록 꾸몄으니 그렇게 보이는 거겠죠. 자식을 처분하기 위한 대의명분을 얻기 위해서 분란을 조장하고자 날 일부러 부른 게 아닙니까? 아레스레이와 그라이오스는 인족을 얕잡아보니까."

실내에 정적이 감돌았다.

절을 하고 있던 록웰 왕이 부들부들 떨다가 호쾌하게 웃음을 터뜨렸다.

"큭큭큭, 크하하핫. 과연. 젊은 나이에 S급 치유사가 된 남자답게 혜안이 참으로 대단하군. 그런데 어떻게 내가 늙게 보이도록 꾸몄다는 걸 눈치챘나?"

"아레스레이 왕자는 남을 얕잡아보는 버릇이 있는데, 그런 아레스레이 왕자가 늙고 쇠약한 당신을 필요 이상으로 신경 쓰더군요. 아니, 아레스레이 왕자뿐만이 아닙니다. 그란드 씨를 비롯해 여기 있는 모든 드워프들이 당신의 진짜 모습을 알고 있다는 눈치였죠."

"……그런 거였나. 그건 미처 예상하지 못했군."

록웰 왕이 그렇게 말하고서 로브를 벗었다. 그 속에서 비실거리는 늙은이가 아닌 근육으로 다부진 장년 남성이 모습을 드러냈다. 키가 170cm쯤은 되어 보였다. 그가 드워프라는 걸 생각하면 엄청난 거구였다.

드워프 왕이 엄청난 박력을 내뿜었으나, 스승님이나 라이오넬을 상대하며 익숙해진 덕분에 나는 표정 하나 변하지 않고 대응할 수 있었다.

"그럼 뒷일은 본인들끼리 열심히 해보세요."

내가 다시 나가려고 하자 흙벽이 나타나 길을 막았다.

그러나 라이오넬이 순식간에 그 흙벽을 베어서 무너뜨렸다.

"아니, 아니! 보통 이런 상황에서는 돌아가지 않겠다고 하지 않는가?"

록웰 왕이 초조해하면서 말했다.

"…………."

"정말로 미안하오. 이제 거짓말은 안 하겠소. 도와준다면 배신하지 않겠다고 교회 사람들이 좋아하는 서약도 하지."

"정령이 계약을 파기할 수도 있는데 서약이 무슨 의미가 있습니까? 게다가 먼저 교회에 싸움을 건 건 드워프 왕국이 아닙니까?"

"그게 무슨 소리지?"

"노예 중에 위법 노예가 있다는 걸 진정 모른다고 할 작정이십니까?"

"왕이 노예 따위를 어찌 일일이 관리하겠는가!"

상당히 패기가 있는 대답이었지만, 나는 조금 부아가 치밀었다.

"……치유 마법을 쓸 수 있는 인족은 치유사 길드에 소속되어 있기 마련이지요. 물론 치유사가 노예로 전락하지 말라는 법은 없지만, 로브를 두르고 있다는 건 교회 본부에서 일하거나 교회 본부가 인정하는 일부 치유사 뿐입니다."

"그것만 들어서는 무슨 말인지 모르겠군. 알기 쉽게 설명해주게."

"성 슈를 공화국은 침공을 받지 않는 먼저 전쟁을 일으키지 않았습니다. 최근에 전쟁을 벌인 적도 없고요. 그런데 교회 본부에 있어야 할 치유사들이 어째서 5명이나 노예 신세가 되어 드워프의 땅에서 마력이 고갈될 때까지 회복 마법을 계속 쓰고 있는 겁니까?"

"누가 아는 자가 있다면 발언하라."

드워프 왕이 노기가 실린 목소리로 주변에 있는 자들을 향해 그리 말했다.

묵인했다고 하기에는 진심으로 화가 난 듯했다.

그 물음에 답한 사람은 란돌 씨였다.

"황, 황송함을 무릅쓰고 말씀드리겠습니다. 1년쯤 전에 노예상이 방문했을 때 명을 받아 그 노예들을 샀습니다."

"뭣이? 누가 그런 지시를 내렸단 말이냐?"

"그라이오스 님과 아레스레이 님, 그리고 그 지지자들입니다. 하지만 노예들을 예산은 모두 왕께서 마련하셨다고 들었습니다."

"이게 대체 무슨 소린가? 록웰?"

그란드 씨가 록웰 왕을 노려보며 물었다.

"그란드, 날 의심하지 말게. 정령님께 맹세코 난 무고하다."

바로 그때 권속이라서 지켜보고 있었는지 정령들의 목소리가 들렸다.

〈뭐, 몰랐던 건 정말이야.〉

〈그냥 근육 바보거든. 록웰은.〉

〈노예상이 노예를 부려서 세뇌했겠지.〉

〈얼간이. 잔뜩 등쳐먹어도 좋으니까 이번만은 구해줘.〉

〈여기 말고도 딴 곳에 몇 명이 더 있긴 하지만, 드워프가 없어지면 우리도 곤란해.〉

〈이곳이 없어진다면 다음에는 록포드가 위험해져요.〉

이 상황에서 정령들의 목소리가 들려오다니. 정령이 권속을 소중히 여긴다는 건 알고 있었지만……

"내가 여기서 물러나면 어떻게 돼?"

〈음~ 록웰은 살아남을지도 모르지만, 나머지는 전멸하려나?〉

〈록웰도 죽을걸.〉

〈대가는 확실하게 치를 거야. 록웰이.〉

〈록웰을 제외한 나머지는 루시엘보다도 약해. 부탁해.〉

"이 목소리는 록웰 왕이나 다른 드워프의 귀에도 들려?"

〈응.〉

"조건 5개를 들어준다면 이 나라를 돕도록 하겠습니다. 내가 지정한 노예를 양도할 것. 쓰러뜨린 마물의 마석을 양도할 것. 록웰이 내게 거짓말을 하지 않을 것. 자식들을 철저히 훈육할 것. 마지막으로 드란한테 사죄할 것."

내 말을 듣고 정령들이 사라졌다.

라이오넬과 케티, 케핀이 의아한 얼굴로 이쪽을 보고 있었다. 그러나 드워프들은 얼굴이 경악으로 물들어 있었다.

"크핫핫, 재밌군. 좋지. 그 대신에 아레스레이를 비롯해 이 방

229

에서 다친 드워프들도 치료해다오."

"……좋습니다. 이제부터 록웰 왕과 난 개인적으로 동맹을 맺는다. 우선은 지하에 있는 마물을 무찌르기 위해서 전력을 다하겠다고 흙의 정령한테 맹세한다."

"나 드워프 국왕은 재위하는 동안에는 루시엘 공의 산하에 들어갈 것을 흙의 정령님께 맹세하겠다."

"산하?! 아니, 아니! 나중에 반드시 성가신 일이 벌어질 테니 개인 동맹으로 해주시죠!"

"크핫핫. 어느 쪽이든 상관없다만. 뭐, 동맹을 맺을 것을 맹세한다."

그리하여 우리는 드워프와 연합하여 개미 떼와 전투를 벌이게 되었다.

11 전투 준비

약속한 대로 나는 방 안에 있는 자들의 부상을 치료했다…….
잘린 팔은 그대로 놔뒀지만.

"고맙다."

"이 사건은 치료비를 받을 생각이니 그리 아세요. 그럼 전장으로 향하죠. 물론 록웰 왕, 당신도 전장으로 가줘야겠습니다."

"오옷! 잘 알겠다."

"……적진으로 냅다 돌입하지는 말고요."

"……알고 있다."

흥, 하고 고개를 홱 돌리는 모습이 누군가와 닮았다. 그 두 사람이 한 곳에 있으면 위험하겠다고 생각하면서 밖으로 나가기로 했다.

"그럼 곧바로 가볼까요. 되도록 도중에 휴식을 취하면서 개미 마물을 쓰러뜨려 나가죠."

"그럼 노예의 지휘도 맡기겠다. 우린 드워프 말고는 잘 지휘하질 못하니까."

"알겠습니다."

우리와 그란드 씨, 록웰 왕과 그 측근들은 복도를 걸으면서 노예들이 있는 방으로 향했다.

전력은 조금이라고 많은 편이 좋다. 케티와 케핀을 시켜 노예

중에서 전력으로 삼을 만한 자가 있는지 찾아보라고 해야겠다.

세뇌되었다고는 해도 다른 자들을 세뇌하려고 했던 노예들은 안타깝지만 내 휘하에 둘 수는 없겠다고 판단했다.

"그럼 우선 치료를 마친 노예들을 내 지휘 아래에 두도록 하겠습니다."

"그러고 보니 그대가 늦게 온 이유가……."

"이미 전선과 전선의 진료소에 있던 부상자들을 모두 치료했습니다. 그 바람에 케핀을 위험에 처하게 한 건 후회하고 있지만……."

"노예를 신뢰하고 있군."

"그들은 노예 신분이긴 하지만 원한다면 언제든지 노예 계약을 해제할 수 있는 사람들입니다. 우리 노예들은 다들 노예로 남겠다고 완고하게 고집을 부리고 있어서."

"모르겠군. 능력이 좋은 노예를 왜 풀어주려 하지?"

"노예가 되고 싶어서 되는 사람은 없습니다. 범죄 노예나 전쟁 노예라면 모를까, 그 이외의 노예를 신분이 노예라는 이유 하나만으로 학대하는 건 제 신념에 어긋납니다. 저는 아무리 노예 신분이라고 할지라도 살아갈 이유가 없다고 절망하지 않기를 바랍니다. 저는 저를 위해서 애써준 노예들은 풀어줍니다. 왜냐고 묻는다면 자기만족이라고 해야겠죠."

"……그게 인족의 보편적인 사고방식인 건가?"

"아뇨, 아마 제가 특이한 거겠죠. 하지만 보편적인 사고방식이 있다고 꼭 따르란 법은 없지 않습니까?"

"……그렇지."

"참고로 묻겠는데 노예들은 누구 지휘 아래에 있습니까?"

"미안하지만 나도 모른다. 누구 아는 자 있나?"

"예. 제가 알고 있습니다. 노예 대부분은 아레스레이가, 그리고 몇몇은 제가 관리하고 있습니다."

그라이오스가 말했다.

이 대목에서 절묘하게 끼어들었는데……. 어딘지 달관한 듯한 그의 언동에 위화감을 느끼면서 나는 말했다.

"록웰 왕. 노예를 맡아도 되겠죠?"

"그리하게."

"알겠습니다. 여러분들은 잠시 방 앞에서 기다려주세요. 모두 날 따라와 줘."

"알겠다. 짧게 끝내다오."

나는 치료한 노예들이 있는 방으로 들어갔다.

단숨에 노예들의 시선이 내게 쏠렸지만 내 얼굴 보자 다들 긴장을 풀었다.

이것이 아까 부상을 치유해준 대가라면 썩 나쁘지 않은 듯했다. 나는 입을 열었다.

"이제부터 너희들의 지휘는 내가 맡는다. 그리고 이 자리에서 세 가지를 약속하지. 나는 너희를 미끼로 쓰지 않겠다. 또한, 다치면 치료해주고, 중간에 휴식 시간도 보장해주겠다."

노예들 사이에서 동요가 퍼져나갔다.

결국은 전장으로 끌려가는 건 마찬가지 아니냐고 절망하는 사람들도 몇몇 보였다.

"만약 너희들이 이 싸움에서 전력을 다하겠다고 내게 서약한다면 내 권한으로 노예 계약을 이 자리에서 임시 해제해주겠다."

노예들이 서로의 얼굴을 쳐다봤다.

"대신, 나와 내 수행원들, 드워프 왕한테 거짓말이나 배신행위를 했을 때는 개미굴로 쳐들어가는 특공 역할을 맡기겠다. 또한, 상황이 여의치 않아 퇴각하는 건 상관없으나, 아무 이유 없이 도망치는 자 역시 개미굴로 밀어 넣겠다. 만약에 싫다면 거절해도 상관없다. 다만, 거절하는 자는 이후, 나와 인연이 없을 줄 알아라. 자, 나를 따르려거든 이 내용을 신께 서약하면 된다. 어떻게 하겠나?"

내가 말하자 노예들이 서로를 쳐다보며 눈치를 살폈다. 바로 그때 어디선가 목소리가 들렸다.

"루시엘 님, 신께 맹세합니다."

그쪽으로 시선을 돌리니 낯빛이 안 좋은 여성이 간신히 일어서서 나를 보고 그렇게 말했다.

그 여성은 마력이 고갈되어 자고 있었던 여성 중 하나였다.

"저, 저도 맹세합니다."

이번에는 치유사 길드 본부의 로브를 입은 남성이었다.

"당신들은 따로 물어보고 싶은 게 있었는데……. 뭐, 좋아."

나는 두 사람에게 다가가 디스펠을 발동하여 두 사람의 노예 문장을 지웠다.

노예 문장이 사라진 직후에 서약의 빛이 반짝였다. 다만 노예들은 노예 문장이 사라진 게 더 충격적이었는지 아무도 알아차리지 못했다. 노예들이 잇달아 맹세하기 시작했다.

"그럼 이름과 특기, 쓸 수 있는 마법을 제 수행원에게 전달하도록. 그 정보를 토대로 편성할 예정이니 사실대로 말하는 게 좋을 거야."

나는 그렇게 말한 뒤에 아직도 자는 교회 본부 소속 치유사로 보이는 세 사람을 깨워서 서약할지 말지 물어봤다.

당연히 세 사람 모두 서약했다.

"좋아. 여기 다섯 사람은 나중에 자초지종을 들을 테니 그리 알도록. 전선에 가서는 에어리어 배리어나 응급 처치를 맡아줘. 죽지만 않는다면 내가 반드시 살릴 수 있으니 본인의 힘이 닿는 데까지 최선을 다하도록. 그리고 마력 고갈은 금방 해소할 수 있는 게 아니니 한계를 넘으면서까지 무리는 하지 마."

""""""예.""""""

나는 도리어 원망을 살 수도 있겠다는 생각이 문득 들었지만, 다섯 명 모두 불만 없이 고개를 끄덕였다. 나는 신고를 마친 사람들에게 마저 디스펠을 사용했다.

그러나 이것도 순탄치만은 않았다. 임시라고는 해도 노예 계약에서 해방되자 그간 억눌린 설움이 폭발했는지 돌변하는 자들이 나왔다.

"바보 같은 놈! 누가 구두 약속 따위를 지키냐! ……윽?! 몸이 멋대로……? 뭐, 뭐야?! 무슨 짓을 한 거야!!"

나를 붙잡으려던 남자의 몸에서 갑자기 붉은빛이 방출되더니 대뜸 문을 열고서 혼자 뛰쳐나갔다.

"아까도 말했지만, 이건 서약이다. 이를 어기면 서약의 내용에 따라 저 남자처럼 개미굴을 향해 뛰어가게 될 테니 조심하도록."

"저, 저기, 마력이 고갈된 경우에는 어떻게 합니까?"

"전선에서 물러나 휴식하도록. 만약에 다쳤다면 치료를 받고. 당신들의 지휘권은 내가 갖고 있으니 내 지시에 따르면 돼."

"아, 예."

"서약은 그대들의 자유다. 억지로 강요하지는 않겠어."

결과, 치유사 다섯을 제외하고 총 25명 중에서 15명이 내 제안에 응해 서약했다.

"이 자리에서 서약한 자들은 지금부터 내 휘하로 간주한다. 따라오도록."

문득 사람들 틈에서 무척 낯빛이 안 좋은 사람이 눈에 띄었다. 그러나 먼저 해야 할 일이 있으므로 지금은 머리 한구석에 놔두도록 하자.

"이자들을 빌리겠습니다. 다른 노예와 드워프족은 개미 마물이 드워프 왕국에 들어오지 못하도록 막아주세요. 최전선은 록웰 왕과 그란드 씨만으로도 충분합니다. 다른 사람들은 불필요해요."

"그래? 알겠다."

록웰 왕이 고개를 끄덕이자 다른 이들이 웅성대기 시작했다.

"불만이 있는 자는 최전선으로 가십시오. 단 본인 몸은 스스로 지켜야 할 겁니다."

그러자 금세 정적에 휩싸였다.

다만 내 귀에 록웰 왕이 나직이 한숨을 내쉬는 소리가 들린 듯했다.

신전에서 나온 뒤 우리는 개미 마물이 가장 많은 곳으로 향했다.

"케티, 케핀, 길 안내를 부탁해."

"“예.”"

"참고로 묻겠는데 록웰 왕은 무슨 무기를 씁니까?"

"난 이 몸이 곧 무기다."

록웰 왕을 보니 가느다란 단총이 부착된 수갑(手甲)을 장착하고 있었다. 평범한 무기로 보이지는 않았다.

"그게 뭐죠?"

"아다만타이트와 금강석으로 만든 내 무기다."

"그걸 들고 적진으로 돌격하는 겁니까?"

"맨몸으로는 멀리서 공격하는 녀석을 이길 수가 없다. 그래서 아까 보여줬던 흙벽을 잘 활용해야 하지."

"골렘을 몸에 두르거나 하진 않습니까?"

"어렸을 적에 한 번 시도해봤다만, 마력 제어가 잘 되질 않아서 도중에 마력 고갈이 되더군. 그 이후에는 봉인했다."

"······그걸로 정말 개미 마물을 쓰러뜨릴 수 있는 거겠죠?"

"포위당하지만 않는다면 어떻게든 된다."

나는 개미굴 안으로 진입할 때 그란드 씨와 록웰 왕 두 사람이 전선을 넓게 맡아준다면 충분하겠다고 생각했다. 우리는 아까 라이오넬이 싸웠던 곳으로 향했다.

"록웰 왕이 오셨다!"

이 말이 전선에 있는 병사들에게 전해지기 시작했다.

나는 주변에 있는 드워프들에게 현 상황을 설명할 필요가 있겠다고 판단하여 라이오넬에게 몇 분만 혼자서 개미 마물을 상대해달라고 부탁했다. 그러자 그가 기뻐하며 달려갔다.

그 광경을 보고 있던 록웰 왕이 최전선에 도착하기 전에 입을 열었다.

"이제부터 드워프 왕국을 방어하면서 적진으로 쳐들어간다. 그대들은 맡은 위치를 사수하라. 또한, 여기 따라온 한때 노예였던 자들은 성 슈를 교회의 S급 치유사의 관계자들이며 노예에서 일반 시민으로 돌아왔으니 간섭하지 말고 협력을 요청하라. 이제부터 나도 최전선으로 간다. 이곳 지휘는 S급 치유사인 루시엘 공이 맡을 것이다. 루시엘 공의 말을 곧 내 말이라고 생각하고서 따르도록."

록웰 왕이 즐겁게 대검을 휘두르는 라이오넬 곁으로 가서 개미 마물을 쳐부수기 시작했다.

두 전투광이 압도적인 힘으로 개미 마물을 분쇄해나갔다.

병사들이 그 모습을 멍하니 바라보았다. 나는 가장 앞줄에 있는 병사들을 돌아보며 손뼉으로 주의를 끌었다.

"지금부터 해야 할 일은 간단하게 설명하겠다. 먼저 마물 소탕반, 방어반, 지도 작성반, 위생반, 식량반으로 나눈다. 현재 저기서 싸우고 있는 두 사람은 방어반의 리더다. 그리고 내 수행원인 고양이 수인 케티가 마물 소탕반의 리더로서 개미굴로 진입한다. 지도 작성반은 케핀을 따라 케티 부대와 함께 나아가면서 개미굴의 상황을 확인한다."

그러자 드워프들이 당혹스러운 얼굴로 나를 바라보았다.

아무리 왕이 따르라고 명령했다 해도 내가 느닷없이 지시를 내리니 당황하는 게 당연하겠지.

"식사와 위생은 내가 담당하겠다. 혹 드워프 중에서 전투에 서투른 자가 있거든 날 도와주길 바란다. 전투가 가능한 드워프들은 개미가 조금씩 나오는 구멍을 공략해주길 바란다. 개미 마물이 양동 작전을 벌이고 있을 가능성이 있으니 이곳 드워프 왕국을 지키는 주역은 바로 여러분들이 맡아줘야만 한다. 다치면 치료해주겠다. 록웰 왕한테서 이미 대가를 받았으니 부상을 두려워하지 말고 나아가라."

"""오오~!!"""

노예였던 자들은 힘차게 외쳤지만, 드워프들은 아무 소리도 내지 않았다.

"그대들은 대체 뭘 지키고 싶은 건가? 자존심? 아니면 조국?

아니면 가족? 루시엘 공은 내 간청을 듣고 이 나라를 도와주러 왔다. 종족 따윈 상관하지 마라. 억세고 강건한 진정한 대지의 전사들이여. 드워프 왕국에 평화와 승리의 미주(美酒)를 바치도록 하자!"

"""오오~!"""

내가 했을 땐 반응도 없었는데, 그란드 씨의 인기란…… 뭔가 조금 울적해졌다. 그래도 기합이 바짝 들어간 드워프들을 보니 이건 이것대로 나쁘지 않다는 생각이 들었다. 드디어 전투의 막이 오르는구나, 하고 생각하니 몸이 조금 떨렸다.

이건 공포일까, 아니면 흥분일까…….

나는 알 수가 없었다. 다만 그 누구도 죽게 두지 않겠다고 마음속으로 굳게 맹세했다.

전투직 드워프들은 개미 마물들이 습격하고 있는 곳으로 흩어졌다.

이 자리에는 전투 드워프들만 모여 있었는지 결국 록웰 왕의 측근만이 남았다.

"케티, 케핀은 위험해지면 곧바로 물러나도록 해. 후퇴한 뒤에 다시 작전을 짜도록 할게."

각자 맡은 자리로 흩어져가는 드워프들을 바라보면서 나는 지시를 내리기 시작했다.

"""예."""

나는 만약을 위해 두 사람에게 라이트를 건넸다.

"노예 여러분은 반드시 지시를 따르도록. 그렇지 않으면 단독으로 개미굴에 쳐들어가는 역할을 맡게 될 거야."

"저, 저기. 우리한테도 무기를 주면 안 되나?"

"아무리 그래도 맨손으로는 도저히……."

노예 중에서 두 남자가 말했다.

"두 사람, 이름이 뭐지?"

"마폴로."

"난 자브론."

나는 그들이 신고한 내용을 확인했다. 그러나 마법 적성이 있다는 것 말고는 무기와 관련된 문장은 하나도 없었다.

"너희는 마법으로 싸우니 무기는 필요 없잖아? 게다가 두 사람은 스스로가 생각하는 것보다 유능해. 멍청한 생각만 하지 않는다면 반드시 살아서 돌아올 수 있어."

나는 그들을 타이르듯이 말했다.

"자, 어서 가자냥."

"루시엘 님께 민폐를 끼치지 마라."

케티와 케핀이 그렇게 말하며 걷기 시작하자 노예들도 굼뜨게 따르기 시작했다.

"당신들의 앞날은 저 두 사람이 어떻게 보고하느냐에 달려 있다는 걸 잊지 말도록~."

내가 그렇게 말하자 갑자기 모두가 빠릿빠릿하게 라이오넬과 록웰 왕이 전투를 벌이는 곳을 통과했다.

"라이오넬과 록웰 왕은 같이 들어가지 말고 여기서 대기해줘요."

내가 그렇게 말하자 두 사람은 김이 샌다는 표정으로 케티와 케핀 부대가 들어간 동굴을 쳐다보면서 적들을 무찔러나갔다.

그 뒤에 우리는 이곳을 본거지로 삼아 지원을 하기로 했다.

"자, 록웰 왕의 측근 여러분, 전투직을 제외한 나머지 사람들은 어쩌고 있습니까?"

"……왕의 거처에 있다."

"그럼 데려와요."

"어쩔 작정이냐!"

록웰 왕의 측근들은 전투직 드워프가 아닌 동료들을 더 위하는지 그렇게 말하면서 이쪽을 노려봤다.

"요리를 거들게 하죠. 배가 고프면 스트레스가 쌓이니까."

내가 웃으며 대답하자 독기가 조금 빠진 측근에게 그란드 씨가 또다시 설득하듯 말했다.

"루시엘 공은 원래 상냥한 사람이야. 최근에는 적대하는 자들한테 조금 엄해지긴 했지만. 해가 되지는 않을 걸세."

"그란드 님이 그렇게 말씀하신다면……."

측근 몇 명이 왕의 거처를 향해 걸어갔다. 그 광경을 보면서 아까부터 그란드 씨의 존재감이 점점 커지는 듯한 느낌이 들어 물어보기로 했다.

"……아까부터 왠지 존재감을 보이시려 하는 것 같은데요?"

나는 멋진 역할을 슬금슬금 가져가는 그란드 씨에게 미소를 지으며 말했다.

"무슨 얘기인가? 드워프한테 실망한 것은 알겠다만, 이만한 권위 없이는 아무도 지시를 따르지 않아."

그란드 씨가 시선을 회피하며 대답했다.

"그야 그렇겠지만, 위화감이 느껴져서 말이죠. 전 그란드 씨가 편지에 뭐라고 썼는지 모릅니다. 다만 록웰 왕이 제게 보인 태도와 이곳에서 겪었던 사건을 생각하면 뭔가 꿍꿍이가 있다는 생각이 들 수밖에 없지요."

"으음…… 왕한테 자식이 있다는 건 알고 있었지만, 그렇게까지 어리석은지는 몰랐네……."

거짓말은 아닐 거다. 아마 그란드 씨는 정말로 몰랐겠지. 다만 나는 록웰 왕을 비롯한 드워프들의 태도가 조금이라도 개선되기를 바라는 의미에서 말을 이었다.

"케핀이 진심으로 움직였다면 록웰 왕을 제외하고 모두가 죽었을 거예요. 뭐, 케핀이 그럴 리는 없겠지만."

"……신뢰하고 있구먼."

내 말을 듣고서 순간 말문이 막힌 그란드 씨가 눈을 감았다.

그란드 씨가 고민하는 표정은 어딘지 애처로웠다.

그래서 나는 라이오넬과 케티, 케핀을 어떤 마음을 대하는지 그란드 씨에게 솔직하게 전했다.

"물론 케핀도 그렇겠지만, 라이오넬도, 케티도 적으로 돌아설

가능성이 아예 없다고는 생각하지 않아요. 하지만 그들이 없었다면 전 진즉에 죽었을 겁니다. 그들은 절 생명의 은인으로 여기고 있지만, 반대로 그들도 제 생명의 은인인 거죠."

"그랬나? 허나 보통은 노예에서 해방되길 바랄 터인데……. 어째서 그들은 노예로 있기를 바라는 거지?"

다시 눈을 뜬 그란드 씨가 진지한 표정을 짓자 나는 숨기지 않고 대답하기로 했다.

"추측은 할 수 있겠지만, 이유를 직접 들은 적은 없습니다. 앞으로도 들을 일이 없을 겁니다."

"……묻고 싶은 마음은 없나?"

"없습니다. 먼저 말해준다면 들어줄 거고, 함께 고민도 해줄 겁니다. 그러나 그뿐입니다."

"어째서지?"

"말하지 못하는 이유는 아마도 마음을 정리하지 못해서겠죠. 그러니 상담이라면 언제든지 받아줄 거고, 노예 계약도 해제하고 싶다면 바로 해줄 작정입니다. 제 목숨을 노리지 않는다는 조건을 달고서 말이죠."

나는 그렇게 말하면서 웃었다.

"후회는 없나?"

그란드 씨가 묘한 표정을 지으며 물었다.

"후회 없이 사는 사람이 있나요? 난관에 직면한 뒤부터가 진짜 승부인 거죠. 뭐든지 척척 해낼 수 있는 사람 따윈 존재하지 않고,

저 또한 평범한 사람이죠. 안 그런가요? 천하의 레인스타 경조차도 실패하여 후회한 적이 있다고 하잖아요."

"몇 년 사이에 상당히 강해졌구먼."

그란드 씨가 눈을 가늘게 뜨고서 고개를 끄덕였다.

나는 그 말을 듣고 조금 기뻤다.

제아무리 치트 능력이 있더라도 인간은 실패하기 마련이다.

눈앞에 느닷없이 벽이 솟았을 때 고를 수 있는 선택지는 포기하느냐, 뛰어넘느냐, 그 두 가지밖에 없을까? 발상을 바꾼다면 벽을 부술 수도, 벽을 우회할 수도 있다. 나는 그런 발상이 가장 중요하다고 생각한다.

대기업과 경합했을 적에 이니셜 코스트나 런닝 코스트로는 상대가 되지 않을지라도 가격으로 승부를 보지 않고 또 다른 수요를 포착해서 이긴 적도 있었다.

영업에서는 상품 지식과 고객이 무엇을 가장 원하는지를 철저히 조사하여 제안할 수 있다면 가격이 조금 비싸더라도 역전할 수도 있다.

물론 모든 일이 술술 잘 풀리는 것만은 아니다.

그러나 뭐든지 포기한다면 거기서 끝이 나버린다.

"후회하고서 나서 일어서기까지 오랜 세월이 걸릴 때도 있어요. 그래도 시간은 흘러가니까 매일 자신이 할 수 있는 일을 조금씩이라도 해나가면 돼요."

"……우리 드워프도 그렇게 나아가야 할 시기가 왔는지도 모르겠구먼."

그란드 씨가 그렇게 중얼거렸다.

대화가 끊기자 가만히 놔뒀던 치유사 다섯 사람이 눈에 들어왔다.

하나 같이 벌벌 떨고 있었다. 이내 어두컴컴한 구멍 안에 있어서 그렇다는 걸 깨달았다.

보통 치유사는 마물이 나올 만한 곳에는 가지 않는다. 더욱이 이곳은 어두컴컴한 동굴. 치유사들이 정신적으로 힘겨워할 만도 했다.

다섯 사람을 보고 있으니 블로드 교관의 훈련을 필사적으로 소화했던 나날이 떠올랐다. 자신을 칭찬해주고 싶어졌다.

만약에 이 인생을 다시 시작할 수 있다면 분명 멜라토니에서 똑같이 행동하겠지……. 으, 하마터면 사고의 소용돌이 속에 빠져들 뻔했다.

"그럼 일단 치유사들의 자기소개를 들을 수 있을까? 아아, 그전에 나부터 자기소개해야 하나? 이에니스 지부에서 교회 본부 소속으로 복귀한 S급 치유사 루시엘입니다."

내가 자기소개를 했지만 놀라지 않았다.

나를 아는 사람이 이미 일러준 모양이다.

"그럼 저부터 하죠. 전 루브르크 왕국 플라스터에 소속되어 있었던 치유사 멜리드라고 합니다."

"마찬가지로 전 루브르크 왕국 플라스터에 소속되어 있었던 치유사 팡즈라고 합니다."

"일마시아 제국 데레스드 소속, 나랏이라고 합니다."

"마찬가지로 일마시아 제국의 데레스드 소속, 노르만이라고 합니다."

"성 슈를 공화국 에비자 소속 리자리아입니다."

"미안하지만 유사시이니 상급자로서 말하도록 할게. 다들, 에어리어 베리어를 쓸 수 있나?"

"""""예.""""""

"못 씁니다."

아무래도 리자리아만 쓰지 못하는 듯하다.

"그럼 네 사람은 두 그룹으로 나눠 드워프들이 모여 있는 곳에서 에어리어 배리어를 써줘. 마력이 고갈될 것 같으면 돌아오고."

"저기, 회복 마법을 쓰는 편이 낫지 않습니까?"

"그게 가장 좋겠지만 레벨이 낮으면 마법을 쓸 수 있는 횟수도 적으니 우선 레벨을 올리도록 해."

"그렇게 하면 레벨이 오르는 겁니까?"

"올라갈 거야. 내가 바로 그 증거니까."

"""""예.""""""

같은 소속끼리 그룹을 맺어주자 각기 위치로 향했다.

"리자리아 씨는 언제 치유사가 됐지?"

나는 홀로 남은 리자리아에게 말을 걸었다. 그녀는 조용히 고개를 끄덕인 뒤에 입을 열었다.

"전 치유사가 아니라 정령 마법사입니다."

"정령 마법사라고?"

"예. 다른 사람의 직업은 잘 모르겠지만, 제 직업은 그렇게 되어 있어요."

"정령 마법을 쓸 수 있다는 거야?"

"후훗, 예. 정령 마법사는 광, 화, 수, 토, 풍, 암, 전, 독, 여덟 속성으로 나뉘어 있고, 마력을 대가로 정령한테 부탁해 마법을 쓸 수 있어요."

마법 검사의 정령판인가? 이전에 정령이 했던 말을 보면 레인스타 경도 비슷한 일을 했었던 것 같고, 어쩌면 이 여성도 강하지 않을까? 발키리 성기사단과 케티, 나리아도 나보다 강하니까…….

"그럼 네가 잘하는 건 뭐야?"

"회복, 보조, 공격, 방해 마법 몇 가지랑 대검이나 대부(大斧)를 잘 다루고요. 그게 없다면 검도 일단은 쓸 줄 압니다."

레벨이 올라가면 스테이터스도 올라간다는 걸 알 수 있는 좋은 예구나. 저렇게 가냘픈데 대검이나 도끼를 다룬다니.

"듣기만 해서는 대단한 거 같은데, 왜 노예가 됐지?"

"물건을 산 뒤에 밥집에서 배를 채우고 있었는데 정신을 차려 보니 노예상의 마차에 타고 있었습니다."

뭐야, 위법 노예잖아. 가게에서 수면제를 먹인 건가? 그리고 밥집이라니…… 요즘은 통 들은 기억이 없는 단어인데.

"……밥집?"

"으음, 음식을 주는 곳 말이에요."

"역시 식당을 말하는 거였나. 얼마나 잘 싸워?"

설마 이 사람도 전생자인 게……. 아니, 너무 넘겨짚었나. 섣불리 쓸데없는 말을 하지 않도록 주의하기로 했다.

"노예 중에서는 아마도 최고가 아닐까요?"

"……그래?"

나는 라이오넬이 예전에 썼던 대검을 마법 주머니에서 꺼내 리자리아에게 건넸다.

"신과 정령께 맹세코 나와 내 수행원, 그리고 드워프들한테 해를 가하지 않고, 전투에 참여한다고 약속해주길 바라."

"맹세합니다."

진짜 정령 마법사라면 자력으로 서약을 지울 수도 있겠지만, 일단 서약을 맺었다.

"한동안은 내 호위를 부탁해."

"예? 개미 소굴에 들어가는 게 아니었나요?"

"지금 동굴에 들어가면 자칫 공격을 받을 수 있어. 그럴 바에야 모두를 위해서 쉼터와 식사를 준비하는 편이 더 효율적이야."

"……."

리자리아가 시선을 피했다.

나는 그 모습을 보고 그녀가 요리를 못한다는 걸 깨달았다. 그러나 채소를 씻어주는 반짝반짝 군은 다룰 수 있으리라 여기고서 다른 일거리를 주려고 했을 때, 왕의 거처에 갔던 드워프들이 돌아왔다.

그들 뒤에는 여성 드워프와 어린 드워프들이 따르고 있었다.

그들은 커다란 냄비를 들고 있었는데 안에 음식이 담겨 있었다.

"와줘서 고맙습니다. 근처에서 전투가 벌어지는 중입니다만, 여러분이 위험하지 않도록 최선을 다하겠습니다. 그 증거로 여러분한테 방어 결계를 걸도록 하죠."

나는 그들을 조금이라도 안심시키기 위해서 에어리어 배리어를 걸겠다고 선언한 뒤에 마법을 전개했다.

처음에 드워프들은 당혹스러운 표정을 지었지만, 스스로 손이나 얼굴을 가볍게 때려 보고서 아프지 않다는 걸 깨달았는지 이내 왁자지껄 떠들기 시작했다.

"너희들, 떠들어대는 것은 좋지만, 식사 준비는 확실히 해둬라."

그러나 록웰 왕이 한 마디를 내뱉자 드워프들은 빠릿빠릿하게 움직이기 시작했다. 나도 그들을 거들면서 케티와 케핀 부대가 돌아오기를 기다렸다.

12 사라진 마물의 시체

케티와 케핀, 임시 해방된 노예들이 돌아온 것은 음식을 다 만들었을 즈음이었다.

채소 등 식자재는 드워프들이 제공했고 향신료는 내가 제공했다. 내가 향신료를 꺼내놓자 드워프 아줌마들이 꺅꺅거렸다. 아무래도 드워프 왕국에서는 향신료가 귀한 모양이었다.

나는 드워프들과 화기애애하게 요리 이야기를 나누었다. 그러나 예상대로 리자리아는 요리를 전혀 할 줄 모르는지 완전히 외톨이 신세였다.

나는 케티와 케핀에게 동굴 상황을 물었다.

"안은 어때?"

"마물이 점점 강해지고 있다냥."

"숫자가 많을 뿐만 아니라 미궁 때처럼 마석을 남기고서 사라지지도 않습니다. 탐색을 많이 진행하지 못했습니다."

그렇다면 시체를 회수하면서 나아갈 수밖에 없나?

마법 주머니를 양도하고 싶어도 노예에게는 마법 주머니를 양도할 수가 없게 되어 있다.

필연적으로 마물을 회수하는 역할은 내가 맡을 수밖에 없다.

하지만 이곳에 오랫동안 눌러앉아 있다가 만약에 록포드가 습격을 당하기라도 본말전도다.

그럼 차라리 내가 적극적으로 움직이는 게 정답인가? 아니, 해방된 노예들이 활약해준다면 아직 희망이 있어.

"……해방된 노예들은?"

"밖에서는 써먹을 만하지만, 안타깝게도 개미 소굴 안에서는 자칫 자멸할 위험이 커서 써먹을 수가 없다냥."

"내부가 생각보다 좁습니다. 대인원으로 간다면 연계는커녕 움직이기도 어려워질 겁니다."

"……그런가. 그럼 해방된 노예들은 휴식을 취한 뒤에 여길 사수해줘."

글렀나……. 내 바람은 허무하게 사라졌다.

뭐, 두 사람이 어두운 표정을 짓고 있어서 알고는 있었지만…….

"저기, 우린 또다시 노예로 되돌아가는 건가?"

"아니면 개미 소굴로 특공을 가게 되나?"

나는 겁을 먹은 그들에게 딱 한 가지를 요구하기로 했다.

"으음, 이곳과 두 개의 굴을 끝까지 지켜낸다면 섭섭하지 않게 대우할 것을 약속하지."

"다행이다."

"무조건 사수해서 자유를 쟁취하자!"

"""오오!!"""

전 노예들은 그렇게 의욕을 불태웠지만, 난 범죄 노예와 전쟁 노예들까지 풀어줄 생각은 전혀 없었다.

식사를 마치고 휴식을 취한 뒤에 우리와 록웰 왕은 눈을 붙이기로 했다.

각 굴을 지키는 드워프들도 교대해가며 식사를 하도록 지시했다.

그리고 몇 시간 후, 우리는 굴속으로 돌입했다.

"그럼 가볼까? 그전에 코마개가 필요한 사람?"

라이오넬을 비롯한 수행원들이 곧장 손을 들었다.

물체X를 모르는 록웰 왕과 리자리아는 고개를 갸웃거렸다.

"뭐, 상관없나. 이건 어떤 냄새든 깨끗한 공기로 바꿔주는 물건이니 두 사람도 코에 끼워."

나는 모두에게 코마개를 건넸다.

"정말로 내가 따라가지 않아도 괜찮겠나?"

"그란드 씨가 이곳을 지켜줘야만 안심이 되니까요. 게다가 드워프 왕국의 백성들도 그렇게 생각할 테죠. 임시 해방된 노예들은 그란드 씨의 지시를 따르도록! 그럼 조금 독특한 냄새가 날지도 모르겠지만, 개의치 말아요."

"알겠다."

그리하여 나는 들어가고 싶지 않았던 동굴 속으로 들어갔다.

"전 이렇게 빛을 비추기만 하면 되는 건가요?"

리자리아가 말했다.

"그래. 이동하다가 신경 쓰이는 부분이나, 본인이 뭔가 할 수 있을 것 같은 게 있다면 바로 말해줘."

"알겠습니다."

리자리아에게는 두 번째 줄에서 빛을 비추는 역할을 부탁했다.

선두에는 좁은 곳에서도 움직임이 날랜 록웰 왕이 섰고, 두 번째 줄 왼쪽부터 케핀, 리자리아, 케티가 섰다. 그리고 가장 뒤에는 나와 라이오넬이 서서 앞으로 나아갔다.

"시체가 많긴 한데 자세히 보니 마물이 작네."

"확실히 그렇습니다만, 그것도 갈림길에서부터 점점 커지고 있습니다."

"곧 마물도 출현할 거다냥."

"좋아. 갈림길에 물체X를 놔두고서 나아가자."

내가 케티와 케핀에게 말하자 두 사람의 긴장감이 전해졌는지 이번에는 록웰 왕과 리자리아가 물었다.

"그 물체X가 얼마나 위험하기에 그러는 거지?"

"그걸 놓기만 해도 마물들이 약해지기라도 하나요?"

"그냥 냄새가 지독한 물건이야. 마물들이 피할 정도로 강렬하게 말이지. 궁금하면 이번 일을 끝마친 뒤에 마셔 봐. 몸에는 좋을 거야…… 아마도. 참고로 마시다가 땅바닥에 뱉어버리면 현자님이 걸어놓은 제약 때문에 벌칙을 받는다니까 조심하고."

"……그렇게까지 지독한 물건이었나?"

"그런데 왜 널리 알려지지 않았을까요?"

"반드시 다 마셔야만 해서 그런 게 아닐까?"

"……그럼 그대는?"

"물론 문제없이 마실 수 있죠."

내가 그렇게 말하고서 웃자 두 사람의 얼굴이 조금 창백해졌다.

어딜 가든 물체X만 있다면 그 누구와도 친해질 수 있을 것 같다는 건 비밀이다.

그나저나 아직 물체X의 냄새를 맡지도 않았는데 벌써 얼굴이 창백해지다니. 어떻게 받아들여야 좋을지……

동굴 안으로 들어갈수록 마물 시체가 서서히 늘어갔다.

나는 시체를 통째로 마법 주머니에 넣었다. 그런데 그때 케티와 케핀이 입을 모아 수상한 점을 말하기 시작했다.

"역시 이상하다냥. 시체가 해치운 숫자의 반도 없다냥."

"그렇습니다. 이상하다 싶을 만큼 너무 없습니다."

두 사람은 허튼소리를 할 사람들이 아니다.

나는 이유를 찾아 머리를 굴려보았다. 일정 시간 동안 방치하면 미궁처럼 시체가 사라지거나, 다른 개미 마물들이 시체를 가져갔을 가능성이 가장 그럴듯했다.

"뒤늦게 사라지는 건 이상한 것 같고, 아무래도 마물들이 가지고 돌아간 것 같아. 만약 그렇다면 앞으로 마주칠 녀석들은 훨씬 강하겠지. 이럴 줄 알았으면 시체를 회수하기 위해서 내가 처음에 들어갔어야 했는데."

"아무도 예상하지 못한 일이 아닙니까. 루시엘 님은 솔선하여 위험한 동굴에 들어와 계시니 부끄러워하실 필요 없습니다."

라이오넬이 그렇게 말하자 모두가 동조하듯이 고개를 끄덕여주었다. 마음이 조금 가벼워진 듯했다.

"고마워. 다만, 실은 예전부터 그럴 가능성이 있지 않을까, 하던 일이라서 말이지. 진작에 확인해야 했는데. 일단은 날 도와줘. 우선 할 수 있는 일부터 시작하자."

마물 토벌은 앞에 있는 세 사람에게 맡기고서 나는 오로지 시체를 회수하고, 정화 마법을 거는 일에만 전념했다.

갈림길이 나오자 마물을 쫓아내기 위해 물체X가 담긴 통을 놓으려고 하다가 멈칫했다.

"잠깐만."

나는 나아갈 길을 점지해달라고 신에게 부탁하면서 환상 지팡이를 쓰러뜨렸다. 지팡이는 케티와 케핀이 나아가려고 했던 방향과는 다른 방향을 가리켰다.

"유치하게 보일 테지만 전에도 이걸로 빠져나왔거든. 이쪽 경로로 가자."

케티와 케핀은 마주 보고 웃으며 동의해주었다.

"어느 쪽으로 가든 상관없다냥."

"저흰 루시엘 님을 따르겠습니다."

"고마워."

나는 웃으면서 두 사람에게 말하고서 진로를 결정했다.

록웰 왕과 리자리아는 그 광경을 보고서 신기해했지만, 나는 개의치 않고 나아갔다.

"마물들이 많아졌다."

지팡이에 따라 갈림길에서 오른쪽으로 나아가자 록웰 왕의 말대로 마물의 출현이 잦아졌다.

나는 순식간에 퇴치당한 마물의 시체를 회수하다가 문득 위화감을 느꼈다.

개미들이 사라진 시체에 반응하고 있었다.

"움직임이 지금까지와는 조금 다르다냥."

"……듣고 보니."

케티와 케핀도 위화감을 느끼고 있었다.

"개미 마물들이 이렇게 많다면 먹이도 제대로 먹지 못했을 가능성이 있겠는데. 어쩌면 동족을 먹어서 더 강해진 개체가 있을지도 몰라."

"……여긴 미궁처럼 시체가 사라지지는 않을 것 같군요."

라이오넬도 마음에 걸리는 부분이 있는 듯했다.

"어쩌면 이제부터 정말로 강한 녀석들이 나올지 모르니 조심하면서 나아가자."

"""예."""

길을 나아가니 또 갈림길이 나왔다. 나는 마찬가지로 물체X를 놓고서 환상 지팡이로 진로를 정했다.

"통로가 서서히 넓어지고 있어요."

리자리아가 갑자기 그렇게 말했다. 그녀의 말대로 통로의 폭이 넓어진 것 같은 느낌이 들었다.

"그만큼 적의 머릿수도 늘어난 것 같다."

록웰 왕이 그렇게 말하자 전위를 맡은 세 사람이 뛰쳐나갔다.

"뒤쪽에서는 오지 않는 모양입니다만, 곧 다른 통로에서 이쪽으로 오는 마물들이 나타날지도 모르겠습니다."

라이오넬이 나에게 말했다.

"왜 그렇게 생각해?"

"왕이나 여왕을 지키는 건 조직의 일반적인 습성입니다. 미궁에 나타났던 마물들은 특별한 상하 관계가 없었지만, 보통은 마물들도 서열이 있다고 들었습니다."

"누가 그래?"

"고더스, 자이어스 용인 형제입니다."

언제 정보를 수집한 거야…….

이에니스에서 라이오넬도 시간을 낭비하며 살지 않은 것 같아 안심했다. 그와 동시에 용인족에게 인정을 받은 라이오넬이 굉장하다는 걸 새삼스레 깨닫고서 감탄했다.

"자, 그럼 마석을 회수할까?"

내가 마물의 시체를 회수하기 시작하자 개미들이 나를 표적으로 삼았다.

그러나 세 사람이 대부분 막아내서 이쪽으로 오는 마물은 많지 않았다.

"나도 한두 마리쯤은 문제없어."

환상 지팡이를 검으로 바꿔서 베었다.

마물이 내 사각에서 덮쳐오자 뒤에서 창이 쑥 나와 분쇄하였다.

"방심은 금물이라고 선풍이 가르치지 않던가요?"

"라이오넬이라면 놓치지 않을 거라고 믿었어. 조금 무섭긴 했지만……."

다치더라도 죽지만 않는다면 어떻게든 되기에 약간 방심한 건 사실이지만, 무슨 일이 있으면 라이오넬이 도와주리라 믿고 있었다. 뭐, 결국은 방심했다는 거지만.

"꼭 노쇠해야 죽는 건 아닙니다만?"

"맞아. 그러니까 라이오넬을 믿고 있는 거 아냐."

"하하. 선처하도록 하지요."

나와 라이오넬이 서로를 보고 웃다가 앞쪽으로 시선을 돌렸다. 리자리아가 부들부들 떨고 있었다.

"리자리아, 무서우면 맨 뒤에서 비추도록 해."

"……좋네요!"

내가 덮쳐온 개미를 쓰러뜨리면서 말을 걸자 이내 리자리아가 영문 모를 소릴 했다.

"남자의 우정은 참 좋네요! 아, 이건 주종의 사랑인가요! 멋져요."

무서워서 떠는 게 아니었다.

"피곤하면 말하세요. 제가 언제든지 방패와 검이 되도록 할게요."

그녀가 기뻐하며 라이트로 앞을 비추었다.

나는 그녀를 없는 사람 취급하면서 이 굴을 공략하기로 마음먹었다.

참고로 리자리아는 호리호리한 겉모습과는 달리 웃는 얼굴로 대검을 가볍게 휘두르며 마물을 격퇴해나갔다.

그 뒤에 분기점을 두 군데 더 지나자 확 트인 곳이 나왔다.
이족보행을 하는 대형 개미 마물이 죽은 개미를 먹고 있는 모습이 각지에서 목격되었다.
"설마 상위종인가?"
"숫자가 조금 많다냥."
"상대가 얼마나 강한지 알 수가 없으니 선불리 단숨에 쳐부수려고 하면 고전할지도 모르겠습니다."
분명 이족보행을 하는 개미는 다른 개미 마물과는 달리 고블린만한 크기였다. 다만 박력은 느껴지지 않았다.
"라이오넬."
나는 화염 대검을 건네며 명령했다.
"라이오넬은 마물들을 날려버려. 케티는 라이오넬을 보좌하고. 케핀은 내가 시체를 회수할 수 있도록 호위해줘. 록웰 왕은 여기서 리자리아의 호위를 부탁합니다."
"나도 싸울 수 있다만?"
"알고 있습니다. 다만 그렇게까지 고전할 것 같지는 않아서 말이죠."
록웰 왕이 떨떠름한 얼굴로 수긍했다.
그리하여 상위 개체와의 전투가 시작되었다.

13 개미의 생태

지금까지 싸워왔던 개미 마물들은 일격에 쓰러트릴 수 있었으나, 상위 개체는 어떨지 정보가 없었다.

그래서 라이오넬의 공격으로 판단해보려고 했는데, 정작 그의 공격은 기준으로 삼을 수가 없었다.

"한 방이잖아……."

상위 개체는 느닷없이 나타난 침입자에게 적대감을 품은 듯했으나, 라이오넬이 보란 듯이 큰 방패와 화염 대검을 들고서 달려가 상위 개체를 단칼에 쪼개자 두 번 다시 움직이지 못했다.

아니, 정확하게 말하자면 케티가 라이오넬을 방해하지 못하도록 꿈틀거리는 개미의 숨통을 세검으로 끊어버렸다.

"이래서는 저놈이 얼마나 강한지 판단이 서질 않는데."

"저희는 저희가 할 수 있는 일을 하죠."

"그러자."

나는 케핀과 이야기하면서 높이 쌓여 있는 개미들의 사체에 달려가서 차곡차곡 회수해나갔다.

일반 개미 마물은 나도 일격으로 쓰러뜨릴 수가 있었기에 시체를 회수하는 작업이 그렇게까지 어렵지 않았으나 상위 개체는 생각만큼 쉽지 않았다. 케핀도 밀어낼 수는 있어도 단칼에 해치우지는 못하는 듯했다.

"케핀, 괜찮아?"

"상당히 튼튼하군요. 관절도 단단하고요……. 루시엘 님, 제가 틈을 만들 테니 그 검으로 베어주실 수 있겠습니까?"

나는 조금 당혹스러웠지만 결국 승낙했다.

"……타이밍을 알려줘."

"알겠습니다. 그럼 제가 공격을 받아낼 때 공격하십시오."

"알겠어."

나는 케핀의 타이밍에 맞추기로 했다.

케핀이 상위 개체의 공격을 막는 틈을 노려서 검으로 찔렀다. 그러자 손에 약간의 감촉이 느껴지더니 마물이 베어졌다.

"역시 대단한 검이군요."

"나도 그렇게 생각해. 자, 그럼 상위 개체가 또 습격하기 전에 마물 시체를 어서 회수하자."

"예."

나와 케핀은 시체 더미들을 차례대로 돌아다녔다.

"……우린 별로 의미가 없네."

"……저쪽이 격렬하게 움직이고 있어서 마물들이 감히 이쪽으로 올 엄두도 내질 못하니까요."

"그나저나 너무 강하잖아."

라이오넬이 화염 대검을 휘둘러서 일반 개체와 상위 개체를 가리지 않고 한꺼번에 베어버렸다.

케티는 치고 빠지기 전술을 구사하고 있는지 춤을 추듯이 일정 거리를 유지하고 있었다. 그리고 라이오넬의 간격 안으로 마물들을 잇달아 유도했다. 두 사람의 연계 덕분에 시간은 그리 오래 걸리지 않았다.

나는 그 뒤에도 개미 사체를 마법 주머니로 회수하면서 여기가 대체 어떤 곳인지 생각하기 시작했다.

막다른 길이었다. 들어온 입구 말고는 다른 출입구도 없었다.

"……혹시 길을 잘못 든 건가?"

"여긴 식량고가 아닐까 싶습니다만."

"조금 싱겁다냥."

내가 생각을 하고 있으니 라이오넬과 케티가 호위하려고 다가왔다.

"이상하네……. 틀림없이 지팡이가 좋은 길을 알려줄 것 같았는데……."

나는 제자리에서 다시금 환상 지팡이를 세우고서 손을 뗐다.

길을 인도해주리라 믿고서.

"……어?"

그러자 환상 지팡이가 쓰러지지 않고 그 자리에 섰다.

"굉장하다냥. 혹시 이 아래에 원흉이 있을지도 모른다냥."

"루시엘 님의 운명에 걸어보는 것도 나쁘지 않겠군요."

케티와 라이오넬이 그렇게 말하며 눈빛을 반짝였다.

"록웰 왕……. 이 아래에 구멍을 뚫어줘요."

"······좋지. 내게서 좀 떨어져라."

록웰 왕은 수상쩍은 눈으로 이쪽을 쳐다보면서도 땅바닥에 손을 댄 채로 실내 가운데에 동그란 구멍을 파나갔다.

리자리아가 구멍에 다가가 라이트로 비췄다. 그러자 3m도 되지 않는 아래에 꿈틀거리고 있는 개미의 모습이 보였다.

"이번에는 내가 먼저 간다."

록웰 왕이 그렇게 말하고서 구멍 안으로 뛰어내렸다.

먼저 작전부터 세우려고 했던 나도, 라이오넬도, 그 누구도 만류하지 못했다.

"아, 자기 멋대로 가버렸어."

우리는 구멍 너머로 록웰 왕의 진격을 바라보았다. 그는 개미가 꿈틀거리고 있는 지점을 한 걸음쯤 앞두고 어떤 벽(?)에 부딪쳐 밀려났다.

그 순간 록웰 왕이 우리를 보고서 말했다.

"여기가 개미 마물이 태어나는 곳이다."

맙소사. 이대로 돌아가고 싶다.

이런 생각을 하는 내가 잘못된 걸까?

나는 그렇게 자문자답하면서 지시를 내렸다.

"미궁의 주인이 기거하는 방이라고 생각하고 나아가자. 그전에 저게 여왕개미의 배라고 가정하고 만약의 사태에 대비해 오라 코트와 에어리어 배리어를 걸게."

"""예."""

내가 마법을 다 걸자 케핀이 목소리를 높였다.

"제가 먼저 가겠습니다. 상황에 따라서는 저 드워프도 데리고 돌아오도록 하겠습니다."

"부탁해."

"방의 넓이와 적의 숫자도 확인해라냥."

"알겠어."

케핀이 그렇게 말하고서 아래로 내려갔다가…… 금세 돌아왔다.

"뭐야? 뭐가 있어?"

순식간에 돌아와서 놀랐다. 케핀이 이내 아래쪽 상황을 들려주었다.

"……저 아래가 개미 마물의 발생원인 건 틀림없습니다. 아니, 현재 드워프 왕이 올라타고 있는 곳이 바로 여왕개미의 등 위입니다. 굴이 좁아서 꼼짝 못 하고 있지만, 수많은 마물을 잉태하고 있는 건 틀림없습니다."

여왕개미 한 마리가 마물을 그렇게까지 많이 낳는다고? 대단히 위협적인 존재네.

만약에 저곳에서 무수한 개미가 줄줄이 태어난다면……. 지금 박멸하지 않는다면 모든 인류가 위험에 처할 것이다.

어쩌면 레인스타 경은 미궁이 만들어질 만한 강대한 마력이 응축된 땅에 마력을 날려버리고서 록포드를 만든 게 아닐까? 그렇다면 나는 그 사람에게 휘둘리고 있는 거나 마찬가지다.

뭐, 아무리 레인스타 경이라고 해도 3백 년 뒤 미래가 위험해질 줄은 몰랐겠지.

"……저 마물을 여왕이라고 가정하자. 동족을 먹어 치우며 진화하고 있는지는 잘 모르겠지만, 지금 저걸 쓰러뜨리지 않는다면 전 세계가 개미 마물로 들끓게 될 거야."

"단숨에 배를 찢어버릴까요? 아니면 머리통이나 핵이 되는 마석을 노릴까요?"

"분담할 수밖에 없나. 아마도 머리 쪽으로 달려가면 마물들이 나타날 거야. 등 위는 록웰 왕한테 맡기자. 나와 케핀은 마석을, 머리는 라이오넬과 케티한테 맡길게. 리자리아는 라이트로 비추면서 록웰 왕을 도와줘."

""""예.""""

너무 위험천만한 록웰 왕은 신용할 수가 없고, 리자리아의 실력도 어느 정도인지 전혀 알 수가 없다.

나중에 케핀과 케티에게 살펴보라고 지시해야 할 듯하다.

심호흡한 뒤에 뛰어내린 개미의 등은 생각보다 훨씬 부드러웠다.

……곧바로 개미의 크기를 헤아려봤다. 눈대중으로 헤아려보니 몸길이가 25m는 넘는 듯했다. 몸집은 라인이 다섯 개가 설치된 25m짜리 풀장보다도 넓은 듯했다.

"이거, 쓰러뜨릴 수 있긴 한가?"

"불가능하진 않겠지만, 여러 가지가 쏟아져 나올 테니 여기서 쓰러뜨릴 수밖에 없겠군요."

"할 수밖에 없다냥."

"가죠."

"좋아. 부탁해."

""""예.""""

우리는 달리기 시작했다.

참고로 록웰 왕에게 작전을 설명하는 임무는 리자리아에게 맡겼다.

나는 환상검에 마력을 주입한 뒤 케핀에게 유도를 부탁했다. 그러고는 개미 마석이 있는 지점으로 이동하여 성룡의 창으로 깊숙이 찔렀다.

이곳이 미궁이었다면 저 여왕개미는 단말마의 비명을 내지른 뒤에 마석으로 변했겠지.

그러나 현실은 그렇게 녹록하지 않았다.

우선 체내에 있던 개미들이 여왕의 몸을 안쪽에서부터 파먹기 시작했다. 그리고 이 방과 이어져 있는 구멍에서 개미들이 나와 여왕의 사체에 무리 짓기 시작했다.

여왕개미의 사체는 개미가 체내에 있어서 마법 주머니에 넣을 수가 없었다.

"마석을 회수했지만, 개미들이 여왕개미의 사체를 먹도록 내버려둔다면 얼마나 많은 개체가 상위 개체로 변할지 알 수가 없어. 록웰 왕은 구멍을 메우거나 차단해주고, 라이오넬은 내가 회수할 수 있도록 여왕개미를 잘게 잘라줘. 다른 사람들은 지원을 해줘."

나는 대답을 듣지 않고 라이오넬을 향해 달려갔다.

그 순간 라이오넬이 여왕의 머리를 잘라냈다.

나는 그것을 회수하면서 다가오는 개미 마물을 베었다.

포위되더라도 하이 힐을 영창하면 즉사가 아닌 한 죽지는 않는다.

나는 라이오넬이 시체를 잘라낼 때마다 회수해나갔다. 그와 동시에 바글거리는 개미 마물을 케티, 케핀과 함께 계속해서 쓰러뜨렸다.

30분쯤 지났을까? 여왕개미의 몸을 마법 주머니에 다 넣었다.

그 뒤에도 개미 마물을 끝없이 베었다. 케핀이 무기가 몇 번이나 부러질 정도로 위기를 겪은 것 말고는 아무도 다치지 않았다.

다만, 케핀을 능가하는 리자리아의 전투력을 보고 나는 그녀에게 향한 경계심을 더욱 굳혔다.

14 위협의 흑막

마법 주머니 5개 중 3개가 꽉 찼다. 그리고 꽉 찬 주머니에는 개미 마물의 시체들로 가득했다.

이 사실만 놓고 봐도 엄청난 숫자의 마물을 섬멸했다는 걸 알 수 있었다.

모든 마물을 일격에 쓰러뜨릴 수 있었던 건 훌륭한 무기와 우수한 수행원들이 있었기 때문이었다.

애초에 왜 내가 이런 험한 꼴을 당하고 있는 걸까?

나는 옆에서 당장에라도 죽을 것처럼 얼굴이 창백해진 록웰 왕을 보고 부아가 치밀었다. 뭐, 이곳은 드워프 왕국이니 록웰 왕도 엄연히 피해자이긴 하지만.

"남은 마물은 드워프끼리 처리해주세요."

나는 록웰 왕에게 말했다.

"……그래. 돌아가면 지시를 내리마."

표정을 보아하니 드워프 왕도 반성 중인 듯했다.

참고로 그가 홀로 창백한 한 건 내가 오라 코트를 걸어주기도 전에 먼저 뛰어내렸기 때문이다. 그는 아직도 사악한 기운에 취했는지 일어서질 못하고 있었다.

정작 본인은 왜 자기만 쓰러졌는지 이해가 가지 않는 모양이었지만.

그때 라이오넬과 케티가 드워프 왕국의 문제점을 거론했다.

"드워프 왕국의 문제를 확실히 해결하지 않는다면 자칫 재앙의 근원을 남기게 될 겁니다."

"그 두 사람이 왕국을 물려받으면 드워프 왕국에는 미래가 없을 것 같다냥."

나는 그 의견에 수긍하고서 록웰 왕에게 말했다.

"말 들었죠? 다시는 이런 이상한 일에 말려들지 않게 해주셨으면 합니다."

록웰 왕이 입술을 깨물고서 입을 다물었다.

나는 리자리아에게 말했다.

"리자리아, 꽤 강하던데?"

"정령한테서 힘을 빌렸거든요."

"그렇구나……."

내가 그녀를 믿지 못해서인지, 아니면 뭔가 다른 이유가 있어서 그런지는 알 수 없었지만, 리자리아를 보고 있으니 어쩐지 거부감(?)이 들었다.

나는 고개를 흔들고는 얼른 여기서 나가자고 생각했다. 왔던 길이 어디인가 하고 천장을 올려다보니 구멍이 10m쯤 위에 있었다.

"……뛰어서 올라갈 높이가 아니잖아."

내가 록웰 왕에게 디스펠을 걸어줄까 생각하고 있을 때 라이오넬이 말을 걸었다.

"루시엘 님, 로프가 있지요?"

"어, 필요해?"

케티가 먼저 손을 뻗었기에 나는 로프를 꺼내 케티에게 건넸다.

"케티, 주변을 확인해라."

"알겠다냥. 라이오넬 님."

그 순간 라이오넬은 대검 위에 케티를 올린 뒤에 위를 향해 힘껏 휘둘렀다.

케티는 대검을 박차고서 천장 구멍으로 올라갔다.

"저도 가겠습니다."

케핀이 말하자 라이오넬이 고개를 끄덕였다. 똑같은 방식으로 케핀도 구멍 속으로 사라졌다. 그와 동시에 로프가 내려왔다.

"엇, 빠르네? 자, 록웰 왕, 움직일 수 있겠어요?"

"내가 먼저 가도 되나?"

"예. 다만 절 여기에 가두면 머리와 몸통이 분리될 거라는 건 알죠?"

"흥, 무르다는 소문을 들었는데, 그렇게까지 무르지는 않구만."

내가 미소를 짓자 록웰 왕이 고개를 돌린 채로 올라가기 시작했다.

"록웰 왕이 다 오른 뒤에는 리자리아가 올라가고, 그다음에는 라이오넬, 마지막에는 내가 올라간다."

"루시엘 님이 마지막에 올라가는 건 안 됩니다."

"생각이 있어. 설령 내가 여기에 갇히거나 마물들이 튀어나오더라도 라이오넬이나 케티나 케핀이 구하러 뛰어내릴 거 아냐?"

내가 익살을 떨면서 말하자 라이오넬이 마지못해 수긍했다.

리자리아, 라이오넬이 올라갔다. 마지막으로 내가 로프를 잡았는데 로프가 엄청난 속도로 홱 하고 끌려 올라갔다.

"큭?!"

나는 반사적으로 로프를 꽉 붙잡았지만, 로프를 끌어당기는 속도가 너무 빨랐다. 어깨에 통증이 느껴지는가 싶더니 구멍을 통과하면서 결국 허공에 내던져졌다.

그리고 내 눈에 록웰 왕의 측근인 드워프들과 내 권유를 거절했던 노예들, 다친 케티를 비롯한 수행원들과 로프를 끌어올린 록웰 왕의 모습이 비쳤다.

불길한 예감이 들어서 라이오넬을 먼저 올렸는데 조금 늦었나…….

착지하자마자 에어리어 힐을 마법진으로 전개하여 단숨에 회복시키자 드워프들과 노예들이 놀란 표정을 지었다.

"이게 대체 무슨 상황이야?"

"록웰 왕이 올라가자마자 이 녀석들이 와서 마법을 쐈다냥."

"……록웰 왕?"

"정말로 미안하다. 이 일은 내가 매듭을 짓겠다. 미안하다만, 노예들의 상대를 부탁한다."

바로 그때 록웰 왕의 아들인 그라이오스가 떠들어대기 시작했다.

"아바마마, 당신은 노망이 났습니다. 비록 300백 년 전에 한 인간이 마법으로 록포드를 파괴했다고는 하나, 그것도 이젠 옛날 이야기한 말입니다! 그 뒤로 그런 괴물이 단 한 번이라도 나타난 적이 있습니까? 두려워할 이유가 없단 말입니다. 저희는 아바마마와 거기 있는 놈을 죽인 뒤에 지하에서 인족을 지배하겠습니다."

"……그라이오스. 너마저 내게 이빨을 드러내는 것이냐?"

록웰 왕이 그리 말하자 그라이오스는 큭큭대며 어깨를 떨더니 결국 웃음을 터뜨렸다.

"큭큭, 뭔가 착각하고 계시는군요. 아레스레이를 비뚤어지게 만든 건 바로 접니다. 아바마마는 전혀 눈치채지 못한 듯하지만."

"뭣이?! 네 이놈! 언제부터냐! 언제부터 이런 음모를 획책했던 것이더냐?!"

록웰 왕은 분노하면서 그라이오스를 추궁했다

"이미 몇 년은 된 이야기입니다. 가능하면 개미들을 조금만 더 유도해서 지하를 파려고 했었는데."

"설마 너……."

"예. 저 개미들은 제가 키운 겁니다. 숫자가 너무 불어나서 약간 곤란하던 참이었지만요."

"잠깐만, 왜 자기 나라를 멸망시키려고 하지?"

나는 참지 못하고 목소리를 냈다.

"곧 죽을 놈들이 뭘 묻는 거지? 이봐, 저 녀석들을 죽여버려. 아바마마는 할 일이 있으니 죽이지 말고."

그라이오스가 명령하자 드워프들이 돌진해왔다. 노예들은 마법을 영창하기 시작했다.

"케티, 케핀, 리자리아는 노예들을 맡아. 라이오넬은 대기."

내 말이 떨어지자마자 케티, 케핀, 리자리아가 노예들을 무력화시키기 위해서 모습을 지웠다.

나는 한 가지 의문이 들었다.

노예들은 모르겠으나 라이오넬을 비롯한 내 수행원들의 실력을 알면서도 어째서 드워프들이 초조해하지 않는 걸까? 그 점이 마음에 걸렸다.

노예들은 아킬레스건이 끊기고, 팔이 찔려 절규가 나올 만큼 고통스러울 텐데도 영창을 멈추지 않았다.

"대체 어떤 명령을 내린 거야?"

나는 그렇게 중얼거리고는 이내 마법진 영창으로 노예들에게 디스펠을 걸려고 했다. 바로 그때 드워프들이 우리를 덮쳐왔다.

"기절시켜! 라이오넬, 부탁해!"

"알겠습니다."

라이오넬은 알현의 방에서 그랬던 것처럼 드워프들을 날려버렸다.

"그라이오스! 저들한테 무슨 짓을 한 거냐!"

"후후, 쓸모가 없어서 쓸모가 있도록 만들어줬을 뿐입니다."

리커버나 디스펠을 썼지만 드워프들은 제정신을 차리지 못했다. 나는 드워프들에게서 사악한 기운이 흘러나오는 것을 감지했다. 드워프에게서 풍기는 이 느낌은…… 설마 언데드?!

"큭큭큭. 아무리 발버둥을 쳐봤자 의미 없다. 아바마마와 함께 죽여주마! 저기 로브를 입은 남자를 노려라!"

그라이오스가 그렇게 외치자 드워프들이 귀신처럼 이쪽으로 달려들려고 했다.

그러나 라이오넬이 화염 대검을 휘두르자 드워프들이 약간 주춤거렸다.

혹시나 싶어서 정화 마법인 퓨리피케이션을 발동해봤더니 드워프들이 가장자리부터 하나씩 쓰러져갔다.

"아닛! 이 자식, 무슨 짓을 한 거냐?!"

그라이오스가 나에게 물었다.

"그건 내가 할 소리야. 동포를 언데드로 만들다니 제정신이냐?"

"언데드라고?!"

록웰 왕이 놀라서 소리쳤다.

"아바마마, 뭘 그리 놀라십니까? 이 녀석들은 제 종복이니 어떻게 부리든 문제없죠."

"네 이놈! 용서할 수 없다……!"

록웰 왕이 낯빛이 좋지 않은데도 아랑곳하지 않고 주먹을 휘두르자 그 순간, 땅이 융기하여 그라이오스의 배를 찔렀다.

"……바보 같은 놈!"

"어라? 아바마마가 이렇게 약했던가요?"

그라이오스가 히죽 웃으면서 배에 찔린 흙의 칼날에 손을 대자 칼날이 흔적도 없이 부서졌다.

"아니?! 이, 이럴 수가."

"아바마마, 간지럽습니다. 이게 전력이라면…… 크악?!"

그 순간 그라이오스가 빛에 휩싸여갔다.

"난 언데드는 가차 없이 처리해. 어차피 그들한테서는 아무것도 바랄 수가 없으니까."

나는 노예들에게 일일이 디스펠과 퓨리피케이션을 발동한 뒤에 무영창으로 생추어리 서클을 발동했다.

이윽고 몸을 휩싸던 빛이 잦아들자, 그 자리에 그라이오스가 쓰러져 있었다.

노예들 쪽으로 시선을 돌렸다. 그들이 아직 살아 있다는 걸 확인한 뒤에 제국의 잠입자를 제외한 노예들을 해방했다.

"어째서, 어째서 나와 상담하지 않았느냐!"

록웰 왕이 그라이오스에게 다가가 몸을 만졌다.

"만지지 마십시오! 왜냐고 물으셨습니까? 제가 아바마마를 원망하기 때문입니다! 앞으로도 영원히, 영원히!"

그라이오스가 그 말을 남기고서 모래처럼 몸이 무너지기 시작했다.

"설마 마석을 먹고 마인(魔人)이 된 날 저지할 수 있는 자가 존재할 줄이야……. 운이 없었군."

그가 마석을 남기고서 사라지자 제국에서 잠입했던 몇몇 노예들이 부들부들 경련하다가 사망했다.

"그라이오스, 그라이오스~!"

록웰 왕이 눈물을 흘리면서 그라이오스의 이름을 연거푸 외쳤다.

그리하여 우리는 마음에 응어리를 남긴 채로 드워프 왕국과 록포드를 위협했던 존재들을 제거했다.

자식의 유해……가 된 마석을 정화하여 록웰 왕에게 슬며시 건넸다.

"이 녀석들이 여기까지 들어온 게 자꾸 마음에 걸려. 어쩌면 그란드 씨를 비롯한 사람들이 다쳤을지도 몰라. 서둘러 돌아가자."

나는 모두에게 말했다.

그러자 라이오넬이 전 노예들을 어떻게 처리할지 물었다.

"이 노예들……, 아니, 해방된 노예들은 어떻게 할까요?"

전 노예들을 힐끔 쳐다보니 그들은 겁을 먹은 표정으로 벌벌 떨고 있었다.

"우선은 돌아간다. 여기서 도망치고 싶다면 도망쳐도 좋아. 단 목숨은 보장 못 해."

"이, 이럴 수가."

"살려주십시오!"

그들이 나에게 매달렸다.

그러나 그들은 이미 한 번 내 제안을 거절했다. 딱 잘라 버려도 그들은 할 말이 없었다.

다만 나는 결국 선을 그을 수가 없었다.

결국, 나는 이들이 따라오면 어떻게 처리할지 고민하면서 서둘러 동굴을 빠져나갈 준비를 했다.

그란드 씨를 비롯한 다른 사람들이 걱정된다. 나는 바로 록웰 왕을 재촉했다.

"록웰 왕. 나머지 한 자식이 무사한지 확인한 뒤에 울어도 늦지 않을 것 같은데요?"

"……알겠다."

록웰 왕은 그라이오스였던 마석을 품속에 넣은 뒤 눈물을 훔치고서 일어섰다.

나는 에어리어 힐을 발동하여 전 노예들과 드워프들의 부상을 완전히 치료해줬다.

"이번에는 뭐가 나오든 다 베어버릴 각오로 행동해줘. 케티, 케핀, 길 안내를 부탁해."

""예.""

그리하여 우리는 동굴 입구를 향해 이동했다.

"아직 마물이 여기저기 있군요."

"하지만 손가락으로 꼽을 수 있을 만큼 적다냥."

앞장을 서고 있는 두 사람은 마물을 섬멸하면서 왔던 길을 되짚었다.

도중에 갈림길에 놔뒀던 물체X를 잊지 않고 회수했다.

드워프들도 록웰 왕을 일으켜 최후미에서 따라왔다.

"이 정도면 드워프끼리도 지킬 수 있겠죠?"

"……그래."

록웰 왕은 여전히 복잡한 표정이었다. 말수도 적었다.

"이렇게나 많은 개미 마물의 시체를 폐기하려면 시간이 상당히 걸리겠네."

"예. 마석은 폴라와 리시안한테 맡기는 게 좋겠지요. 마물 시체는 록포드에 제공하면 기뻐할 것 같군요."

"역시 라이오넬. 뭐, 우리가 마석이나 시체를 갖고 있어봤자 제대로 활용할 수가 없으니 불필요하겠지."

"예. 그들한테 맡기면 고맙다는 인사도 들을 수 있고, 저희보다 더 유용하게 사용할 수 있겠지요."

"이 마석이 노예들의 준비 자금이 될 수 있으면 좋으련만⋯⋯."

"우선은 그란드 공과 다른 사람들이 무사한지부터 확인해야겠지요."

통로를 빠져나오니 눈앞에 출발 전과 마찬가지로 화기애애한 광경이 펼쳐졌다.

우리를 발견한 몇몇 드워프들이 뛰어가 우리의 귀환을 알렸다. 걱정이 기우로 끝나서 솔직히 안도했다.

나는 그란드 씨를 발견하고는 다가가서 말을 걸었다.

"그란드 씨, 무사하십니까?"

"그래. 이쪽은 아무 일도 없었다. 정확히는 마물들이 동굴 속으로 되돌아가서 살았다고 해야겠지만."

"그런가요? 그건 다행이군요. 그런데 혹시 그라이오스 일행이

281

여길 지나지 않았습니까?"

"아니, 안 지나갔는데?"

얼굴은 보니 거짓말을 하는 것 같지는 않았다. 라이오넬과 케티도 고개를 가로저었다.

"그럼 됐습니다. 개미들을 낳던 여왕을 쓰러트렸습니다. 개미도 상당히 쓰러뜨렸으니 드워프 왕국의 병사들이 잔당만 정리하면 더 걱정하지 않아도 될 것 같습니다."

"그거 굉장하군! 그래서 곧장 록포드로 돌아갈 생각인가?"

"그러고 싶은 마음이 굴뚝같지만, 부상자 치료가 우선입니다."

"그렇군. 부상자가 있다면 당연히 치료부터 해야지."

"예."

내가 생글생글 웃자 그란드 씨가 쓴웃음을 흘렸다.

다들 음식을 배급받아서 먹었는지 드워프 왕의 거처로 이동할 때 각지에서 고맙다는 인사가 들려왔다.

나머지 두 굴에서도 개미 마물들이 물러났다고 들었다. 우려했던 상황은 벌어지지 않았다.

우리가 드워프 왕의 거처에 도착하자 거기서부터는 록웰 왕이 앞장을 섰다. 그는 알현의 방 가운데까지 나아간 뒤에 발걸음을 멈추고 뒤를 돌아보고는 넙죽, 하고 절했다.

"루시엘 공, 부디 아레스레이의 팔을 고쳐주게. 제발 부탁하네."

죽지 않도록 치료는 했지만, 현재 아레스레이는 두 팔이 없는 상태였다. 그러니 그 마음을 모르는 바도 아니었다.

그러나 아레스레이가 이 나라를 물려받는다면 향후에는 도저히 좋은 관계를 맺을 수 있을 것 같지가 않은데.

"……왜 그렇게까지? 실례지만 능력이 좀 더 뛰어나고 인격도 훌륭한 사람을 왕으로 세우는 게 드워프 왕국에도 이득이 되지 않을까요?"

"왕을 하느냐 마느냐 이전의 문제다. 어리석은 자식이지만, 내 뒤를 이을 놈은 이제 이 녀석밖에 없다. 왕위는 관계없어."

"그래서 왕위를 언제 맡길 작정입니까?"

"……내가 온 힘을 다하여 교육하며 어엿한 재목으로 키웠을 때다. 내가 죽기 전까지 그 자질을 갖추지 못한다면 왕위를 다른 자한테 양보할 것을 정령과 신께 맹세한다."

"예? 진심이에요?"

이건 왕위를 버리겠다는 말이나 마찬가지다.

대체 아레스레이를 어떻게 개과천선을 시킬 셈이지?

"그만큼 루시엘 공과 국민에게 민폐를 끼쳤다. 그건 쉽사리 용서받을 수 없는 짓이다."

모습을 보아하니 거짓말을 하는 것처럼 보이지 않았다. 나는 록웰 왕의 약속을 받아들이기로 했다.

물론 조건을 붙여서.

"알겠습니다. 정령들, 듣고 있어?"

"……아무래도 모습을 드러낼 수 없는 모양이로군."

"뭔가 이유라도?"

"아니, 굳이 있다고 한다면…….."

록웰 왕은 더는 말을 잇지 않았다.

그러나 나도 그 의도를 깨달았다.

"라이오넬, 케티, 케핀을 제외하고 나머지는 노예의 방으로 돌아가. 리자리아를 비롯한 교회 관계자 여러분들도 마찬가지. 이건 명령이야."

반론이 있을 거라고 예상했지만, 모두 얌전히……, 아니, 리자리아만이 꿈쩍도 하지 않았다.

"어서 가라냥. 아니면 무슨 일이 있는 거냥?"

"……없습니다."

리자리아가 그대로 이동하려고 하자 나는 불러 세웠다.

"리자리아, 넌 마도구와 장비를 놓고서 나가."

"알겠습니다."

그녀는 제자리에 라이트와 검과 방패를 내려놓고서 방을 나갔다.

그 뒤에 록웰 왕은 흙벽을 만들어서 아무도 침입할 수 없도록 막았다.

"흙의 정령님, 모습을 드러내도 됩니다. 목소리만이라도 들려주시겠습니까?"

록웰 왕이 말하자 정령들이 모습을 드러내고서 말하기 시작했다.

〈저 녀석은 뭐야?〉

〈마치 그림자 같았어.〉

〈불길한 예감밖에 안 들더라.〉

〈근육 바보, 얼간이. 저건 우리의 천적이야.〉

〈아까 그 서약만 승낙해주면 되는 거지?〉

〈대지를 위협하는 존재가 없어졌는데 우릴 위협하는 존재가 바로 곁에 있다니. 어둠 짱밖에 못하는 건데.〉

〈하지만 어둠 짱의 가호는 없어.〉

"물어보고 싶은 게 있어. 어째서 그라이오스의 변화를 알아차리지 못했지? 정령이라면 슬쩍 귀띔이라도 해줄 수 있었잖아?"

"……정령님들이 최근에 모습을 드러내지 않는 것과 관련이?"

내가 말한 뒤에 록웰 왕이 끼어들었다.

〈조종당하는 건 취미가 아냐.〉

〈그라이오스한테는 거듭 주의하라고 했어.〉

〈부지불식간에 가까이 다가왔어.〉

〈그건 위험해. 감당할 수 없게 되기 전에 죽여야 해.〉

〈최근에는 그 녀석 때문에 모습을 드러내기가 무서웠어.〉

〈저건 우리를 먹어.〉

"그건 누굴 말하는 겁니까?"

록웰 왕이 그 이름을 물으려고 했지만, 한 사람밖에 없다.

"리자리아를 말하는 거겠지."

내가 말하자 라이오넬과 수행원들이 입을 열었다.

"루시엘 님, 리자리아가 누굽니까?"

"그런 이름은 들어본 적이 없다냥."

"해방한 노예 중에 그런 자가 있습니까?"

"다들 무슨 진지한 얼굴로 시치미를 떼는 거야? 함께 여왕개미를 쓰러뜨렸던 정령 마법검사 말이야."

그러나 내 예상과는 다른 반응이 돌아왔다.

"여기 있는 다섯 사람이서 돌입하지 않았습니까?"

"그렇다냥. 루시엘 님, 꿈이라도 꾸거냥?"

"피곤하시다면 잠시 눈이라도 붙이시는 게 어떻습니까?"

세 사람은……, 록웰 왕마저도 의아해하는 표정을 지었다. 네 사람은 전혀 기억하지 못하는 듯했다.

기억을 덧씌울 수가 있는 건가?

"정령들, 이게 어떻게 된 거지?"

〈그건 기억의 망각.〉

〈환술이었나?〉

〈원래는 어둠 짱의 힘. 하지만 그 아이한테는 어둠 짱의 가호가 없어.〉

〈얼간이는 대항할 수 있는 가호가 있어서 통하지 않은 모양이네.〉

〈그건 우리 덕분이니 벌꿀과 마력을 줘.〉

〈강한 자이니 조심하는 편이 좋아요. 정령의 힘을 쓰지만, 정령은 아니에요.〉

"하지만 정령인 너희들조차도 리자리아의 정체를 정확히 모르잖아.”

〈그건 그 녀석이 노예가 되어 성속성 마력밖에 쓰지 못하게 되었기 때문에 이상한 마력을 감지하지 못했던 거야.〉

〈노예 봉인이 풀렸을 때 느꼈던 그 박력은 위험했지.〉

〈몸을 확 끌어당기는 것 같았어.〉

〈가까이하는 건 이제 두 번 다시 사양이야.〉

〈조심하도록 해요. 벌꿀과 마력을 또 줘요.〉

〈목숨을 노릴 수도 있으니 조심해요.〉

정령들이 불길한 말을 남기고서 사라졌다.

어둠의 정령의 가호도 없는데 정령의 힘이 깃들어 있다니 대체 무슨 소리야?

록웰 왕은 정령의 말이 믿기지 않는다는 듯한 표정을 짓고 있었다. 그러나 이내 믿기로 한 모양이다.

“어떤 전 노예인지는 모르겠지만, 그 녀석은 내 아들의 적이기도 하다……. 내가 책임을 지고 대처하겠다.”

그렇게 기합을 불어넣은 듯했다.

나는 라이오넬을 비롯한 수행원들에게 정령들과 나눴던 대화 내용을 들려주면서 그녀가 우리와 함께 여왕개미와 싸웠었다고 말해줬다. 그러자 세 사람 모두 작은 위화감을 깨닫기 시작했다.

“설마 모르는 사이에 술수에 빠질 줄이야…….”

“어둠의 정령이라니 무섭다냥.”

“환술이라기보다는 정신 감응이라고 해야 할까요?”

"정확히는 어둠의 정령의 힘이 아닌 것 같지만. 일단 조사해봐야겠네."

세 사람은 모두 침울해하면서도 다음에는 술수에 걸리지 않도록 대책을 생각했다.

나는 나대로 마통옥으로 교황님과 상담하고서 그 다섯 치유사들이 정말로 교회 소속인지 확인하기로 했다.

교황님은 조사해두겠다고 약속해주셨으나, 현재로서는 이 사건이 제국과 어떤 관계가 있는지 알 길이 없었다.

"록웰 왕. 일단 약속한 대로 서약을 지켜줘야겠는데…… 우선은 리자리아를 확인해야 하니 저 흙벽부터 없애줘요."

"알겠다."

록웰 왕이 고개를 끄덕이고서 흙벽을 무너뜨렸다.

"우선 리자리아를 전투 불능 상태로 몰아. 그 뒤에 심문하겠어."

"""예."""

어쩌면 정령이 택한 운명의 상대일지도 모른다고 생각했는데, 설마 일이 이렇게 될 줄이야. 아주 조금이지만 실망했다.

운명의 상대가 리자리아라고 누가 말해준 것은 아니지만, 멋지게 보이려고 했던 자신을 책망하면서 노예의 휴게소로 이동했다.

그러나 노예의 휴게소로 들어가도 리자리아의 모습이 없었다.

한 번도 본 적이 없는 사람이 추가되어 있는지도 살펴봤지만, 리자리아가 없는 것 말고는 달라진 점이 없었다.

"……이런, 내가 암시에 걸리지 않은 걸 눈치챘나?"

하는 수 없이 아레스레이가 있는 곳으로 가서 사람들을 물리친 뒤에 엑스트라 힐을 걸었다.

아레스레이의 팔이 다시 생겨나자 록웰 왕이 감사 인사를 했다.

"인사는 됐어요. 훗날 드란이 이곳에 올 테니 그때 사죄하고 보물고의 내용물을 넘겨주도록 해요."

"알겠다. 그래서 지금 돌아간 건가?"

"그러고 싶은 마음이 굴뚝같지만, 임시 해방된 노예들의 처우도 정해야 하고, 그란드 씨와 만나 리자리아의 능력에 대처할 수 있는 장비를 만들 수 없나도 궁리해봐야 해요."

"알겠다. 그럼 노예들은 언제 인수할 건가?"

"……전 노예들을 록포드에 데리고 가고 싶지 않아요. 그러니 당분간은 여기서 맡아주지 않겠어요?"

"그러는 편이 낫다고 판단했나?"

"예. 마물 잔당들을 쓰러뜨려 조금이나마 생활비를 벌 수 있다고 하면 문제없을 겁니다. 최대한 빨리 데리러 오겠습니다."

"……알겠다. 그 뜻에 따르겠다."

록웰 왕이 수긍하자 우리는 또다시 노예들의 휴게소로 이동했다.

그들에게 마차를 준비해주고, 돈을 마련해주겠다고 하자 바로 지상으로 나가고 싶어 하는 자들이 나왔다. 본인들의 뜻대로 해주기로 했다.

"드워프와 우리한테 민폐를 끼치지 않겠다고 서약한다면 마음대로 나가도 좋아."

내가 그렇게 말하자 몇 사람이 서약하고서 방을 나갔다.

"남은 자들의 식사를 부탁해."

"알고 있다."

이곳에서 록웰 왕과 헤어진 뒤 왕의 거처를 나가자 그란드 씨가 대기하고 있었다.

"왜 안으로 들어오지 않았습니까?"

"여긴 고향이라서 여러모로 정겨운 곳들이 많더구만."

"그런가요……. 그럼 록포드로 돌아가죠."

"그래."

그리하여 우리는 사라져버린 리자리아가 무슨 수작을 부릴지 두려워하면서 록포드로 돌아가는 여정에 올랐다.

15 리자리아

드워프 왕국으로 이어지는 동굴을 나오자 화창한 풍경이 눈에 들어왔다.

"……왜 이런 곳에서 잠복하고 있지?"

동굴 입구에는 리자리아가 있었다.

"……제가 누군지 알아보시는 건가요?!"

"리자리아잖아? 근데 나는 이미 네가 의심스……."

"다, 다행이다……."

리자리아가 흐느끼기 시작했다. 왠지 리자리아의 상태가 이상한 듯했다. 굉장히 흥분한 것 같은데 흐느끼다니? 정서불안정이라도 있는 건가 싶은 생각이 들 정도였다. 설마 암속성 마법의 후유증인가?

"루시엘 님, 이자가 리자리아입니까?"

"평범한 아가씨로밖에 보이지 않는다냥."

"우리도 원래는 아는 사이였죠?"

역시 라이오넬과 수행원들은 리자리아를 전혀 기억하지 못했다.

아마, 노예가 되었을 때도, 이들처럼 모두가 그녀를 잊어버렸을 터. 즉 얼마든지 도망칠 수 있었다. 앞뒤가 맞질 않았다.

생각할수록 내 안에 리자리아를 향한 의심은 깊어져만 갔다.

그러나 눈물 자국이 남아 있다……. 아니, 우는 연기를 할 줄 아는 사람도 있으니 마음을 놓아서는 안 된다……. 나는 그렇게 생각하면서 이야기를 시작했다.

"이 녀석은 분명 리자리아야. 리자리아, 아무리 울어도 널 향한 의혹은 풀리지 않아. 어째서 전 노예들과 함께 노예 휴게소에 있지 않았지?"

"오랜만에 어둠의 정령 씨가 모습을 드러내 힘을 썼더니 다들 절 잊어버려서……."

"그래서?"

"어둠의 정령 씨가 화를 내며 사람들을 공격하려고 하기에 황급히 그곳을 떠났습니다."

"그럼 그 어둠의 정령은 어디 있지?"

"동굴 안이나, 혹은 밤이 되지 않으면 모습을 드러내지 못해요."

일단 혼자 사라진 일은 설명이 된다……. 하지만 너무 위험한 존재라는 건 변함이 없었다. 록포드로 데리고 갈만한 이득이 하나도 없다.

더욱이 흙의 정령들은 그녀가 어둠의 정령의 가호를 갖고 있지 않다고 했다. 흙의 정령들이 거짓말을 할 이유는 없겠지.

"뭐, 이제는 노예도 아니니 앞으로 열심히 살아."

"도와주세요!"

리자리아의 얼굴을 보니 정말로 절박하게 보였다.

나는 이대로 있다가 정신 조작을 당할 위험이 있지 않을까 하는 생각이 들었다. 그래서 나는 일단 이야기를 듣고 나서 거절하

기로 했다.

"흙의 정령은 네가 무섭대. 무슨 사연인지 설명해주겠어?"

정령들이 무섭다고 했다…… 리자리아에게 그 말을 전하자마자 그녀는 몸을 벌벌 떨면서 놀란 표정을 지었다. 그러고는 또다시 울기 시작했다.

"전 정령들과 친해지고 싶었을 뿐인데……"

그녀는 정령들을 조작하고 싶은 마음이 없다고 했다.

다만 신변에 위험을 느끼면 무의식적으로 정령에게서 힘을 빌릴 수 있다고 생각했단다. 그러나 사실은 정령들의 힘을 무단으로 빼앗고 있었다.

"이게 사실이라면 너는 상당히 위험한 사람이란 뜻이다만?"

"……"

그녀가 고개를 푹 숙인 채로 굳어버렸다.

"어둠의 정령한테 부탁하면 힘을 빼앗지 않도록 훈련할 수 있지 않을까?"

"……언젠가 시기가 되면 제어할 수 있을 거라고 했어요."

"정령이 그렇게 말했나?"

"아뇨, 절 키워준 사람들이요. 어둠의 정령 씨는 힘을 빌려만 줄 뿐 부끄러운지 나와주질 않아요."

제어하지 못하는 게 보통인가? 아니면 그녀를 키워준 사람들의 그릇된 인식인가? 그들은 리자리아에게 블로드 스승 같은 존재이려나?

나는 어쩐지 그녀가 전생자일지도 모르겠다고 생각했다. 그 이유는, 웃기게 들릴지도 모르겠지만, 남자들의 우정과 사랑을 동경하는 듯한 발언 때문이었다. 이 세계에 그런 취향이 있는지는 모르겠지만, 그녀의 반응이 어딘지 모르게 익숙한 느낌이 있었다.

그렇게 생각하니 그녀가 전생자일 것 같다는 의심이 확 들었다. 근데 만약에 전생자라면 어떻게 그 전투 기술을 익힌 거지?

"리자리아, 나이는?"

"17살입니다."

……어라? 갑자기 잘못 짚은 것 같다는 생각이 드는데? 정말 전생자라면 나와 똑같이 21살이어야 하지 않나? 아니면 그녀가 아니라 그녀를 길러준 사람 중에 전생자가 있어서 관여하고 있는 건가?

"……언제부터 정령이 눈에 보였고, 또 대화를 나눌 수 있게 됐지?"

"어렸을 적……. 옛날에 전 언제 죽어도 이상하지 않을 만큼 몸이 굉장히 약했어요. 그래서 부모님이 치료받을 수 있는 곳으로 가라고 해서……. 팔렸을 때의 일은 지금도 어렴풋하게 기억나요."

원래부터 노예였던 건가?

"실험이라면서 다양한 약을 먹이기도 하고, 열이 나는데도 억지로 검을 휘두르게 하기도 해서 부상이 끊일 날이 없었죠. 게다가 늘 쓸쓸했어요. 그런 나날이 몇 년쯤 이어졌을 때 어둠의 정령씨가 눈에 보이게 됐습니다. 그 뒤로는 몸도 좋아졌어요."

……정령을 자력으로 불러들였다는 건가? 아니면 원래부터 소질이 있었나? 누군가가 먹였다는 약의 효과……. 어라?

　나는 떠오른 의문을 그대로 물었다.

　"그때 노예로 팔렸다면 밥집에서 잡혀 노예가 되었다는 이야기는 대체 뭐였어?"

　"노예에서 한 번 해방되었었어요."

　"……용케도 해방됐네."

　"어느 날 노예에서 해방해달라고 부탁했더니 순순히 들어주더라고요. 그래서 저도 놀랐는데, 아마도 어둠의 정령 씨가 힘을 빌려줬겠죠."

　그때부터 이미 어둠의 정령의 힘을 쓸 줄 알았던 건가?

　"……줄곧 궁금했는데 말이야. 알현의 방에서 나갈 때 망각 마법을 썼어? 그 흔적도 남기지 않고……. 그리고 흙의 정령이 어둠의 정령의 존재를 알아차리지 못한 이유는 뭐지?"

　"……그게 힘의 보상 작용이에요."

　"보상 작용?"

　리자리아가 어두운 표정으로 말을 이었다.

　"여왕개미와 싸웠던 곳에서 제 방어본능이 발동하여 정령들의 힘을 쓰고 말았습니다. 정령들의 생명 마력을 빼앗았기 때문에 계약 정령인 어둠의 정령 씨를 제외한 정령들은 힘을 되찾기 위해서 휴식에 들어갔습니다. 그래서 힘이 남아 있는 어둠의 정령 씨가 다른 정령들이 잃어버린 힘만큼 주변에 은폐 효과를 뿌린 거예요."

"그게 보상 작용?"

"예. 조금 더 알기 쉽게 설명하자면 원래는 동굴에서 나올 즈음에 여러분들의 기억 속에서 제가 사라졌어야 했어요. 그런데 무슨 영문인지 루시엘 님의 기억만은 간섭할 수가 없었습니다."

눈을 보니 거짓말을 하는 것 같지는 않았고, 들려준 내용도 사실성이 느껴졌다. 다만 나는 그녀의 행동에서 자꾸만 위화감이 느껴졌다.

그녀는 겉으로 드러내지 않은, 다른 목적이 있는 게 아닐까?

그래서 그녀가 신용할 만한 사람인지 헤아리기가 어려웠다.

위협이 없다면 록포드로 데리고 가는 선택지도 있다.

그러나 나는 그녀를 도저히 신용할 수가 없었다. 정령들은 그녀가 어둠의 정령의 가호를 갖고 있지 않다고 말했다. 그러나 그녀는 의도적으로 어둠의 정령의 힘을 쓰고 있다. 애초에 저게 정말 어둠의 정령이었다면 물의 정령이나 흙의 정령처럼 나에게 먼저 말을 걸지 않았을까?

"리자리아를 구해준 어둠의 정령이 폭주한 건지, 아니면 리자리아가 무의식적으로 폭주한 건지는 모르겠어. 하지만 생명이 대단히 가벼운 이 세계에서 널 데리고 갈 수는 없어."

"……그렇군요. 노예에서 해방해주셨으니…… 그것만으로도 감사해야죠."

억지로 웃음을 짓는 리자리아를 보면서 이 결단이 옳은지 그른

지 역시나 고민이 되었다.

어떻게 하는 것이 옳은지 정보를 얻을 때까지 결정을 보류하기로 했다.

"이 대검과 방패를 네게 빌려줄게. 그리고 드워프 왕국에서 기다릴 수 있도록 록웰 왕한테 보내는 편지를 한 통 써줄 테니 거기서 기다려줘."

"예?"

"곤궁에 처한 사람을 내버릴 만큼 난 비정하지 않아."

"고맙습니다. 고맙습니다."

나는 리자리아의 인사를 받으며 마법 주머니에서 양피지를 꺼내 록웰 왕에게 보내는 편지를 썼다.

편지를 쓰면서 정령의 생각이나 판단 기준이 인간들과는 다를 테니 리자리아를 데리고 다니면 그녀를 통해 그들의 사고방식을 조금이나마 이해할 수 있지 않을까? 하는 생각이 떠올랐다. 여하튼 다음에 다시 한번 만나기로 했다.

"열흘 뒤에 다시 이곳으로 돌아올 예정이야. 그때까지는 드워프 왕국에서 생활하도록 해."

"알겠습니다. 또 뵐 수 있기를 기대하고 있겠습니다."

은자의 열쇠로 포레 누와르를 비롯한 말들을 꺼내 록포드로 돌아가려고 했는데 포레 누와르가 리자리아를 경계하며 격앙했다.

"뭐, 뭔가요?"

리자리아가 당혹스러워했다.

"포레 누와르, 왜 그래? 진정해."

포레 누와르가 아무리 진정시켜도 말을 듣지 않았다. 리자리아를 경계하며 적의를 드러냈다.

말은 섬세하며 상대방의 감정을 읽을 줄 아는 생물이다. 특히 포레 누와르에게는 신기한 힘이 있다.

그런 포레 누와르가 경계하다니 역시 뭔가가 있나.

"미안해. 포레 누와르는 민감하거든."

"미움을 사버린 모양이네요."

"그럼 이만."

"조심하시길."

리자리아의 배웅을 받으면서 우리는 록포드로 출발했다.

출발한 지 몇 분 뒤 나보다 라이오넬이 먼저 입을 열었다.

"저 아가씨가 살던 곳은 아마 일마시아 제국일 겁니다."

"왜 그렇게 생각해?"

"어렸을 적에 병약했던 건 신체에 맞지 않는 직업 적성이 숨겨져 있는 사람들의 특징입니다."

"가능성일 뿐이지?"

"예. 다만, 제국에서는 그런 아이들을 모아서 제국 병사로 만드는 작업을 지금도 진행하고 있습니다."

"……어째서?"

"표면상으로는 치료라고 하지만, 실상은 제국 병사로 삼아 자신을 제국으로 보낸 나라를 원망하게 만들기 위해서입니다."

"세뇌를 한단 말이야?"

"예. 어렸을 적에는 자신이 세뇌되었다는 것조차 알아차리지 못하니까요."

"……예전에 멜라토니에서 비슷한 이야기를 들은 적이 있긴 한데……."

보타쿠리의 딸이 그런 느낌이었지. 그렇게 생각하니……. 제국에 팔려 간 노예들은 어떻게 되지?

"궁금해서 묻겠는데, 타국에서 제국으로 팔려 간 성인 노예들한테는 어떤 말로가 기다리고 있지?"

"뭐라고 딱 단언할 수는 없지만, 노예 신세로 여러 나라를 전전하거나, 장난감으로 팔리기도 하고, 아이들을 단련시키는 교재로 쓰입니다. 심한 경우엔 인체 실험에 쓰인다고도 들은 적이 있습니다."

"라이오넬은 그걸 중단시키려고 했고?"

"예, 하지만 제국의 어둠은 예상보다 더 뿌리가 깊습니다."

"좀 이상하군. 가능성일 뿐이지 그냥 병약할 아이일 수도 있는데 왜 굳이 그런 일을 하는 거지?"

"……일마시아 제국의 황제가 같은 처지였기 때문입니다. 어렸을 적에는 몸이 약했는데 성인이 되자 확 달라졌지요. 특수 직업을 취득하여 단숨에 황제의 자리에 올랐습니다."

"……그래서 결과는 어땠어?"

"자세한 내용은 잘 모릅니다만, 나름 성과를 올리고 있다고 들었습니다. 특수 직업이나 상급 직업을 취득하지 못하면 다른 나라에 팔려 간다고 들은 적도 있습니다. 다만 인체 실험 시설만은 저조차도 조사할 수가 없었습니다."

"어쩌면 라이오넬이 그 어둠에 근접했는지도 모르겠네."

혹시 비싼 돈을 들여 치료와 교육을 거친 뒤에 다시 팔기도 할까?

다음에 리자리아와 또 만날 기회가 있다면, 대답해줄지는 모르겠지만 물어보기로 마음먹었다.

16 장래의 꿈과 목표

록포드의 입구, 위장용 도시에 들어갈 즈음에 케티에게 색적 임무를 맡겼다. 그리고 이상이 없다는 보고를 받고서 안으로 들어갔다.

"이쪽에도 피해가 없으면 좋을 텐데……."

라이오넬이 불안해하며 말했지만 록포드는 전혀 문제가 없었다.

도시 내부가 파괴된 흔적도 없거니와 지반이 가라앉은 곳도 없었다.

중앙 광장에서 폴라의 골렘이 움직이는 모습이 보였다. 우리는 안도하면서 그쪽으로 이동했다.

그러나 중앙 광장에 개미 사체가 대량으로 남아 있었다. 구멍도 여러 군데 뚫려 있는 걸 보니 격렬한 전투가 벌어진 듯했다.

"여러분, 괜찮습니까? 방금 돌아왔습니다. 부상자가 있다면 바로 치료하겠습니다."

내가 광장 밖에서 말하자 5m급 골렘이 사라지더니 폴라가 쓰러졌다.

"폴라?!"

우리가 달려가기 전에 드란이 폴라를 받쳐줬다.

"잘 됐군. 루시엘 님, 구멍을 메우는 작업을 도와주길 바라네."

드란이 우리를 보고 요청했다.

분명 중앙 광장은 구멍투성이였다. 드란의 말대로 빨리 메우는 편이 좋을 것 같다.

"그럼 라이오넬과 케티, 케핀은 구멍에서 나오는 마물을 퇴치해줘. 그란드 씨는 드란과 함께 구멍을 메워주겠어요?"

"""예."""

"루시엘 공, 마석을 써도 되는가?"

그란드 씨가 마석을 사용하게 해달라고 허락을 구했다.

"예. 그렇게 많이 쓰이지는 않을 것 같으니 저기 산더미처럼 쌓여 있는 개미들⋯⋯, 아니, 우리가 회수해온 개미 마물에서 마석을 뽑아 쓰는 것을 허락하겠습니다."

"알겠네."

구멍을 메우는 데 시간이 그리 걸리지는 않았다. 그러나 밤새 방어하느라 피곤이 쌓였는지 리시안과 드란, 전투에 참여했던 주민들이 간신히 서 있는 것처럼 보였다.

에스티아는 이미 마력이 고갈되어 꼼짝도 못 하는 상태였다.

"여긴 우리가 맡을 테니 여러분들은 일단 집으로 돌아가서 밥을 먹고 쉬세요. 부상자가 있다면 제게 말해주세요."

내가 말하자 몇 명이 치료해달라며 찾아왔다. 그 이외에는 고마워하면서 자기들 공방으로 돌아갔다.

"드란, 식사는?"

"주민이 가져다준 음식을 먹었으니 문제없네."

"그래? 토레토 씨는?"

"토레토는 전투직이 아니라서 마물을 분석하고 있지."

마물의 소재를 마석이나 방어구로 쓸 만한 것으로 바꾸고 있는 건가.

"알겠어. 푹 쉬도록 해."

드란이 고개를 숙이고서 폴라를 업으며 공방으로 돌아갔다.

리시안도 에스티아와 서로 부축하며 공방으로 향했다.

"그란드 씨는 라이오넬과 케티, 케핀, 에스티아의 무구를 제작해야 하니 치수 측정을 재개해주세요."

"루시엘 공은 안 돌아가나?"

"예. 여기서 생각할 게 조금 있어서 머릿속을 정리한 뒤에 돌아가려고 해요. 라이오넬, 케티, 케핀도 돌아가도 좋아."

그란드 씨가 고개를 끄덕인 뒤에 드란의 뒤를 쫓았다. 그러나 세 사람은 의논한 뒤에 라이오넬을 내 곁에 남겨두었다.

케티와 케핀이 드란의 공방으로 돌아가는 모습을 지켜보고 있으니 라이오넬이 먼저 입을 열었다.

"이제 구멍에 떨어질 일은 없을 것 같지만, 만약을 위해."

"그런 건 생각하지도 않았는데……."

혼자 있어도 괜찮다고 생각하지만, 그 말을 들으니 갑자기 창피해졌다. 나는 부끄러움을 감추고자 광장 쪽으로 눈을 돌렸다.

"루시엘 님은 곁에 수행원이 있는 게 당연한 위치입니다. 익숙해질 필요가 있다고 봅니다."

"그런가……. 하지만 좀처럼 익숙해지질 않네."

"10년쯤 살다 보면 익숙해집니다."

10년이란 시간이 그리 짧은 건 아닐 텐데? 아찔하군.

그때까지는 라이오넬과 케티를 노예 계약에서 풀어준 뒤에 정식 수행원으로 삼고 싶다는 이 마음은 과한 걸까?

광장을 바라보면서 나는 라이오넬과 앞날에 관해 이야기하기로 했다.

"기왕 말이 나왔으니 물어볼게. 언젠가 제국에 가게 될 날이 올 텐데 괜찮겠어?"

"노예로서 간다면 마음을 다잡을 수 있을 것 같습니다. 하지만 노예 계약이 해제된다면 솔직히 잘 모르겠군요."

아무래도 한 번 배신당한 제국으로 돌아가는 것이 망설여지는 모양이었다.

"……그래? 드란을 드워프 왕국에 데리고 간 뒤에는 멜라토니를 다녀올 계획이야. 상황에 따라서는 성 슈를 교회를 들를지도 모르겠지만, 문제는 그 뒤야."

"목적지를 루시엘 님이 정할 수 있습니까?"

"응. 일단 아무런 말썽이 없어야만 한다는 조건이 있기는 하지만 말이야. 그래서 네르달에 가보려고 생각하고 있어. 어쩌면 속성이 없더라도 다른 속성 마법을 쓸 수 있을지도 모르잖아? 공중에 떠 있는 나라를 한 번 보는 게 로망이기도 했고."

"과연. 하지만 그 나라에 가려면 제국에서 용가마를 타거나, 미궁 도시국가 그란돌의 미궁을 오르거나, 혹은 네르달에서 사람을 보내주도록 각국 대표한테 부탁하는 수밖에 없습니다만?"

"그래?"

"예. 전 가본 적이 없지만, 먼 옛날에 그런 얘기를 들은 적이 있습니다."

"그렇구나. 뭐, 모두의 무구가 다 갖춰질 때까지 몇 달은 걸릴 테니 그동안은 멜라토니에서 지낼 예정이야. 초심으로 돌아가서 블로드 스승님께 단련시켜 달라고 해볼까? 게다가 라이오넬과 블로드 스승님의 전투도 보고 싶고."

"흐흐흐, 루시엘 님이 있으니 몇 번이고 즐길 수 있을 것 같군요."

라이오넬이 눈빛을 반짝이며 기뻐했다.

"그나저나 리자리아 건 말인데, 정말로 기억나질 않았어?"

"……기억을 잃었다기보다는 기억이 꽤 흐릿해진 느낌이었습니다."

"지금은 어때?"

"여전히 모호합니다. 아까 제국에서 인체 실험을 자행하고 있다고 말씀드렸는데, 사실 그 기억만이 안개가 낀 것처럼 뿌옇습니다."

"밖에서 만났을 때 떠올랐어?"

"아뇨, 하지만 기억이 모호하다는 사실이 오히려 증거가 되지 않을까, 하고 생각합니다. 이 잃어버린 기억이……."

"환술이나 환각이 아니라 망각인가?"

"인식 저해와 은폐 효과가 한데 섞여 있는 듯한 감각이었습니다. 케핀의 인술(忍術)과 흡사하니 익숙해진다면 잊어버리는 일은 없을 것 같지만……."

"그래……? 리자리아를 어떻게 생각해?"

"그녀가 제국에서 잠입한 자라면 일부러 노예가 되어 들어왔을 수도 있습니다. 정신을 간섭하는 스킬이나 마법을 사용하면서 연기한다면 속아 넘어갈 테니까요. 다만 그녀가 인식할 수 없는 존재를 다룰 수 있다는 것이 사실이라면 우리가 그녀와 제국과의 관계를 의심하고 있다는 걸 내색해서는 안 됩니다."

"하아, 연기를 꿰뚫어 볼 수 있다면 좋을 텐데. 그러기는커녕 정령이 얽혀 있어서 더 골치가 아파."

"사람 자체가 사악해 보이지는 않으니 만약 수행원으로 삼으시겠다면 말리지는 않겠습니다만, 그때는 꾸준히 경계해야 할 겁니다."

"……내 직감은 아니고, 포레 누와르가 적개심을 드러내서 말이야."

"루시엘 님의 말 말입니까?"

"응. 동물은 사람보다 몇 배나 직감이 뛰어나다고 들은 적이 있어. 사람의 직감은 기억을 바탕으로 판단하지만, 동물은 생존본능으로 판단한대. 포레 누와르가 그토록 싫어하는 건 처음 보았어. 경계를 강화해야 할 것 같아."

"동물과 대화를 나눌 수 있는 마도구가 있으면 좋겠습니다만."

"정말로 만들어달라고 하고 싶을 정도야."

그 뒤에 우리는 여러 이야기를 나누기도 하고, 가볍게 대련하기도 하고, 마력 조작을 하면서 시간을 보냈다.

그 뒤에 드란과 폴라, 리시안이 상담을 청해서 한동안 그들과 함께했다.

"이번에 입수한 마물의 시체에서 상당한 마석을 얻을 수 있을 거야. 그래서 말인데, 이제는 그걸 완성해줬으면 해. 최우선 순위는 무구이고 나머지는 드란이 정해서 진행해줘."

"알겠네. 폴라는 마석을 굳히는 작업을, 리시안은 마석에 속성을 부여하는 작업을 해다오."

"……하는 수 없지."

"그 작업을 마친 뒤에 새로운 걸 개발해도 되나요?"

"물론이야. 나도 내일부터는 해체 작업을 거들 거야. 마석이 상당히 많아서 꽤 힘든 작업이 될 것 같지만 힘내자고."

내가 말하자 그란드 씨가 놀란 눈치였다. 그러나 아랑곳하지 않고 저녁밥을 지으면서 오늘은 모두 일찍 자라고 의무를 부여했다.

저녁을 다 먹은 뒤에 나는 방으로 돌아가서 마통옥으로 교황님에게 새롭게 안 사실을 보고했다.

〈……등록은 아직 확인하지 못했느니라. 허나 포레 누와르가 격앙했다 하니 무시할 수는 없구나. 그 리자리아라는 자는 방심

해선 아니 되느니라.〉

"그렇게 생각합니다."

〈이미 그 녀석의 노예 문장을 해주 했겠지? 만약에 신경이 쓰인다면 에스티아와 만나게 해보아라.〉

"에스티아 말입니까?"

〈그녀가 정령에 능하다는 것만 말해두마.〉

"알겠습니다. 아, 멜라토니에 가기 전에 교회 본부에 한 번 들르겠습니다."

〈힘들 테지만 부탁하마.〉

"예."

나는 그 대답을 끝으로 통신을 끊었다.

모든 어둠이 제국과 얽혀 있다.

다만 아직은 때가 아니다. 라이오넬도 딱히 가고 싶어 하는 눈치가 아니었고, 굳이 지금 갈 필요도 없다.

우선 속사정을 알기 위해서라도 리자리아와 다시금 만나봐야만 하겠어.

이에니스에서 임무를 다 마쳤다고 생각했는데 드워프 왕국의 혼란에 휘말려버렸다. 요즘 뭔가 불운한 것 같다.

정신적으로 피폐해질 만한 문제는 아니지만, 가끔은 느긋하게 지내고 싶은데…….

용이 봉인된 건 사신과 연관이 있고, 정령은 자유분방한 건지, 아니면 권속을 애지중지하는지 자꾸 나를 휘두르고…….

정령의 가호에 어떤 의미가 있다고는 하지만, 결국 내가 택할 수 있는 선택지가 점점 좁혀지고 있는 듯해서 마음이 복잡했다.

나는 인생을 안타까워하면서 일과인 마력 조작과 연속 영창을 연습한 뒤에 잠자리에 들었다.

이튿날. 마물을 해체하고 마석을 뽑아내는 작업과 마석을 분류하는 작업을 하고 있자니 토레토 씨가 와서 해체를 거들어주었다.

"제가 마석을 하나 뽑아내는 작업과 토레토 씨가 마물 한 마리를 해체하는 작업의 속도가 거의 똑같다니 여러모로 자신감이 떨어지네요."

내가 힘없이 웃자 토레토 씨도 웃으며 대답했다.

"어렸을 적부터 몇 번이나 해온 작업인걸. 이제 막 걸음마를 뗀 루시엘 군한테 질 리가 없잖아. 만약에 네가 날 뛰어넘을 수 있다면 난 성별을 뛰어넘겠엉~ 포포."

"……안 뛰어넘어도 됩니다. 미안합니다. 용서해주세요. 자, 작업에 집중하죠."

정신력이 완전히 닳아버린 나는 막대기처럼 선 채로 해체 작업에만 집중했다.

해체장에서 30분마다 정화 마법을 걸어주자 모두가 고마워했다. 그렇게 우리는 해체 작업에 몰두했다.

그렇게 묵묵히 해체 작업을 이어가다 문득 머릿속에 엉뚱한 가능성이 떠올랐다.

"리시안은 정령 마법을 쓸 줄 안다고 했지?"

"예. 바람의 정령 마법이 특기예요."

"……궁금해서 묻는 건데, 혹시 흙의 정령 마법을 쓰려고 하면 어떻게 돼?"

"시험해본 적은 없어요. 하지만 마력을 꽤 빼앗길 거예요. 정령과의 상성에 따라서 마력 소비량이 달라지거든요."

"그렇구나. 그럼 빛의 정령 마법도 쓸 수 있어?"

"마법의 이미지를 전달할 수 있다면 쓸 수는 있을 거예요. 지금 마석에 속성을 부여하는 작업도 정령들한테 거들어달라고 부탁한 거예요."

"그럼 폴라와 리시안이 한 팀이 되면 마석에 어떤 속성이든 부여할 수 있어?"

"그렇게 쉬운 일이 아니에요. 광속성과 암속성 마석은 마력이 아무리 많아도 만들 수가 없어. 때에 따라서는 따로 필요한 아이템이 있을 수도 있거든요. 예를 들어 어둠의 마석을 얻으려면 성수(聖水)가 필요해요."

"힘든 작업이네."

"예. 그래서 전 레인스타 경을 무척 동경하고 있답니다. 모든 속성의 적성을 갖고 있으니 분명 다양한 마석을 만들어낼 수 있겠죠. 그래서 참 부러워요."

"그렇구나."

"포포, 루시엘 군이라면 분명 언젠가 현자가 될 수 있을 거야.

그럼 함께 여러 가지를 개발하자?"

"루시엘이 그렇게 된다면 결혼해도 좋아."

"그거 좋은 방안이에요. 저도 입후보하겠어요."

"폴라와 리시안은 콩고물에 더 관심이 있는 거잖아?"

나는 웃음밖에 나오지 않았다.

우리는 틈틈이 식사도 하고 차도 마시면서 해체 작업을 계속했다.

"……이걸 온종일 하려니 힘드네."

"이 세상에 편한 일은 없어."

"좌절, 인내, 노력은 어디까지나 기본 중의 기본."

"꼭 좋아하지 않더라도 할 수는 있겠죠. 하지만 재능이 있더라도 자긍심이나 무언가를 만드는 열정이 없다면 오래 할 수는 없어요."

내 경우에는 마법 연습이라고 할 수 있으려나? 아니면…… 무언가를 그렇게까지 진지하게 매진한 적이……. 멜라토니에서 보냈던 2년인가?

그러고 보니 그 2년 동안에는 생각할 여유조차 없었지…….

교회 본부에서 부르지 않았다면 나는 어떻게 되었을까?

"루시엘이라면 사람 돕기?"

폴라가 불쑥 그렇게 말했다. 나는 바로 대답할 수가 없었다.

왜냐면 사람을 돕고 있는 나는 진짜 내가 아닌 것 같다고 느꼈기 때문이다.

"······난 죽고 싶지 않아서 필사적으로 무술 훈련을 하고, 성속성 마법을 공부해왔어. 하지만 요즘에는 구할 수 있는 생명이 있다면 구하고 싶다고 생각하긴 해. 물론 모든 생명을 다 구하겠다고 생각한 적은 없지만."

어디까지나 내 손에 닿는 범위에서만······.

"포포~ 그 나이 때는 고민하는 게 당연해. 난 루시엘 군만큼은 아니지만, 전설의 계보라 칭송을 들으며 장인의 길을 나아갈지, 아니면 이 기술을 살려서 새로운 것을 시작할지 수십 년을 고민했는데도 아직도 고민하고 있으니까."

토레토 씨 역시 무언가를 짊어지고 있을 텐데도 늘 당차게 보인다.

그나저나 수십 년이라니? 너구리 수인인 왈라비스 씨와 함께하느니 차라리······.

더 이어나갔다가는 소중한 것을 잃어버릴 각오를 해야 할 것 같은 느낌이 들어서 생각을 떨쳐냈더니 폴라가 자기 목표를 말하기 시작했다.

"난 마도기사, 마도구 제작 레벨을 X까지 올리는 게 목표. 그리고 토레토 스승님보다 더 좋은 걸 만들어내는 게 목표."

"저도 선구자가 되어 새로운 마도구를 개발하는 게 목표예요."

폴라가 말하자 뒤이어 리시안이 가슴을 활짝 펴며 대답했다.

두 사람 모두 목표가 있고, 또 달려갈 수 있으니····· 응?

내가 어째서 두 사람을 보고 부러워하고 있지?

목표가 있어서 그런가? 아니면 자신감이 있어서?

"내 목표라……."

"포포~ 루시엘 군의 목표는 평화로운 나라를 만들거나, 아무도 다치지 않는 세계를 만드는 걸까~?"

"인재 발굴?"

"세상을 바로잡는 거?"

"모두 이상적이긴 하지만, 난 그런 숭고한 사상가가 아니에요. 그저 생명의 위험을 느끼지 않고 무언가에 몰두할 수 있는…… 음, 약학을 공부하거나 마도구를 만드는 것도 재밌을지도."

"아직 젊으니 다양하게 시도해 봐. 단, 어떤 세계든 처음에는 쉽게 느껴져도 가면 갈수록 고통스러워지는 법이니 중도에 포기하면 안 돼."

그 어떤 세계든 처음에는 쉽게 느껴지더라도 언젠가 벽에 부딪칠 때가 온다. 결국은 그 벽 앞에서 어떻게 하느냐가 중요한 거다.

목표와 꿈이라…….

"루시엘이 제자……. 재밌어."

"루시엘 씨라면, 분명 수많은 마석을……."

두 사람에게서 또다시 번뇌가 흘러넘쳤다.

"그렇죠. 그저 늙어가는 것만이 인생의 유일한 목표라면 너무 서글프잖아요."

내가 말하자 토레토 씨가 사라졌다……고 생각한 순간 느닷없이 품에 안겼다.

"그렇게나 고민하고 있었다니! 지금부터라도 이쪽 세계로……."

히익!

온몸에 닭살이 돋았다. 내가 축 늘어져 있자 폴라와 리시안이 구해줬다.

"루시엘은 넘길 수 없어."

"우리 주인인 루시엘 씨를 그쪽 길로 유혹하지 마세요. 토레토 스승님 때문에 우리까지 수상한 집단으로 보일 거예요."

"어머, 그럼 두 사람은 뭘 할 건데?"

"죽을 때까지 마도구 개발에 매진한다."

"인족의 수명은 짧으니 루시엘 씨가 노쇠할 때까지는 함께 있을 거예요. 짝꿍 겸 라이벌도 곁에 있으니까요."

이거, 남들이 들었다면 프러포즈를 받았다고 여기겠네.

"고마워. 먼저 중장기적 목표와 꿈을 생각해봐야겠어."

참고로 개미 사체를 모두 다 해체하는 데 만 사흘이 걸렸다.

그 이튿날부터 나는 병렬 마법진 영창을 훈련하기 시작했다.

중장기적인 목표를 세우는 일도 중요하지만, 부족한 부분을 채우는 것을 뒤로 미룬다면 언젠가 돌이킬 수 없는 사태에 직면할 것 같아서였다.

라이오넬과 케티의 신체 치수를 재고, 토레토 씨가 케핀의 신체 치수를 잴 때 꼭 달라붙어 있는 모습을 보면서 웃다 보니 어느새 열흘이 지나가버렸다.

"그럼 출발할 건데 괜찮아?"

"음."

드란이 긴장하고 있었다.

뭐, 록웰 왕을 만나러 가는 길이니 당연하겠지.

"그런데 정말로 따라올 거야?"

"할아버지가 간다면 당연히!"

"적의 정보를 시찰하는 거예요!"

적이라니……. 그야 두 사람을 노예로 만든 나라이긴 하지만.

그나저나 저 두 사람이 정말로 사이좋게 지내줘서 고맙다.

드란이 엘프인 리시안을 받아준 것도 두 사람의 관계 때문이 겠지.

"새로운 아이디어도 얻었으니 공방은 내가 잘 지키고 있을게."

토레토 씨가 윙크를 날리며 미소를 지었다. 그러나 그 윙크는 내가 아닌 라이오넬에게 향하고 있었다. 케티가 거부감과 경계심을 노골적으로 드러냈다.

"네 사람의 무구가 완성되기까지 얼추 3개월쯤 걸릴 걸세. 사용하고 남은 광석은 돌려주겠네."

"광석을요? 많이 필요하다고 했잖아요?"

"이번 건으로 중요한 것이 떠올랐네. 무구 작업을 마친 뒤에 광산으로 갈 작정이야."

"그란드 형님……."

"드란처럼 루시엘 공과 함께 일하려면 풀어야 할 자질구레한 굴레들이 많네. 그것들을 모조리 정리한 뒤에 고용해달라고 청하면 받아줄 텐가?"

"그란드 씨가 일하고 싶다면 이에니스에 넓은 땅을 사서 다 함께 새로운 마을을 만드는 것도 재밌을 것 같긴 한데……."

"어머, 그런 계획이라면 나도 낄게. 새로운 마을을 만들다니 무지 흥분이 되는걸 포~."

"10년 이상…… 아니, 더 먼 이야기가 될지도 모르겠지만, 그런 꿈을 품어도 되잖아요? 간섭을 받지 않고 이 록포드 같은 쉼터를 만든다면 저도 왠지 노력할 수 있을 것 같은 기분이 들어요."

모두가 웃으면서 찬성해주었다.

왠지 오랜만에 마음이 가벼워졌다. 나는 모두에게 고마워하면서 언젠가는 정말로 실현하고 싶은 꿈을 품고서 드워프 왕국으로 향했다.

드워프 왕국에 도착할 때까지 마물은 전혀 나오지 않았다.

공중을 날아다니는 마물 역시 너무 멀리 떨어져 있어서인지, 아니면 뭔가 이유가 있는지 습격할 낌새조차 보이지 않았다. 동굴에 도착한 뒤 우리는 계속해서 앞으로 나아갔다.

"마물이 없네."

"역시 여왕개미가 마물 발생의 원인이었던 모양이군요."

라이오넬의 말에 수긍하면서 라이트로 어두운 동굴 안을 비추면서 들어갔다.

"잠시 기다려줄 수 있겠나?"

드란이 드워프 왕국의 입구를 지나자마자 우리를 불러 세웠다.

"기분이 안 좋아?"

"……아니, 그저 떨려서 그러네. 폴라까지 휘말리게 한 그날이 지금도 잊히질 않는구먼."

"할아버지……."

드란이 폴라의 머리를 쓰다듬고 심호흡을 한 뒤에 자기 얼굴을 때렸다.

"기다리게 했군. 가세나."

우리가 드워프 왕국에 도착하니 우리……라기보다는 드란과 폴라를 발견하고서 드워프들이 소란을 떨기 시작했다.

"엄청난 인기네."

"왕국이라고는 해도 나라가 좁은지라."

드란이 겸연쩍어하며 웃었다.

나는 그대로 록웰 왕이 있는 왕의 거처로 향했다.

"예전에 왔을 때는 안내인 같은 것도 없던데, 평소에는 있어?"

"그런 형식은 차리지 않네. 록웰 왕이 모든 드워프족은 형제라고 말하니."

"그렇다면……."

내가 무슨 말을 하고 싶은지 알아차렸는지 드란이 먼저 입을 열었다.

"그 옛날 내가 검을 벼르다가 망쳤을 때 드워프 왕국이 책임을 지게 되었네. 그 사태만은 어떻게든 피하고자 창자가 끊어질 듯한 심정으로 노예를 자처해 책임을 졌을 뿐만 아니라 배상까지도 했었지."

"왕의 힘으로 무마할 수 없었어?"

"아니, 혈연관계라서 그럴 수도 없었네."

"어?"

"록웰 왕의 아버지……, 선대왕은 내 동생일세. 대장장이의 길을 나아가기로 한 나는 성인이 되기 전에 집을 나갔네. 그리고 방랑하다가 스승님 아래에서 그란드 사형과 함께 수련을 받았지. 한동안 그렇게 지내다가 아버지가 돌아가셨고, 동생이 왕위를 이어받았다는 걸 알게 되었지."

"그럼 드란과 폴라는 모두 왕족이라는 소리네?"

"그랬던 적이 있었는지도 모르겠군."

드란이 웃으면서 고개를 끄덕였다.

통로를 걷고 있으니 노성이 들려왔다.

노성이 들려온 곳은 알현의 방이었다.

"이건 록웰 왕의 목소리?"

"다른 한쪽은……."

드란이 알현의 방의 문을 열었다.

"아무도 들이지 말라고 엄명했을…… 아니, 드란 백부님?!"

"말라깽이도 있잖아?"

록웰 왕과 아레스레이는 방금까지 뭘 하고 있었는지도 잊고 드란과 폴라를 바라보았다.

"두 사람 모두 제가 노예상으로부터 사들였고, 절 위해서 충분히 애를 써줬기 때문에 노예 계약을 풀어줬습니다. 현재는 마도구 개발책임자로서 고용 계약을 맺었지요. 자, 록웰 왕. 사죄할지 말지는 알아서 해요. 드란도 할 말이 있으면 하도록 하고."

"S급 치유사인지 뭔지는 모르겠지만, 기어오르지 마라!"

아레스레이가 나에게 욕지거리를 내뱉자 그의 뒤에서 무언가가 나와 입을 막았다.

"당신은 허구한 날 시끄러워. 록웰 숙부랑 할아버지가 얘기하는 데 방해돼."

아레스레이의 입을 막은 건 폴라의 골렘이었다.

"폴라, 고맙구나. 드란 백부님, 오랜만에 뵙습니다."

"록웰 왕이여. 내가 실패한 바람에 겪을 필요가 없는 고생을 시켰구나. 미안하다."

사죄를 한 사람은 드란이었다.

"백부님, 사과해야 할 사람은 그 일을 맡기로 한 접니다. 그런데 백부님이 사과하시다니요. 게다가 그때 아무리 본인이 졸랐다고는 해도 폴라도 함께 노예로 팔다니. 역시나 용서받을 수 없는 짓이오."

"팔아준 덕분에 할아버지랑 줄곧 함께 지낼 수 있었어."

"······폴라를 팔았을 때는 비정한 사내라고도 생각했다만, 그런

매정한 마음이 없이는 왕 노릇은 못 하는 법이지. 만약에 참회하는 마음이 있거든 그런 건 버려라."

드란을 그렇게 말하고는 똑바로 서서 말을 이었다.

"록웰, 그대는 왕으로서 해야 할 일을 했을 뿐이다. 그래도 개인적으로 사죄하고 싶은 마음이 있다면 사죄를 받아들이고 모든 것을 용서하겠다."

"……백부님……. 모든 책임을 떠넘겨서 진심으로 죄송하오."

록웰 왕은 울고 있었다.

아레스레이는 믿기지 않는다는 표정이었다.

줄곧 강직하기만 한 줄 알았던 사람이 다른 사람 앞에서 울고 있으니 놀랄 만도 하지. 나도 지금은 록웰 왕도 그동안 상당한 압박감을 느끼고 있었지 않았을까 하는 생각이 들었다. 이번에도 자식 하나를 잃었고.

아마 얼핏 거만해 보이는 저 태도도 왕으로서 자신감이 있다는 걸 과시하려다가 서서히 몸에 뱄겠지.

만약 내가 이에니스에서 중압감을 느끼고 있었을 때 도와줄 사람이 하나도 없었다면 어떻게 되었을까?

이에니스를 1년 만에 떠나지도 못했을 테고, 치유사 길드를 재건하는 데도 시간이 더 걸렸을지도 모른다.

그렇게 생각하니 록웰 왕을 동정하고 싶어졌다.

부하나 자식은 제어가 안 될 뿐만 아니라 민폐까지 끼쳤다. 드란이나 그란드 씨가 있었다면 드워프 왕국이 다른 형태로 발전했을지도 모른다……. 나는 그렇게 생각하고 있었다.

"우우~우~우우~우."

아레스레이는 몸부림을 치면서 폴라가 만든 골렘에게서 달아나려고 했다. 그러나 도망치지 못했다.

"……록웰 왕이여. 대강의 얘기는 들었네. 만약에 후계자를 바꿀 작정이라면…… 몇 년을 기다렸는데도 아레스레이가 바뀌지 않는다면 그것도 인정하지. 그 책임의 절반은 내가 짊어짐세."

드란은 딱한 아레스레이를 보고 그렇게 말했다.

"역시 그렇게 생각하시오? 골렘을 제어하는 건 드워프의 장기이기도 합니다. 근데 그걸 분해하지도 못하니……. 언젠가 마물이 또 습격해올지도 모르니 불안합니다."

"흐음. 5년 뒤에도 아레스레이가 성장하지 않는다면 차기 후계자를 선발하는 것도 좋을지도 모르겠구먼."

"하는 수 없지요."

록웰 왕은 드란을 배려하면서 이야기한 뒤에 아레스레이를 쳐다봤다.

"그 문제가 끝내 해결되지 않는다면 혹시 내가 여왕?"

고개를 갸웃거리던 폴라가 록웰 왕과 드란의 대화에 끼어들었다.

아레스레이는 산소가 결핍되어 기절했다.

"하아~, 한심하군. 한심한 건 나도 마찬가지인가? 실은 그라이오스 녀석이 빼돌렸는지 보물고 안에서 없어진 것이 많소. 드란 백부님께서 살펴보고서 가져갈 만한 게 있으면 알아서 가져가십시오."

"드란, 꼭 비싼 물건을 가져갈 필요는 없어. 우리한테 요긴한 게 있다면 모를까, 없다면 챙길 필요 없어."

기절한 아레스레이를 내버려두고서 우리는 보물고로 이동했다.

드워프 왕국의 보물고는 왕좌 뒤에 있는 문을 여니 바로 나왔다.

"문을 안 잠근 겁니까?"

"마력 인증식이라네. 다만 만에 하나 내가 죽었을 경우를 대비하기 위해 그라이오스와 아레스레이도 열 수 있도록 설정해뒀지."

뭐, 당연하다면 당연한 조치겠지.

록웰 왕이 문에 손을 대자, 마치 용의 문처럼 빛의 문양이 그려졌다.

문양이 빛나면서 문이 열리는 것까지 똑같았다.

"혹시 이 문을 만든 사람을 아십니까?"

"……인족의 영웅인 레인스타다. 드워프 왕국을 쇠퇴시킨 인물이기도 하지."

……그 사람의 능력은 공중 도시를 만들 정도이니 이 문도 납득이 된다. 그런데 드워프 왕국을 왜 쇠퇴시켰지? 나는 레인스타 경이 무슨 짓을 했는지 궁금해서 물어보기로 했다.

어차피 3백 년이나 지난 옛날이야기이고.

"레인스타 경이 드워프 왕국에 무슨 짓을 했습니까?"

"……록포드는 원래 광산촌이었다. 그런데 레인스타 경이 흉악한 마물을 쓰러뜨리기 위해서 마법을 쏘았다가 그만 광산이 없어져버렸지. 다만 당시 드워프들은 죽음이 두려워 감히 대들지도 못했다고 하더군."

……그 위장용 도시가 있는 자리가 레인스타 경이 산을 허문 곳이라면 드워프들이 겁을 먹을 만도 하다.

"……레인스타 경이 굉장한 인물이라는 건 알겠는데, 그 이야기만으로는 드워프족이 왜 쇠퇴했는지 알 수가 없는데요?"

"그 뒤에 레인스타 경은 드워프 왕국에 와서 '새로운 것을 만드는 기술'을 제휴하고 싶다는 얘기를 꺼냈다. 자신은 드워프가 서툰 장사를 맡을 테니 드워프 왕국은 그 기술을 발전시켜달라고 했다고 하더군."

"과연. 뭘 만드는 일에는 특화되어 있지만, 사람을 대하는 건…… 지금도 서투른 것 같긴 하네요."

"그 뒤로 레인스타 경이 록포드를 만들 때까지는 활기로 흘러넘쳤다고 한다. 그런데 록포드가 완성되자 수많은 연구자와 개발자들이 그곳으로 모여들었지. 물론 드워프족도 예외는 아니었지."

"기술자가 유출돼서 쇠퇴했다는 말입니까?"

"……안타깝게도 이 나라에 폐쇄적인 드워프들만이 남았다고 문헌에 기록되어 있다. 드워프 왕국이 폐쇄적인 이유는 바로 그 때문이지. 자, 고르도록 하게."

"드란. 뭐든지 좋아. 본인을 위해서 골라."

드란이 고개를 끄덕이고서 보물고에 들어갔다.

그는 이내 굳어버렸다. 그러고는 이쪽을…… 정확하게 말하자면 록웰 왕을 쳐다봤다.

"어째서, 어째서 이게 여기에 있는가!"

"실패했다고는 해도 가능성이 남아 있는 것 같아서 놔뒀습니다."

드란이 노기를 실어 목소리를 높였다. 그러나 록웰 왕은 딱히 문제없다는 듯이 대답했다.

드란은 보물고에서 한 자루의 검을 꺼냈다.

다만, 한손검이라고 하기에는 다소 거대했다.

"루시엘 님, 보물고에서 이 녀석을 가져가도 되겠소?"

"설마…… 그게 노예가 되는 빌미를 제공한 검이야?"

"……그렇다네."

"그렇구나……. 그걸……, 과거를 연연하지 않겠다고 약속한다면 보물고에서 그걸 가져가도록 하자. 록웰 왕, 저걸 받아도 될까요?"

"숙부님의 부탁이기도 하다. 거절할 이유는 없지."

"고맙네."

내가 허락하자 록웰 왕도 선선히 허가했다.

예전에 드란과 폴라를 노예로 만들어서 록웰 왕이 상당히 침울해했다고 그란드 씨가 말했다.

그래서 완성하는 데 실패한 검을 보물고에 소중히 보관해뒀겠지.

나는 이 분위기를 조금 전환하고 싶어서 임시 해방했던 노예들을 만나러 가기로 했다.

"자, 그럼. 임시 해방된 노예들이 있는 곳으로 안내해주겠어요?"

"일하는 자와 죄를 저질러 갇혀 있는 자 중 어느 쪽 말인가?"

뭐? 열흘 사이에 범죄를 저지르다니 대체 무슨 생각이야?

"무슨 죄를 저질렀는데요?"

"마법으로 사람을 다치게 한 자도 있고, 물품을 절도한 자도 있지."

"하아, 서약까지 했는데도 범죄를 저지르다니 바보인가. 일단 얘기를 들어보고 구제할 여지가 없다면 드워프 왕국의 법으로 처리를 부탁해도 될까요?"

"그래도 되나?"

"예. 노예에서 해방하지 않으면 죽음을 면치 못하기 때문에 도와줬을 뿐이지 범죄를 저지르라고 도와준 건 아니었으니까요. 미안하지만 범죄를 저지른 자부터 만나볼 수 있을까요?"

"알겠다. 그럼 따라오게."

보물고의 문을 닫고서 록웰 왕이 빠르게 걸어 나갔다. 우리는 그 뒤를 쫓았다. 알현의 방에는 아직도 아레스레이가 쓰러져 있었다. 록웰 왕은 아레스레이를 안고서 알현의 방을 나갔다.

복도를 걸으니 이내 드워프 시종들이 나타났다. 록웰 왕은 그들에게 아레스레이를 맡긴 뒤 노예의 방 옆에 있는 문을 열었다.

문을 여니 지하로 이어지는 계단이 나왔다.

"여기네. 냄새가 좀 날 테지만 참게."

"정화해도 됩니까?"

"좋아서 냄새를 놔둔 건 아니니 냄새를 없앴을 수 있다면 부탁하지."

"알겠어요."

나는 정화하면서 계단을 내려갔다.

록웰 왕이 앞장을 섰고 라이오넬이 그 뒤를 따랐다. 내 양옆에는 케티와 케핀이 자리하고 있었다.

언제 이런 대열을 짠 거지?

나는 수행원들이 우수하니까, 하고 자신을 납득시키면서 정화 마법을 계속 걸어 나갔다. 이윽고 감옥이 보이기 시작했다.

나는 드란에게 말을 걸었다.

"뭔가 저 감옥, 이에니스에서 봤던 감옥과 아주 비슷한데?"

"똑같은 감옥일세. 어떤 감옥이든 엄중하게 만들어야지. 폴라는 감옥에 신체 능력을 저하시키고, 감퇴 효과를 부여할 뿐만 아니라 마법 봉인까지 하는 마도구가 설치했네만, 어쨌든 이게 원형일세."

"그래?"

은근히 폴라 자랑을 하는 걸 보니 드란이 원래대로 되돌아온 듯했다. 나는 안심했다.

그렇게 대화를 나누다 보니 범죄를 저지른 자들이 갇혀 있는 감옥에 도착했다.

그 안에는 원래부터 범죄 노예였던 자들이 있었다.

"흠, 재범률이 높나?"

나는 그렇게 중얼거리면서 혹시 몰라서 한 사람씩 이야기를 들어보기로 했다. 그러나 사실을 왜곡하여 말하지 못하도록 서약을 했기에 내가 추궁하자 그들은 거짓말을 하지 못하고 묵비권만 행사했다.

틀렸구면. 이 사람들은 드워프 왕국의 노예가 되겠지.

"시간을 허비하게 해서 미안해요. 저들은 록웰 왕한테 모든 것을 위임할게요. 다음에는 죄를 저지르지 않은 자들을 만나게 해줘요."

"이 범죄자들은 다시 노예로 삼을 건데 괜찮나?"

"예. 목숨을 구해줬는데도 열흘 사이에 또 범죄를 저질렀으니…… 지금 제 능력으로는 저들을 교화하는 건 불가능합니다."

그들에게 새로운 길을 제시해줬다면 미래가 바뀌었을지도 모른다고 생각하면서도 과연 내가 사람을 재단할 수 있는 날이 올까…… 하는 생각을 했다.

해방된 노예들이 있는 휴게소 안에 있는 사람은 8명이었다.

"전(前) 노예 여러분. 이대로 드워프 왕국에서 일하며 살아갈지, 성도까지 우리와 동행할지 결정해주세요. 성도에 간다고 해서 딱히 해드릴 수 있는 일은 없습니다만, 지난번에 마물을 토벌해준 대가와 구제금 명목으로 은화 20닢을 주겠습니다. 단 더 이상의 원조는 없습니다. 드워프 왕국에서 무슨 일을 했는지는 모르겠지만, 앞으로 요 열흘 동안에 했던 일을 하면서 살아가게 되겠죠."

"절 데려가 주십시오."

한 사람이 손을 들기 시작하자 사람들이 잇달아 손을 들었다. 8명 중 6명이 성도로 가게 되었다.

"그럼 나머지 두 사람은 록웰 왕이 책임을 지고 식사 등을 제공해줄 테니 안심해도 좋아요."

내가 록웰 왕을 보면서 말하자 그는 쓴웃음을 지으면서도 고개를 끄덕였다.

그때 나의 지시를 받았던 노예들이 모습을 보였다.

아무래도 드란과 함께 내가 돌아왔다는 소식을 전해 들었는지 가볍게 숨을 헐떡이고 있었는데, 무슨 영문인지 다들 웃고 있었다.

나는 아까 했던 이야기를 다시금 했다.

"이 중 치유사 네 분은 노예가 된 경위를 들을 필요가 있으니 반드시 한 번은 본부로 가야만 합니다. 자, 나머지 분들은 어떻게 할 겁니까?"

의외로 그대로 드워프 왕국에서 일하고 싶어 하는 전 노예들이 제법 있었다. 전체 중 절반인 5명이 손을 들었다.

"록웰 왕, 전 노예이긴 하지만 잘 부탁합니다."

"알겠다. 드워프들과 똑같이 대우하도록 하마."

그때 드란이 록웰 왕에게 말했다.

"록웰 왕이여. 드워프 왕국은 오랫동안 외부와 교류를 하지 않았네. 만약에 외부와 교류할 생각이 있다면 이에니스나 루시엘 님이 소속된 성 슈를 공화국이 좋을 걸세."

"드란 백부님……, 루시엘 공. 그때 우리 드워프 왕국을 위해 한마디 거들어줄 수 있겠소?"

"불손하게 행동하지 않겠다고 맹세한다면야."

"이거 까다로운 조건이로군."

우리는 화기애애하게 모든 서약을 마쳤다.

"다음에는 맛있는 술도 가져올 테니 후하게 환대해줘요."

"그 술이 화주라면 기꺼이 그러도록 하지."

나는 록웰 왕과 뜨겁게 악수를 한 뒤에 드워프 왕국에 다시 방문할 것을 약속하고서 전 노예들과 함께 성도로 출발하였다.

다만 리자리아의 모습은 찾아볼 수가 없었다.

번외편01 루미나와 용병의 과거

성 슈를 공화국의 최남단에 있는 작은 도시 쿨트로 붙잡은 용병들을 호송하는 임무를 무사히 완수한 발키리 성기사단은 시장의 대접을 받을 겨를도 없이 성도 슈를을 향해 출발했는데……

"정말로 우리를 성도에서 요리사로 쓸 작정인가? 애당초 같은 용병인데 우리의 죄만 묻지 않은 건 이상한데……."

호송 마차 안에는 사지우스를 비롯해 사람을 죽인 적이 없는 12명의 용병이 있었다.

용병들은 루시엘과 함께 있었을 때보다 긴장한 얼굴이었다.

일단 루미나는 사지우스를 비롯한 용병들과 신뢰 관계를 구축하기 위해서 저들을 데리고 가는 표면상의 이유와 진짜 이유를 말해주기로 했다.

"먼저 말해두겠다. 당신들을 무죄 방면하겠다는 소리가 아냐."

"그럼 왜 성도로 가는 겁니까?"

"루시엘 군이 은혜를 베풀었으니까. S급 치유사를 상대로 도적질을 하는 건 본래 사형을 면치 못할 중죄이니 감사하도록. 아니면 그 감옥 안에서 다른 용병들과 함께 처벌을 기다리고 싶었던 건가?"

사지우스 일행은 고개를 힘차게 가로저었다.

"그렇겠지. 발키리 성기사단이 굳이 그대들을 직접 호송하는 건, 당신들을 보호하고 교회 관계자와 접촉하지 못하도록 감시하기 위해서다. 물론 표면적인 이유다만."

"표면적……? 그럼 달리 진짜 이유가 있습니까?"

"성도에 도착하면 술 없는 식당을 열어라. 그리고 성도에 사는 약자들을 구제하기 위해서 정기적으로 무료 식사를 베풀어라."

"설마 그게 벌입니까?"

"기간도 없는 형벌이니 충분하다고 본다만?"

"아니, 그건 그렇지만……."

그러나 사지우스는 여전히 벌이 너무 가볍게 보였다.

루미나는 잠시 뜸을 들이더니 사지우스 일행을 외면한 채 속내를 말하기 시작했다.

"옛날부터 성도는 아름다운 도시였지만, 성도의 주민들은 늘 불만과 짜증을 품고 있었다. 그러다 보니 거리가 항상 여유가 없어 도저히 호감을 품을 수가 없었지. 성도는 원래 이런 곳이구나 하고 살아왔다……. 몇 년 전까지는."

"지금은 아닙니까?"

사지우스가 묻자 루미나는 조금 고민한 뒤에 말을 이었다.

"루시엘 군이 성도에 온 뒤로 우리가 외부에서 임무를 마치고서 성도로 귀환할 때마다 웃는 주민들이 점점 늘어나는 게 보였다. 점차 치안도 개선되었고, 아주 좋은 도시가 되어갔지."

"……."

"하지만 거기까지였다. 루시엘 군이 성도를 떠나자 다시 예전의 모습으로 서서히 돌아가더군."

루시엘이 용살자가 되고, 이에니스의 대표가 되고, 큰 활약을 했다는 소식이 들릴 때마다 잠시나마 부정적인 감정을 떨쳐낼 수가 있었지만 성도의 모습은 변하지 않았다.

"그래서 무료로 음식을 제공하라는 겁니까……."

"물론 그것만으로 웃는 사람들이 늘어날 리가 없겠지. 그래도 식사는 내일을 살아갈 활력을 준다. 굶주림에 떨지 않는 것만으로도 희망을 품는 자들이 생기지 않겠나?"

"……뭐, 명령이라면 따를 수밖에 없지요."

그 뒤로 사지우스는 무언가를 생각하듯이 눈을 감았다.

그날 저녁밥을 다 만든 사지우스는 루미나에게 둘이서만 할 이야기가 있다면서 따로 시간을 내달라고 부탁했다.

당연히 용납할 수 없는 행위이므로 한바탕 소동이 벌어졌어야 했으나……

사지우스는 근처에 있는 바위 밭으로 이동한 뒤에 보는 사람이 아무도 없다는 걸 확인하고서 루미나의 앞에서 무릎을 꿇었다.

"루미나리아 아크스 프란시스크 아가씨……. 오랜만에 뵙습니다."

"오랜만이에요. 사지우스……. 일단 얘기를 하고 싶으니 일어나세요."

"예, 실례했습니다."

"어째서 당신이 용병이 되어 있는 겁니까?"

루미나는 물어보고 싶은 게 많았다.

그녀가 고향인 블랑주 공국을 떠난 지 10년이 넘었다. 교회 본부의 성기사로 서임 받았을 때 고향과 연락을 취하지 않겠다는 서약을 했기에 고향 소식을 들을 수가 없었다.

"루미나 님께서 성 슈를 공화국으로 가시자마자 파혼당한 후작가가 프란시스크 가문에 배상을 요구했습니다."

"뭘 요구한 겁니까?"

"프란시스크 가문이 소유하고 있는 영지의 3분의 1을 내놓으라 하더군요."

"말도 안 돼……."

"저도 그렇게 생각합니다만, 파벌 관계 때문에 받아들일 수밖에 없었습니다."

"그래서 프란시스크 가는……, 지금 어떻게……, 아니, 역시 물어보아서는……."

"지금도 존속하고 있습니다. 에밀리아 님께서 같은 파벌인 메인리히 백작가와 결혼하신 뒤로 힘을 얻으면서 정세가 바뀌었습니다."

"에밀리아 언니가……."

"일단 말씀을 드리겠습니다만, 두 분 모두 서로를 사랑하고 계십니다. 정략결혼의 희생양이 되신 건 아닙니다."

"그렇습니까……."

루미나는 그 말을 듣고서 안도했다.

설마 자신 때문에 가족이 큰 곤경을 겪었을 줄은 터럭만큼도 생각하지 않았다.

"다만, 후작가가 배상으로 요구받은 영지 3분의 1 안에 제 고향이 포함되어 있었습니다. 영주님께서는 영토는 양도하더라도 주민은 넘겨줄 수 없다고 했습니다."

"아버님……."

"결국, 주민들을 지켜내시긴 했습니다만, 영지 안에 인구가 너무 많이 늘어나는 바람에 머지않아 식량난에 빠지고 말았습니다. 저희는 자발적으로 바깥세상에서도 살아갈 수가 있는 자들끼리 모여 모험가나 용병이 되기로 했습니다."

"그런 일이……."

루미나는 자신이 성기사가 된 것을 오늘만큼 후회해본 적이 없었다.

"전 용병단을 잘못 들어가는 바람에 범죄자가 되었습니다만, 그래도 프란시스크 가문과 루미나 님을 원망하지 않습니다……. 그 말만은 전하고 싶었습니다."

"사지우스……."

"그리고 굶주린 자들한테 먼저 손을 내미는 그 착한 심성도 변하지 않은 것 같아 기쁘기 그지없습니다."

"……."

사지우스의 말을 들으니 마음이 따뜻해지는 듯했다.

"…………상관없는 이야기입니다만, 그 S급 치유사를 마음속에 두고 계신다면 꽤 속을 썩일 것 같습니다."

"뭐?!"

사지우스가 뜬금없이 말을 내뱉자 루미나는 굳어버렸다.

"뭐, 그 S급 치유사의 취향은 대강 알고 있습니다. 위를 꽉 움켜쥐면 간단하죠."

"위를 움켜쥐라고?"

루미나가 보디 블로를 맞은 것 같은 시늉을 하자 사지우스는 그녀가 이해할 수 있도록 바꿔서 말했다.

"……맛있는 음식을 만들어주라는 뜻입니다."

"흐음……, 아니지! 사지우스……!"

루미나는 사지우스가 히죽거리고 있다는 걸 깨달았다.

"하하, 에밀리아 님께도 똑같은 이유로 요리를 지도한 적이 있었지요. 조금 그립군요."

"흐음……. 일단은 생각해보겠어."

"루미나리아 님, 전 힘껏 노력하여 다시 한번 요리사로서 살아보겠습니다."

"식자재와 운영비용은 내가 대도록 하지. 그러니 사람들의 마음이 조금이라도 환해질 수 있도록 협조해주길 기대하마."

"예."

루미나와 사지우스의 밀담이 그렇게 끝이 났다.

그로부터 며칠 뒤, 무사히 성도로 돌아온 발키리 성기사단은 기사단장인 카트린느에게 귀환을 보고했다. 루미나는 카트린느에게 사지우스 일행은 용병이 아니라 요리사였으며 개인적으로 고용하기로 했다고 설명했다.

당연히 카트린느가 왜 그런 생각을 했냐고 물었다. 그녀는 성도 내부 분위기를 루시엘이 있던 시절처럼 환하게 만들고 싶어서라고 답했다.

카트린느는 어이가 없다는 표정을 지은 뒤에 루미나의 행동을 지지하겠다는 뜻으로 빙긋 웃었다.

그 뒤에 성도의 슬럼가에 있던 여러 빈 건물들이 순식간에 헐리더니 그 자리에 커다란 식당이 세워졌다.

이 소식은 전생자이자 마도구점 코메디아의 점주인 리나의 귀에도 들어갔다. 그녀는 자신을 성변님의 어용 마도구점이라고 소개했고, 식당은 그녀의 마도구점에서 편리한 여러 부엌용 마도구들을 사서 설치했다.

그리고 개점 기념으로 첫 무료 식사를 베풀었다.

번외편02 〈백랑의 핏줄〉 이에니스로

　루시엘이 이에니스를 떠난 지 일주일 뒤.

　'백랑의 핏줄'과 그들의 가족은 이에니스에 와 있었다. 그러나 그들의 표정에서는 고향에 돌아왔다는 그리움이나 기쁨은 보이지 않았다. 오히려 모두 피폐해져 있었다.

　그들이 갑자기 이에니스에 온 이유는 고향이 그리워서도, 용살자가 된 루시엘을 치하하기 위해서도 아니었다. 그란돌에서의 삶이 크게 달라져서 지쳤기 때문이었다.

　이유는 세키로스와 미리나의 사이에서 태어난 아이가 원인이었다.

　수인족과 인족 사이에서 태어난 아이는 당연히 혼혈이 된다. 그러나 순혈 의식이 높은 엘프를 필두로 수인족과 드워프족, 인족은 자기 가족이 아닌 이상 혼혈을 마뜩잖게 여겼다.

　그란돌에도 종족마다 커뮤니티가 형성되어 있지만, 혼혈 가족은 혼혈이 있다는 이유 하나만으로 따돌림을 당하는 경우가 많았다.

　그리고 그건 A랭크 모험가 파티인 '백랑의 핏줄'의 자식도 예외가 아니었다.

　아이의 엄마인 미리나와 메르넬은 이에 큰 스트레스를 받아서

육아 노이로제에 걸릴 지경이었다.

그걸 두고 볼 수 없었던 '백랑의 핏줄'의 리더인 바잔은 미리나와 메르넬에게 멜라토니로 돌아가든지, 아니면 루시엘이 종족의 차별을 없애기 위해서 애쓰고 있다고 소문이 난 이에니스로 가는 게 어떻겠냐는 이야기를 꺼냈다.

그렇게 '백랑의 핏줄'은 루시엘이 있는 이에니스로 향하는 길에 올랐다.

바잔은 자신의 기억과 전혀 다르게 변한 고향의 모습에 놀라워하면서 마차를 두기 위해 여관을 찾았다.

"우선은 여관부터 잡아야겠지?"

"그렇긴 한데, 그전에 루시엘 군을 만나러 가는 게 어때?"

"그렇군. 루시엘이 예전 그대로라면 우리를 못 본 척하지는 않겠지."

바잔이 의견을 제시하자 세키로스와 바슬라는 루시엘에게 부탁해보자고 제안했다.

바잔은 두 사람이 여관에서 쉬기보다 어서 미리나와 메르넬을 안심시켜주고 싶어 한다는 걸 깨닫고 고개를 끄덕였다.

"알겠다. 그럼 루시엘이 있는 치유사 길드로 가볼까……."

"내가 치유사 길드의 위치를 물어보고 올게."

세키로스는 그렇게 말하고서 근처에 있는 주민에게 길을 물으러 갔다.

바잔과 바슬라는 완전히 변한 이에니스를 바라보며 입을 열었다.

"상당히 변한 것 같은데, 기분 탓은 아니겠지?"

"아니야, 확실히 변했어. 우리가 있을 때는 종족 간의 영역 의식이 대단히 강했었는데."

두 사람의 눈에는 서로 다른 종족들이 친하게 지내는 모습이 비쳤다.

바로 그때 세키로스가 어두운 표정을 지으며 돌아왔다.

"무슨 일이야?"

"그…… 루시엘 군이 이미 이에니스를 떠났대."

"뭐라고?"

"이럴 수가……."

루시엘이 없다는 소리를 들은 바잔과 바슬라는 몸에서 힘이 빠져나가는 듯했다.

그들은 저도 모르는 사이에 루시엘이라면 어떻게든 해주리라 마음 한편으로 과도하게 기대하고 있었다.

그러나 세키로스는 곤혹스러운 표정을 지으면서 말을 이었다.

"그, 일단 루시엘 군에게 용무가 있으면 옛 슬럼가 자리에 의료 특구 건물이 있으니 거기서 관계자를 만나보라더군."

"슬럼가……. 그러고 보니 치유사 길드가 슬럼가에 있었지……."

"옛날 그대로라면 지금은 폐허가 되어 있을 텐데……."

두 사람은 불안해졌다.

그러나 세키로스는 자신도 아직 다 이해하지 못한 정보를 들려주었다.

"아니, 이제 슬럼가는 없대. 특구를 지으면서 다 갈아엎은 모양이야. 게다가 여기서는 하프 혼혈을 하이브리드라고 부른다고 하더군."

""하이브리드?""

"응. 루시엘 군의 말에 따르면 두 종족의 장점을 모두 이어받았으니 그들은 어중간한 종족이 아니라 굉장한 종족이라면서 그렇게 부른다고 하더군⋯⋯."

"루시엘답군⋯⋯."

바잔은 세상 물정도 모르는 루시엘이 이상을 그대로 실행하는 모습을 좋아했다.

"하지만 그렇게 쉽사리 받아들일 리가⋯⋯."

"처음에는 그랬던 모양이야. 하지만 그 뒤로 하프 종족들이 하이브리드라 불릴 만한 존재가 되겠다며 분발했고, 정말로 높은 평가를 받았다나 봐. 불과 반년 만에 이에니스에서 서서히 그들을 받아들였대."

"사실인가⋯⋯."

"응. 루시엘 군이 꽤 난폭하게 밀어붙인 모양이지만⋯⋯. 자세한 건 옛 치유사 길드의 S급 치유사 관저나, 의료특구 건물에 가 보면 알 거래⋯⋯."

바슬라는 세키로스의 어깨를 쥐었다. 세키로스도 드디어 실감했는지 웃으며 고개를 끄덕였다.

바잔이 그런 두 사람에게 말했다.

"혹시, 루시엘이 우리 생각보다 훨씬 거물이 된 거 아냐?"

"뭐, 용살자라고 하잖아? 그럴 만도 하지."

"그렇겠지. 아, 그리고 현재 이곳을 관리하는 사람이 가르바 씨라던데?"

"가르바 씨가?"

"가르바 형님이 있다고……? 아니, 설마."

바로 그때였다.

"너희, 너무 늦었잖아? 미리나와 메르넬이 마차 안에서 불안해하고 있는 것도 눈치 못 챘나?"

바잔의 등 뒤에서 그런 목소리가 들려왔다. 그러나 아무도 그의 인기척을 느끼지 못했다.

그들은 오랜만에 식은땀을 흘렸다.

""가르바 씨!""

"가르바 형님!"

"세 사람 모두 오랜만이야. 그나저나 현역들이 오래전에 은퇴한 나 하나 알아채지 못하다니, 다들 지쳤나 보군."

실력이 전혀 녹슬지 않은 가르바를 보고 세 사람의 마음속에 두려움이 싹텄다.

가르바는 그대로 마차 안에 있는 미리나와 메르넬에게 말을 걸어 오랜만의 재회를 기뻐했다. 그리고 자세한 이야기는 내일 하자고 말한 뒤에 바잔 일행을 보고서 입을 열었다.

"자, 인사도 끝났으니 일단 오늘은 여관에서 묵도록 하고, 내일 또 이야기하지."

"저기, 여관이 어디 있는지 알려주시겠습니까? 저희가 있었을 때와는 마을이 많이 바뀐 것 같아서……."

"아, 그렇지. 날 따라와."

가르바가 그렇게 말하고서 여관을 향해 앞장을 섰다. 그는 여관으로 가는 동안에 루시엘이 이에니스에서 이룩한 일들을 간략하게 들려주었다.

"그러니까 미리나와 메르넬도 안심해. 지금의 이에니스는 종족 관계없이 살아갈 수 있으니까. 루시엘 군이 아이들을 키우기에도 좋은 환경도 갖춰놓았고."

"그 녀석, 알고 보니 굉장한 녀석이었군."

"앞으로 더욱더 굉장해질 거라고 봐. 그러니 앞으로 '백랑의 핏줄'한테 여러모로 맡길 일들이 많으니 각오하도록."

"예?!"

가르바는 여관 주인에게 '백랑의 핏줄'의 숙박비를 대신 지불하고서 웃으면서 떠나갔다.

바잔은 앞으로의 일을 생각하니 불안해졌다. 세키로스와 바슬라는 미리나와 메르넬, 그리고 자식이 건전하게 살아갈 수 있는 환경에 기대감을 품었다.

343

후기

여러분 늘 신세를 지고 있습니다. '올해야말로'라는 말이 입버릇이 되어버린 브로콜리 라이온입니다.

이번에 소설 「성자무쌍」 6권을 구매해주셔서 진심으로 감사합니다.

3권 이후로 저자 후기를 쓸 기회가 생겨서 무슨 말을 쓸지 고민해봤더니 머릿속에서 감사의 말이 떠올랐습니다. 그래서 이번에는 그 마음을 후기에 적으려고 합니다.

언제나 여유 있게 마감 기한을 잡아주시건만 매번 촉박하게 제출되는 원고를 어떻게든 처리해주시는 편집담당자 I씨.

뵌 적은 없습니다만, 매번 「성자무쌍」의 세계를 아름답게 그려주시는 sime님.

「성자무쌍」의 세계관을 상상 이상으로 묘사해주시고 있는 코믹스판 작가이신 아키카제 히이로 선생님.

그리고 방대한 분량을 교정해주시는 담당자님.

그리고 무엇보다도 늘 「성자무쌍」을 응원해주시는 독자님.

정말로 감사합니다.

앞으로도 여러분들의 응원을 받을 수 있도록 「성자무쌍」을 열심히 쓰겠습니다.

앞으로도 잘 부탁드립니다.

SEIJAMUSOU Vol.6
©2019 Broccoli Lion / sime
All rights reserved
First published in Japan in 2019 MICRO MAGAZINE, INC.
Korean translation rights reserved by Somy Media, INC.

성자무쌍 6

2020년 11월 8일 1판 1쇄 인쇄
2020년 11월 15일 1판 1쇄 발행

저　　자 브로콜리 라이온
일러스트 sime
옮 긴 이 박춘상
발 행 인 유재옥
본 부 장 조병권
담당편집자 조찬희
편 집 1팀 김민지 정영길 조찬희
편 집 2팀 김다솜 이본느
편 집 3팀 김혜주 곽혜민 오준영
라이츠담당 김슬비 한주원
디 지 털 박상섭 이성호 최서윤
발 행 처 ㈜소미미디어
인쇄제작처 코리아피엔피
등　　록 제2015-000008호
주　　소 서울시 마포구 토정로 222, 403호 (신수동, 한국출판콘텐츠센터)
판　　매 ㈜소미미디어
마 케 팅 우희선 이주희 한민지
전　　화 편집부 (070)4164-3962, 3963 기획실 (02)567-3388
　　　　　　판매 및 마케팅 (02)567-3388, Fax (02)322-7665

ISBN 979-11-6507-998-7
ISBN 979-11-6190-387-3 (세트)